秀文 著

联邦监狱的
"间谍"

暨南大学出版社
JINAN UNIVERSITY PRESS

中国·广州

图书在版编目（CIP）数据

联邦监狱的"间谍"/秀文著.—广州：暨南大学出版社，2016.3
（2017.2重印）
ISBN 978-7-5668-1769-3

Ⅰ.①联…　Ⅱ.①秀…　Ⅲ.①长篇小说—中国—当代　Ⅳ.①I247.5

中国版本图书馆CIP数据核字（2016）第042909号

联邦监狱的"间谍"
LIANBANG JIANYU DE "JIANDIE"
著　者：秀　文

出 版 人：徐义雄
策划编辑：崔军亚　杜小陆
责任编辑：崔军亚
责任校对：李林达
责任印制：汤慧君　周一丹

出版发行：暨南大学出版社（510630）
电　　话：总编室（8620）85221601
　　　　　营销部（8620）85225284　85228291　85228292（邮购）
传　　真：（8620）85221583（办公室）　85223774（营销部）
网　　址：http：//www.jnupress.com　http：//press.jnu.edu.cn
排　　版：广州良弓广告有限公司
印　　刷：佛山市浩文彩色印刷有限公司
开　　本：787mm×960mm　1/16
印　　张：13
字　　数：213千
版　　次：2016年3月第1版
印　　次：2017年2月第3次
定　　价：36.00元

（暨大版图书如有印装质量问题，请与出版社总编室联系调换）

目　录

突然被捕

我放下热茶，再度拿起季度报表，却震惊地发现，自从我搬到新办公室之后，巴特第一次走了进来。

我愕然地望向他。他讪笑一下，然后红着脸伸出手："恭喜你们又拿了第一！"

我连忙握紧他的手，激动地说："那只是因为我们的机遇好，我知道，你们已经尽了……"

"不许动！"十几名荷枪实弹的联邦警察突然冲进来，将我俩团团围住。

这是在拍电影吗？

警察们喝令巴特立刻离开，然后对我说："林芳，你被捕了，这是逮捕令！"

我茫然地接过逮捕令，上面确实有我的名字，还列出了我的罪名：一项密谋非法出口军用品罪和三项企图非法出口军用品罪。

约翰，一定是因为约翰……

"9·11"事件之后，美国的政治形势风声鹤唳，外国人动辄就被扣上恐怖分子的罪名，难道，他还在行动？

"我、我可以给丈夫打个电话吗？"我急忙问道。

警察掏出手机，拨通之后直接问道："抓到了吗？"

天啊，不要跟我开这样的玩笑……

果然，他平静地对我说："你的丈夫已经被捕了。"

"那、那我的女儿怎么办？"我眼前一黑，只觉天空正在塌陷……

"你在美国还有其他亲人吗？"

"没有。"

"那恐怕只能由社会服务机构接管了。"

"她、她可以留在保姆家里吗？"

"保姆愿意继续照顾她吗？"

"我、我可以给她打个电话吗？"

"那得用我们的电话，保罗，你来拨号！"

保罗用流利的中文向豆豆姥姥证实了她的身份之后，才把电话递给我。

我接过电话："豆豆的姥姥，您好……"

"出什么事了？"豆豆的姥姥马上就意识到问题的严重性。

我哽咽道："确实出了点事，今天晚上，我和张志强恐怕都回不了家。我的意思是，我们不知道什么时候才可以回家……"

"你就放心吧，不管出了什么事，我都一定会把菁菁照顾好……"豆豆的姥姥失声痛哭，同时大声安慰我。

"我也不知道什么时候才可以再打电话……"我还没说完，警察已经把电话要了回去，并大声喝令："请在这儿签字！"

说完，他自己先签上名字，他叫麦克·格林。

"我必须签吗？"我在脑海里飞速翻找着美国电影和电视剧里那些关于犯人被捕的镜头——犯人不是什么都不应该说也不应该签吗？

警察点点头："是的，必须签。这个只是告诉你，如果没有律师在场，你有保持沉默的权利。你签了，才能证明我们已经告诉了你这个权利。"

对，在电影里，犯人被捕时，警察总会说："你被捕了，如果没有律师在场，你有保持沉默的权利，否则你所说的一切都有可能成为呈堂证据！"

我刚签上名字，就有人把它一手攫去，又塞过来另一张纸："在这个地方签名！"

我仔细一看，是一份同意他们搜查我的办公室和车子的声明，我结结巴巴问道："我一定要签吗？"

麦克抿抿嘴，用威胁的语气说："你最好现在就签！"

"如果我、我不签的话，你们就不搜了吗？"我又结结巴巴地问。

麦克耸耸肩："那我们就会向法庭申请搜查令，然后再回来搜！"

哦，原来还有这么一道程序！不过，我的办公室和车子里都不可能有任何犯罪证据，为了尽快澄清事实，我连忙说道："那不用麻烦，你们现在就搜吧。"

"你身上有什么东西吗？"麦克的语气明显变柔和了。

"没有。"我摇摇头。

"你不是戴着戒指吗？"

"这、这个也算？"我猛地打了一个寒战——他不会硬说我在欺骗警察吧？

"你还是把它摘下来吧，要不然，上缴监狱之后，谁也说不准你以后还能不能要回来……"

然后，他拿出手铐，边帮我戴上边又压低声音说："你放心，等会儿出去的时候，我们会挡着你，不会让你的同事看到手铐……"

什么？你们十几人全副武装冲进来逮捕我，还担心我的同事看到我的手铐？

果然，押送我离开公司的时候，他和另一名警察紧贴在我的侧边和身后，同事们应该看不到我的手铐。

最后，他们把我送上停在公司门口的一辆车子，这车子的外表跟普通轿车没什么两样，但里面做足了安全措施。

另一名警察坐到副驾驶座上，麦克则坐到我身边来。

我偷眼望望他，他应该和我年龄相仿，长得英俊斯文，态度也不凶，似乎还处处为我着想，心底里，他应该相信我是好人。也许他们只是例行带我回去问话，了解情况，而不是正式逮捕……于是，我试探着问："请问我什么时候才可以回家？"

"我也不清楚。"他摇摇头。

"你们现在要把我带到哪儿去？"

他蹙着眉头望了我几秒钟，然后清楚地回答："监狱。"

我不禁失声大喊："不审不问，就直接把我抓起来吗？"

他平静地回答："先逮捕，再安排上庭受审。"

"假如我现在就坦白一切，你们会让我回家吗？"我只得哀声恳求。

他惊喜地望着我："你是可以坦白的，你现在就坦白吗？"

分明是答非所问！我只得再度追问："我坦白完之后，你们会让我回家吗？"

他却立刻沉下脸来："那不行，不管你是否坦白，也不管你坦白了什么，我们今天都得送你进监狱，你今天不可能回家。"

我立刻又回忆起电影中的镜头——好像，他们都特别强调不要乱说话……

是啊，假如我真的坦白一切，说不定又会泄露更多关于约翰的情况，那可能属于出卖祖国……

于是，我急忙顺水推舟地说："既然都不可以回家，那我宁愿保持沉默。"

麦克眼睛里期待的火花熄灭了，抿抿嘴巴之后，他又问："你有自己的律师吗？"

"只有移民律师。"我回答。

"那不行，你得聘请一名精通联邦法律的刑事律师。"

"怎么聘请呢？"我试探着问。

"报纸、电话簿，到处都有广告……"

"但我现在怎么联系他们？"

瞟了一眼前面两名警察的后脑勺之后，他压低声音说："你明天很有可能获得保释。"

似乎在茫茫大海中瞥见一盏航灯，我心里顿感踏实了很多，望着他的眼睛，我低声追问："我要申请吗？"

"明天开保释庭之前，公辩律师会先来找你……"他含糊地低声说，然后，马上就跟前面两名警察大声攀谈起来。

把我送进洛杉矶大都会联邦拘留中心之后，麦克他们就离开了。

经过搜身、换囚服、拍照和办证等一系列程序之后，我被送进一间狭小的囚室，里面只有一张双层铁床，但已"住"着两名犯人。警察在地上扔下一张床垫，那就是我今晚的栖身之所。

大概是因为我明天就回家了，所以他们只给我安排一个临时床位？

果然第二天一大早，我就被押往法庭。在铁牢里等了半天，终于被带到一个有办公窗口的地方，我望望四周，紧张地问："公辩律师呢？没有律师就开审了吗？"

窗口内穿着制服的中年男子却冲我笑笑，然后问："你见过公辩律师了吗？"

"还没有。"我紧张地回答。

他"哦"了一声，然后又笑着说："那也没有关系，反正我不是法官，我保证不会打探你的案情，我的工作只是根据你的经济状况和控罪的严重性，向法官提供是否允许你保释出狱的意见。当然，你可以用来保释的财物越多，获得保释的机会就越大。所以，你最好把你所有的财产都告诉我……"

问完话后，我又被送回铁牢里。每个犯人都领到了一袋干面包作为午餐，但我的喉咙干干的，根本就咽不下。

当麦克他们又突然出现时，我急忙问道："我什么时候才可以见到公辩律师？"

"律师还没找过你吗？"他愕然地问。

我使劲地摇头。

"但也得过去了，马上就要开庭了！"说着，他帮我戴上手铐，戴上之后又问："不紧吧？"

我转动了两下手腕，没想到，右手竟然从手铐里脱了出来！

他边帮我重新戴上，边红着脸说："也不能太松，太松也不行……"

到达法庭的时候，张志强已经坐在里面，我急忙高喊："张志强！……"

法庭上的警察立刻冲过来，喝令我不许说话，并指着一个离张志强很远的地方对麦克说："把她带到那边去！"

一名自称是张志强公辩律师的男士走过来，问我是否需要翻译。在如此重大的事情上，可不能出任何差错，我急忙回答："需要！"

我和张志强都被押上被告席之后，我的公辩律师才匆匆赶到。趁法官正在宣读例行的开场白，她咬着我的耳朵问："你有孩子吗？"

"有。"我点点头。

"多大了？"

"两岁。"

"很好！"她刚说完，法官就宣布，法庭的工作人员向他建议，允许我和张志强分别以我们自己的房子和戴维斯夫妇的房子，另外每人再加 10 万美元现金作为抵押，保释出狱。

戴维斯夫妇的房子？

我正震惊地睁圆了眼睛，法官已经请控方律师安格丝女士谈谈政府的意见。

"我代表政府表示坚决反对！"安格丝女士尖声高叫，"两名被告都不是美国公民，在美国无亲无故，而他们的犯罪行为直接威胁到我们整个美国社会的安全，如果罪名全部成立，两名被告最高可判刑 40 年，罚款 400 万美元！只要有机会，他们一定会不顾一切逃离出境。他们经常出入中国，神通广大，不管是什么数额的保释金，都不可能绑得住他们。所以，政府要求，将两人无条件收押！"

像被雷电猛然击中，我几乎当场晕倒！张志强颤动着身子想要分辩，却被他的公辩律师强行制止。

法官接着请我的律师发言。

她连忙说道："我的当事人有一个两岁的孩子在外面无人照顾。罪名没有成立之前，所有疑犯都是清白的，孩子就更加无辜了。尊敬的法官，本着人道主义精神，请允许我的当事人保释出狱，以履行母亲照顾孩子的神圣职责！"

然后，轮到张志强的律师发言。他首先说道："尊敬的法官，开庭前我已经告诉了法庭，我当事人的妻子，请求法庭为她提供中文翻译的服务，但翻译为什么没有出现呢？"

法官顾盼了一下左右，他身边的工作人员连忙回答："我们一下子找不到中文翻译。"

"两名被告都懂英语，他们根本不需要翻译！"安格丝女士又尖声高叫。

"被告林芳，我问你，刚才我说的话，你都听懂了吗？"法官问我。

我只好回答："基本上听懂了。"

于是，法官宣布我并不需要翻译，然后请张志强的律师继续发言。

张志强的律师又连忙说道："尊敬的法官，我的当事人张志强，目前是美联通信设备有限公司一家分公司的全球销售总监。过去几年，他都是该公司的销售明星，连续三年摘取了公司'最佳销售'的最高荣誉。他的妻子林芳，目前是环球贸易公司进口部的总负责人。他们夫妻俩都热爱本职工作，在美国安了家，置了业，生下一个聪明可爱的女儿。夫妻俩都在申办绿卡，都希望长期留在美国发展。两人向来遵纪守法，热心助人，深得与他们一起居住了四年多时间的戴维斯夫妇的信任。今天早上，我受当事人委托，给两位老人家打了个电话，他们连午饭都顾不上吃就冒雨赶来了。他们不但愿意拿出他们唯一的房子给我的当事人作抵押，当事人全家也可以搬回两位老人家家里，由两位老人家亲自看管，绝不允许离家半步。尊敬的法官，戴维斯夫妇都是大学里德高望重的教授，都非常热爱美国，热衷公益事业，现在，他们就坐在旁听席上，愿意随时回答您的问题。"

我顺着律师的目光望去，果然看到80岁高龄的戴维斯夫妇，正含泪向我们挥手。

滚烫的泪水，也霎时涌出了我的眼眶。

我们曾经在戴维斯夫妇家租住了四年多时间。我们不仅生活上互相关心，互相帮助，而且经常一起探讨中西文化的差异。在交流的过程中，我们震惊地发现，尽管我们在生活习惯、饮食起居和思想理念上都有很大差异，但我们追求的最高理想，其实是一致的。

好莱坞的电影看得多了，在我的心目中，美国人大都以自我为中心，崇尚标新立异，刺激和反叛是时代的主题。不过，两位老房东向我解释，那些确实是美国青年普遍存在的问题，也是商业社会所大力渲染的，但美国的主流社会同样传播正能量，鼓励人们遵纪守法，互相尊重，积极为社区服务，热心帮助有需要的人。美国社会也向来非常注重团队精神的培养。

以前，两位老房东也错误地把共产主义跟专制和独裁等同起来，以为自由和平等是资本主义社会独有的追求。我也向他们解释：“中国和其他所有国家一样，都存在不够自由和不够平等的地方，但自由和平等同样是我们的共同理想。”

正是在不断探讨和交流的过程中，我们增进了对彼此的了解，还建立起最最深厚的友谊。

法官礼貌地向两位老房东招招手，然后转向控方律师：“安格丝女士，你还有什么需要补充吗？”

安格丝女士立刻高声尖叫：“两位被告都不是美国公民，却利用工作签证的便利窃取美国公司的财富，谋划损害美国利益的事情！林利用上班时间私自购买和出口军用产品，而张用于非法活动的手机也是公司配置的。两名被告都是受过专业培训的军火走私商，都知道怎样购买军用设备，并且精通出口法规，专门利用我们在出口管制上的漏洞把军用产品走私到我们的敌对国家。假如允许他们保释，那简直是放虎归山，将直接威胁到我们整个社区乃至全美国社会的安全！‘9·11’的教训太沉痛了，悲剧绝对不可以重演！我并不怀疑两位老房东对美国的忠诚，也不打算质疑他们跟被告之间的友谊，我只想提醒尊敬的法官，两名被告当时从事非法活动的地点，正是在两位老房东的屋檐之下！就在两位老房东的眼皮底下，F-14战斗机和AIM-9导弹的零件进了他们的家门又被运了出去，他们却浑然不知。而F-14战斗机，除了美国之外，伊朗是唯一拥有此武器的国家。请问，两位老房东对两名被告的信任，到底有何价值？”

“政府律师说得好，”法官立刻接着说道，“国家安全高于一切，任何时候都不能掉以轻心。本庭现在宣布，立刻将两名被告押回监狱，不许以任何条件获得保释。另外，根据两名被告自己提供的经济状况，本庭认为，两名被告均不符合条件享受公辩律师的免费服务。本庭下令，两名被告必须在一个月之内聘请自己的律师，否则必须按规定全额缴付公辩律师的费用。"

"法官……"张志强正要分辩，警察们已经一拥而上，硬把我俩推下被告席。

公辩律师匆匆离开时，特别嘱咐我："除了律师之外，不要跟任何人谈及与案件有关的任何细节！"

回到监狱的时候，已经是傍晚时分，电视新闻正在播报，由于伊拉克拒绝承认拥有大规模杀伤武器，美国政府决定正式对伊宣战。

紧接着，电视屏幕上出现的，竟然是我和张志强！

播报员解说道："美国海关、海军、空军、国防部和联邦调查局等多个部门联合组织的'暗星'卧底行动，经过五年时间的深入取证，终于宣告完满结束，当局一举侦破了多起非法走私战斗机和导弹零件到中国大陆的大案要案。其中，中国公民张志强和林芳企图将 F-14 战斗机和 AIM-9 导弹的零件偷运到中国，被美国海关全部拦截，目前证据全部掌握在美国政府手里。假如罪名全部成立，两人最高可判40 年……"

40 年！即使可以活着走出监狱的大门，那时候我们已经 70 多岁了，生命还有意义吗？而我亲爱的女儿，你又会变成什么样子？你会原谅我这个妈妈吗？最重要的是，这 40 年，你将如何度过……

我这才开始仔细观察这个我有可能要待上 40 个年头的地方：

洛杉矶大都会联邦拘留中心坐落在洛杉矶市区，毗邻联邦法庭，女犯人都关在九楼，也就是监狱的顶层。每个囚室都有一张双层铁床，但因为犯人太多，一般都在地上加放了一张床垫。犯人们可以在指定时间到大厅用餐、看电视和打扑克。这里长期开着空调，也长期供应冰块和热水，每天均有牛奶和水果，可吃到蛋和肉，还可以购物。最重要的是，这里还有微波炉和电话！不过，排队排了一整个晚上，我才知道，只有狱方帮我们开通电话账号之后，我们才可以与外界通话。如果要寄信，也必须贴足邮票。

和我同一囚室的，还有一名墨西哥非法移民，她也一无所有。而另一名黑人，睡觉时呼噜声像打雷，满口粗言秽语。当我低声下气地请她借我一张邮票时，没想到她立刻暴跳如雷："妈的你眼睛里终于有我了？你一直目中无人……"

确实，我不仅没有正眼望过她，而且还没弄清楚她叫什么名字，只听她的大嘴巴不时抱怨：由于她供出的犯人还没有全部判刑，所以，尽管她在这儿已经蹲了五年多，政府已经同意将她的无期徒刑减为十年，但她还没有被正式宣判。

我连忙向她解释："我是想写信让朋友寄钱进来，等钱进来之后，我还你十张！"

"妈的谁不这样说，钱却永远进不来，然后你们一个个都滚了！我有那么笨吗？妈的我最看不惯你这种自以为了不起的人，我不但不借，而且不许任何人借，谁他妈的敢借，我们就排挤谁……"

唉，在监狱里，生活条件的艰辛，与精神上的折磨相比，简直不值一提！

一天，我却意外地收到一封信，是环球贸易公司新聘任的律师寄来的。来信说，未经允许，我不可再私自踏进公司一步，任何时候需要跟公司联系都只能够通过他，而不许私自接触公司的其他员工。

一个星期之后，我的电话账号终于开通，但还得把准备外拨的号码交给狱方，经核准并输进电话系统之后，方可使用。狱中的所有通话，都自动录音。而电话号码交上去之后，又只剩下一个"等"字。

一天，我和张志强又被带上法庭，可我的公辩律师并没有按时出现。法官当场询问庭上有没有律师愿意临时充当我的律师，一名男士马上毛遂自荐，然后低声对我说："等会儿法官问你是否认罪，你只要说不认罪就行了。"

果然，我和张志强都只说了一句"不认罪"，就散庭了。

回到监狱之后，终于拨通了豆豆家的电话！虽然费用比普通电话贵很多，但只要接听方愿意付款，犯人没钱也是可以打电话的。我迫不及待地问豆豆的妈妈："詹妮，菁菁现在怎么样？"

"她这几天都在发烧，天天闹着要妈妈，我们豆豆也病了，我妈简直累坏了！"

我无限愧疚地说："詹妮，对不起，但我不得不告诉你……"

"请你不要告诉我，"詹妮却紧张地打断我，"我们已经看到了你们的报道。我们不打算跟你们扯上关系，所以，你只需要告诉我，菁菁以后怎么办？"

我 "哇" 一声哭了："我还没有想出办法来……"

詹妮继续说道："只要菁菁还在我们家里一天，我们就一定会像待亲闺女一样待她。但我必须告诉你，我妈的签证只剩一个多月就到期了。到时候，豆豆可以进我们公司的幼儿园，但你们家菁菁不行！我已经打听过，附近几家接收三岁以下小孩的幼儿园全都爆满了，而我和豆豆的爸爸都要上班。所以，我妈回去之后，我们即使有心也无力，不可能再帮你继续照顾菁菁了……"

我又 "哇" 一声哭了。

"林芳，哭有什么用？你到底打算怎么办？"

"我的头脑现在一片空白……"

"我得帮我妈订机票了！"

我只好强忍住眼泪："詹妮，等我征询过律师的意见之后，一定会第一时间告诉你。你可以帮我找一名律师吗？"

"林芳，不是我们不想帮忙，但除了照顾菁菁之外，我们再也不想牵扯上什么了！"

"你可以寄给我 100 美元吗？"

"里面可以用钱吗？"

"可以，寄信和打电话都得用钱。"

"钱不是问题，只是……"

电话 "咔嚓" 一声断了。联邦监狱里的电话，每通不能超过十五分钟，一小时后才能拨下一通，而再过半小时，我们的 "放风" 时间就结束了。

我可以怪詹妮吗？豆豆的姥姥当时二话没说，便一口答应继续照顾菁菁，除了感激涕零之外，我还能抱怨什么？

他们全家是半年前从东部搬来的。以前我们家的保姆经常带菁菁到附近的公园玩，并在那儿认识了豆豆。后来，保姆要回家照顾自己的孙儿，在我们找到新保姆之前，豆豆的姥姥愿意暂时帮忙照看菁菁。反正，豆豆和菁菁一会儿玩，一会儿抢，也够难舍难分的。

大家的工作都很忙，我和詹妮其实根本没有什么接触，更谈不上是知己朋友，她不信任我们，是完全可以理解的。

第二天，我一有机会就给老房东拨电话，但电话一直无人接听。我正在纳闷，却出乎意料地收到了 100 美元汇款，还有老房东寄来的一封信。信里说，多年以来，他们可以真切地感受到，我和张志强总是由衷地感激美国社会给了我们建家立业、实现梦想的机会。除了勤勤恳恳地工作之外，我俩只一心一意培养女儿成才，他们绝对不相信我俩会蓄意损害美国的利益。在没有真凭实据之前，他们只会相信自己的判断，而不会相信法庭和报纸上那些荒唐的指控。当记者采访他们时，他们也是这样说的，但他们所说的并没有被报道出去。

终于跟他们通上电话了，我含泪谢过他们，并恳请他们帮忙尽快聘请一位精通出口管制法规的律师。

第二天早上六点钟，狱中的电话刚刚开通，我便第一个抓起了话筒。

听到妈妈熟悉的声音，我霎时泪如泉涌，三十多年来，我一直都是她的自豪和骄傲，而现在，她的女儿竟成了阶下囚……

妈妈紧张地问："怎么了？"

"菁菁这次真的要回去了！"我饮泣着说。

妈妈却笑了："回来就回来吧，不要把自己累垮了。反正，在美国请一名保姆的钱，在这儿够请十个了……"

我哽咽道："妈，我们最近出了一点事儿，我以后再不能够经常给你打电话了，你先有个心理准备，菁菁很快就回国了……"

"出什么事了？"妈妈马上警惕起来。

"现在还说不准，等明确一点再告诉你吧。"

妈妈"哇"一声哭了。

我强忍着眼泪想安慰她，她却越发担心，"呜呜"痛哭起来，而国际长途电话费是每分钟一美元，再不挂断的话，下次就没有机会再打了！于是，我连喊几声："没事的，你先不要担心，我会给你写信的！"喊完，只得把电话挂断。

我出生于珠江三角洲一个普通的农民家庭。当改革开放的春风吹醒神州大地时，我们家成了种花专业户，后来又成了"万元户"。尽管当时农村的教育水平相当低劣，但在父母的鼓励和老师们的帮助下，我勇敢地迎战城市里从小就接受良好教育的男孩子和女孩子，终于跨进了中山大学的校门。在那里，我认识了张志强，他精力充沛，能言善辩，是校园里的活跃分子。在他的感染下，我逐步摆脱农村姑娘的羞涩，也尝试着大胆地表现自我。毕业后更和他一起踏上了赴美留学的征途。

我并非出生于富有的家庭，却有着比一般人都幸福快乐的童年。伴随我成长的，是父母自豪的目光和老师们发自内心的赞美。我的父母虽然只有小学学历，但他们从小教我算术、背诗和写字，而且无师自通地，他们从不唠叨，从不给孩子施加压力，最懂得通过口头语言和身体语言鼓励孩子进步。

菁菁出生的时候，他们就很想到美国来帮忙，但他们都属于无业农民，一踏进美国领事馆，就被双双拒签。妈妈担心我工作太忙，当时曾经提议，把菁菁带回中国给她照顾。

不过，对于我来说，工作或许可以辞掉，但女儿，绝对不会送走。

自从怀孕之后，不管多忙多累，我都尽量抽空广泛阅读中外关于优生优育的各种书籍，试图结合中西教育的精华，培养出一个幸福快乐又自信自强的孩子。孩子出生之后，我更是一步一个脚印按照专家的教导办事，孩子不到一岁，就开始每晚给她读书讲故事。每逢周末，又带她上亲子课堂，到图书馆借书和听阿姨讲故事，到公园跟其他小宝宝一起玩耍。并且，经常陪她一起收看生动有趣的儿童启蒙教育节目，边看边给她讲解……

想不到，生命中这场突如其来的风暴，一下子就将我要亲手培养女儿成才的美梦击得粉碎！

一小时之后，我又强忍着悲痛拨通了张志强父母家的电话。

电话一接通，菁菁的奶奶就连珠炮般轰了过来："到底怎么回事？你们爸爸中风住院了，我给你们打了十几天电话，为什么一直不接？我都急疯了，正担心得要死，刚才张志强打电话回来，还说工作太忙，无法请假回国。我只骂了他几句，他就把电话挂断……"

我泪如雨下："对不起，那是因为、因为……"

"因为什么？"菁菁奶奶怒声质问。

"因为、因为我们的身份问题……"我知道，此时此刻，再把我们入狱的消息告诉他们，无疑是对菁菁爷爷更致命的打击。

"你们干脆都回来吧，不要再办什么身份了！"菁菁奶奶失声痛哭。

我只好硬编出一些连自己都无法解释的理由，说什么因为手续没有办好，我们现在无法离境，等手续办好之后，我们一定马上回国。菁菁奶奶一个劲地追问什么手续没办好，我始终说不清楚，后来"咔嚓"一声，电话也自动挂断了。

一有机会，我又立刻拨打詹妮的电话，拜托豆豆的姥姥回国时，顺便把菁菁带回去。

詹妮连忙提醒我，马上就得帮菁菁办护照和签证，而小孩子办护照时，必须有父母同意其出境的书面声明，还要带齐各种证件。

我请她联系环球贸易公司，取回我留在公司的手提包和车子，我手提包里有钥匙，可以进我家拿证件。开始的时候她坚决不答应，但也想不出别的法子，最后她只得同意，由她的丈夫约上戴维斯先生一起进去。

出乎意料地，我又收到了100美元汇款，还收到了张志强的中学同学李健平寄来的一张明信片，上面只有他的姓名、地址和电话。

李健平住在纽约，虽然一直跟我们保持电话联系，但我们当然从没跟他提起过约翰。在这样的危难时刻，他不顾一切地雪中送炭，实在让人感动！

当我再次拨通老房东的电话时，他俩失声痛哭，因为他们找遍了报纸和电话簿，都没有找到一位精通军用品出口法规的律师。

我连忙请他们尽快联系李健平，让他发动同学和其他朋友一起找，因为，距离法庭规定聘请律师的期限，只剩一个多星期了！

再次拨通菁菁奶奶的电话时，她也痛哭失声："你们的事情，我已经知道了！你们爸爸的老同学梁伯伯看到你们的报道，打电话过来询问……我怕菁菁爷爷受不了，也不敢告诉他。但我自己一个人又无法承受，所以已经跟你的爸爸妈妈说了……你们还年轻，不管花多少钱，都一定要把官司打赢，我已经在发动亲友筹钱……"

我泪如泉涌："妈妈，对不起……"

菁菁奶奶却止住了哭声："无论如何，你们都必须坚强面对！不要考虑我们这些老的，先把菁菁安置好，把你们的事情处理好……"

我也只得强忍住眼泪："妈妈，谢谢您！外面的事情我们都交给了李健平，您以后可以直接跟他联系……"

然而，李健平发动了所有同学和朋友，也始终没有找到一位曾经办过类似案件的律师。我只得告诉他，不管哪一位律师愿意进监狱来见我们，都请他马上进来。

律师们终于来了。但他们都既不听我们解释案情，也不解答我们的任何疑问，一开口便只谈收费，即每小时500美元，又或者用10万美元包下整个案子，不管结果如何，一律不退款。

电视剧和电影里的律师个个都兢兢业业、全心全意为当事人着想，甚至冒着生命危险去调查取证，我为什么就没有那个好运气呢？每小时500美元，除了出庭、探访、通电话和准备材料的时间之外，还包括查资料、等候、往返和堵车的时间。而假如一次性付款，那么，给了钱之后律师到底办不办事，就全凭他的良心了！

在法庭规定必须聘请律师的最后一天，我又被带进了探访大厅。

"林芳，你现在怎么样？"张志强一见到我，立刻紧张问道。

"还活着！"这是我能给出的最好回答。

"你好，我是史提芬律师。"和张志强坐在一起的一位男士站起来自我介绍，然后把身边的高斯曼律师也介绍给我。

史提芬律师五官端正，身材匀称，西装笔挺，又因为上了年纪，更显得稳重而自信，看上去确实很有大律师的气质和风范。他毕业于耶鲁大学法学系，从业三十多年来，曾经打赢过不少轰动全国的官司。剪报上这样描述他："因为一表人才，他总能给陪审团团员们留下美好的第一印象，往往能轻易地赢取他们的信任……"

"我已经做了功课，初步了解过你们的情况。"他又拿出一些关于我们案件的报道递给我。

"但那些不是事实！"我激动地说。

史提芬律师笑道："当然，政府要借宣传造势，从声势上吓倒你们，逼你们就范。不过，我早就见惯了那一套，所以不会被吓倒。法庭上只看证据，十二名陪审团团员当中只要有一人认为你无罪，你就自由了。而我，最擅长煽动陪审团团员的同情心，总能够在关键时刻，击破他们的心理防线……"

"请问您怎样收费？"我迫不及待地问。

"我手头上的大案要案并不少，收费都是以百万美元为单位的。当然，我并不缺钱，所以钱对我来说并不是最重要的。我对你的案件很感兴趣，又考虑到你们的经济承受能力，所以，只会按照普通律师的标准收费，也就是说，每小时500美元。"

"这官司估计要打多久？"

"坦白地说，耗上一两年是很正常的。"

"也就是说，即使无罪，我们起码也得被关一两年？"

"所以，一旦接手，我会第一时间把你们保释出去。"

"但法官已经否决了我们的保释……"

"那不等于说，他不可以改变原来的决定，即使是杀人犯，我也可以保他出去。"

"别人可以用 10 万美元包下整个案件，您也可以吗?"我急忙问道。

他对我笑笑:"算了，谁叫我对你的案件这么感兴趣呢。"

"请问，您办过类似的案子吗?"我又问。

"假如我办过类似的案子，我还会对你的案件这么感兴趣吗?任何一名律师如果对某一法律条文不太熟悉，他随时可以查阅法律书籍。一名律师是否优秀，主要看他跟政府打交道的经验和技巧……"

"如果输掉官司的话，可以退款吗?"

"律师费是服务费，不管官司是否打赢，我们都付出了服务，所以，律师费从来不退款。"

"但我们的事情，纯属巧合与误会，只要跟美国政府解释清楚，应该就没事了。那样的话，可以退款吗?"

史提芬律师指着关于我们的一篇报道，苦笑着说:"多个政府部门已经在你们身上花了五年时间，投入了大量人力、物力和财力，如果轻易放过你们，怎么向纳税人交代?到时候如果你们反告政府，政府的面子又往哪儿搁?唉，算了，我对你的案件确实很感兴趣，不挣钱也罢了。这样吧，如果上庭开审，我还得收取 10 万美元，但如果不开审，我只收 5 万美元。不过，张志强必须以同样的收费标准聘请我的外甥高斯曼律师，而且，你们还得自己支付一切复印和差旅等额外费用。假如要调查取证，也必须另外聘请私家侦探。"

为当事人争取最大权益是律师的神圣职责，而同案犯之间往往因为互相推卸责任而存在利益上的冲突，所以，美国法律明文规定，同一名律师不能同时为同案的犯人服务。

我和张志强都非常清楚，今天除了跟这两位律师签约之外，我们别无选择。但到底该怎么付费呢?张志强担心，一次性付款之后，律师就不再尽心尽力了，而我知道，确如律师所言，狱中很多犯人的官司都一打就是两三年，收费确实是以百万美元为单位的!

"我们起码得留下 10 万美元作为菁菁以后的生活费用……"我噙着眼泪说。

一提到菁菁，张志强的泪水也涌了出来。再三权衡之后，我们还是决定，那 10 万美元作为菁菁以后生活的保障，绝对不能碰。所以，在财务上，我们不能出现无底洞。现在，只能够每人交 5 万美元先把律师请了，假如以后确实需要，再考虑把房子卖掉，进一步打官司。

最担心的事情终于发生了！李健平帮忙垫付了律师费之后，两位律师果然没有如他们所答应的，马上就来找我们。他们正在处理一起特大凶杀案，每天都得上庭。

唉，果然是谁给的钱多，谁的案子就是大案要案啊！

一天，我突然收到一个大包裹，打开一看，只见里面有一台微型播放机和十几盒录音带。我颤抖着双手将其中一盒塞进播放机，并按下播放键：

"你们以前卖过军用零件给大陆吗？"这是约翰的声音。

"当然卖过，我们美通国际有限公司的规模远比环球贸易公司大，我们既生产又进出口，航空、通讯、飞机模型……什么都做！"这是张志强的声音。

"你们办过出口证吗？"

"办过很多！"

"办过去中国的吗？"

"办过。"

"批准了吗？"

"全都批准了！我跟你说，办证只是一种程序，之所以要办证，是因为美国政府想知道我们要把东西卖到哪儿去，不是说不能出口。不能出口的东西，我们有可能碰得到吗？即使是我们自己公司生产的国防通信设备，我到现在都还没有机会偷窥一眼……"

"你知道哪些东西要办证，哪些不用吗？"

"理论上，一切有技术含量的东西，尤其是军用产品，美国政府都希望大家办证。当然，具体哪一样要，哪一样不要，并没有明确的规定。而假如你去问国务院的话，他们肯定会说全都要，因为他们想知道你要卖到哪儿去，知道总比不知道好，对吧？不过，只要能拿到货，不办证同样可以把它运出去，政府也查不出来。大家都知道不能把毒品和枪支带上飞机，但一块小零件，即使是用在导弹上的，谁又看得出来？"

"你现在卖给我的东西，要办证吗？"

"这些小东西，最多只需要通用出口证，问题不大。"

"如果不办证，被政府查出来，怎么办？"

"那当然得补办了。本来，办证是免费的，但补办的话，估计要交

— 16 —

些罚款。对了，你的小插头我已经带来了，你看，这么小，放在口袋里就可以带回去……"

"不要给我，那边要货很紧，我暂时还不回去，还是请你赶紧帮我寄回去吧！"

"反正我已经带来了，先给你吧，你带回去也好，寄回去也好……"

"还是麻烦你寄吧，我在美国还没寄过东西，怕搞不好误事……"

我"啪"一声关掉播放机，浑身颤抖，冷汗直冒。喘了半天气之后，我才又狠命地一咬牙，换进去另一盒录音带：

"价钱确实是个问题，不过，还因为，我们其实并不能百分百地确定它不用办证，而你知道，美国大公司办事都是循规蹈矩的，假如出了事，谁都不想负责……"

听着自己亲口说出的这段话，我痛苦地捂紧耳朵，又羞又愧，又悔又恨。

命运啊命运，你真会捉弄人，在别人看来，娇小柔弱的我，全凭天生漂亮的面孔，年纪轻轻就拥有了成功的事业和幸福的家庭。然而，谁又知道，我其实就像上紧了发条的机器，根本没有时间休息和享受，把健康也豁了出去，硬着头皮厚着脸皮逼着自己拼搏和闯荡，才打造出那个令人艳羡的靓丽光环……

职场角逐

那一天早晨，阳光特别明媚，我刚从车门钻出来，就听到一个亲切的声音："林芳，早上好！"

我抬起头来，惊喜地看到巴特的笑脸，他眼睛里甜蜜的笑意一下子就温暖了我本来带几分紧张的心。我连忙说道："早上好！请问我直接去找陈波报到吗？"

巴特俏皮地望着我微笑："不，你直接向我报到！"

"是吗？"我疑惑地望着他，因为，他是欧洲市场部的负责人。

他但笑不语，把我带进办公室之后，先给我端来热腾腾的咖啡，让从未喝过咖啡的我，第一次尝到了咖啡的香甜。然后，他兴奋地告诉我，我来公司面试之后，老总威尔逊先生请他谈谈对我的看法。他认为，我是一个非常勤奋好学的女孩子，只要培养得当，将来一定会为公司开辟出一片广阔的中国市场。威尔逊先生高兴地表示，如果我在实习期间的表现令人满意，公司愿意考虑在我毕业的时候正式聘用我。

然后，他压低声音说："目前我们公司的中国市场还是一片空白，而负责亚洲市场的金先生是韩国人，英文并不怎么样，国际贸易也不是他的专业。专门负责台湾业务的陈波呢，虽然和我一起进公司，但至今还没当上项目经理。为了让你从一开始就接受最正规、最专业的培训，威尔逊先生最后决定，你先到欧洲市场部来跟我学习。"

我再次在心底里暗暗感激上天一直以来对我的优待和厚爱。

巴特又拿出一份资料，亲切地对我说："这是一份加急的询价单，如果我们今天报价，明天很可能就拿到订单了。"

"F-16战斗机？是飞机模型吗？"我翻阅着材料震惊地问。

巴特微笑着说："是F-16战斗机的零件，我们还出口火箭和导弹的零件。"

我慌忙掩住嘴巴。

"怎么了？"他关切地问。

我只得红着脸承认："其实，我对高科技一窍不通。"

巴特"噗"一声笑了："技术上的东西我们谁都不懂，不过，我们只要懂得买货卖货就行了。航空产品的质量要求非常特殊，波音飞机上的每一颗螺丝钉，都必须由波音指定的厂家生产并提供质量证书，所有中间商也必须提供质量证书。所以，任何一件产品总能追溯回原厂家，有问题最终都由原厂家负责。"

我绷紧的神经这才稍微放松下来。

"准备好了吗？我们要正式开始工作了！"巴特兴奋地问。

"嗯。"我点点头。

"看你！"他却突然一把抓住我的手臂，激动地说："你干吗还这么紧张？我早就知道，你以前没有任何工作经验，英文也还不是太好。但那些都不重要，最重要的，是你的工作态度，懂吗？"

虽然心里并没有什么好滋味，我还是顺从地又点了点头。

"看你，还是太紧张，给我笑一个！"他望着我的眼睛，自己先笑了。

我也被他逗笑了。

他这才详细地告诉我，可以通过什么资料和电脑软件搜索各种飞机和军用零件，然后又教我制作询价单，并且通过传真和邮件发送给供应商。

中午，小胖子陈波把我带到附近一家中餐馆吃饭。他从小随父母自台湾来美，中英文都非常流利。他和巴特是两年前一起进公司的，而我们三个人都同龄，在那一年，都是 25 岁。

午饭后，供应商们陆续报价，巴特示范着打电话跟报价最好的供应商讨价还价，然后，也让我尝试着打了两个电话。

给客户报价之后，第二天，我们果然就拿到了订单。

我很快就爱上了自己的工作。每天一走进办公室，首先看到的是巴特亲切的笑脸，接下来还可以学到很多新鲜的东西：询价报价、讨价还价、买货验货、出单发货……

一天，巴特兴奋地告诉我，公司将于周末在附近一个公园搞野炊活动。经过一番激烈的内心搏斗之后，我终于鼓起了勇气："请问，可以带男朋友吗？"

巴特一下子愣住了，颈项和耳根霎时烧得通红。同事们同时把头扭向他，他只好结结巴巴地说："可、可以的，你要带吗？"

我也只好硬着头皮回答："如果可以的话，我就带了。"

星期六中午，我和张志强牵手步入野炊营地时，巴特正跷起二郎腿坐在露天石台的一角喝可乐。一眼瞥见我们，他立刻放下可乐，目光徐徐移向张志强：

张志强长得黑黑实实，170 厘米的个子在广州不算太矮，在 154 厘米的我看来，是最标准的。当然，在一般美国人眼里，他大概只是"二等残废"。

巴特不屑地抿抿嘴，然后"嗖"一声跳下石台，大步迎向张志强，热情地伸出手。

我连忙介绍："这是张志强，他在美联通信设备有限公司工作，也是做国际市场的。"

"哇，美联可是大公司！"巴特握紧张志强的手，夸张地惊叹。

张志强也客套地说："听说你们公司才成立三年多，已经发展到今天的规模，真是神速！"

巴特连连点头："是的，三年前，我们只有威尔逊先生和金先生两名老将……"

接下来的整个下午，我都亲密地依偎在张志强的身边，因为，不要说用我当时笨拙的英语，就是用我流利的中文，也无法向巴特解释清楚，只得借助身体语言。

星期一回到公司，巴特马上就变得一本正经，并安排他手下的詹姆负责培训我。

詹姆是个不爱说话的美国青年，但他很高兴地交给我厚厚一沓询价单。

我开始每天埋头询价，把大沓询价单发出去之后，又打电话过去杀价，最后把价格整理出来，交给詹姆报价。

根据巴特的指示，我可以在询价单上署名，但一切报价单、订货单和发货单，都必须由詹姆签字。

两个星期过去了，我却再没有收到一份订单，而当我硬着头皮打电话去讨价还价时，供应商们都生气地说："这次再不买的话，下次再不给你报价了！"

我从小在赞美声中长大，还从没被人如此恶骂过，然而，这是我的工作，尽管羞愧万分，我还得每天继续询价，继续杀价。直到有一天，我实在撑不下去了，只好硬着头皮问詹姆："我们最近都没有订单吗？"

"你做的那些，没有。"詹姆摇摇头。

"请、请问，你都加了多少利润？"我结结巴巴地问。

"巴特让我全部加百分之二十五。"

"他不是说，如果客户不买，就得降价吗？"我激动得高声尖叫。

詹姆耸耸肩："你去问他吧。"

实习期已经过去一半，我不曾拿过几张订单，还把供应商们得罪了，毕业的时候，公司还会聘请我吗？

我正如坐针毡，巴特却又突然请来一位全职助手，她原本在一家专营航空轮胎的公司工作，为了直接从其供应商手里买货，巴特说尽了好话才硬把她撬了过来。

她叫姬亚，是位金发女郎，也跟我们同龄。巴特迫不及待地把最重要的工作都交给她，边耐心指导边赞不绝口。为了让客户和供应商们尽快喜欢上她，还故意让她在我们部门所有的报价单和订货单上签名。午饭时间一到，又热情地邀请她共进午餐。

"林芳，一起去吗？"姬亚问我。

"她只喜欢跟陈波一起吃中国菜！"巴特激动地说。

陈波果然来了。

从此之后，姬亚几乎每天都收到新订单，她脸上的笑容比山花还要烂漫。

然而，欧洲市场虽然发展很快，总体业绩其实不如其他部门，人手却已经不少——当我毕业的时候，公司还会聘请我吗？

美国近几年失业率居高不下，而我既要办身份又毫无工作经验，要找一份好工作，谈何容易！

无论如何，非得坐下来跟巴特开诚布公把话说清楚不可！趁办公室里没有其他人，我急忙扭头望向他。他正在专心打电脑，但马上就好奇地抬起头来。当我们的目光相遇时，我脱口问道："今天中午我们一起吃饭好吗？我有重要的事情要跟你谈。"

他愣了愣，长睫毛眨了眨，说了声"好的"，又埋头继续工作了。不过，我清楚地听到了他"扑通扑通"的心跳声。

十二点钟，他还在专心工作，陈波过来了，我连忙用中文说："我今天约了我们老板吃饭。"

陈波刚转身离开，电话铃就响了。姬亚拿起话筒，说了声"请稍候"，便转向我："林芳，张志强找你。"然后，她轻轻走到巴特身后，猛地拍了一下他的肩膀："嘿，工作狂，午饭时间到了！"

巴特愣了愣，抬头向她笑笑，然后瞟了我一眼，眼睛里眨动着俏皮的笑意。他站起身来，没说什么，和姬亚一起走了出去。

放下话筒之后，我急忙走出办公室，但再也看不到巴特和姬亚的身影。我一口气冲下楼，却看到巴特那辆漆黑的敞篷跑车刚好驶出停车场，他和姬亚正坐在里面哈哈大笑……

跑车消失之后，哈哈的笑声仍在我的心中震荡——要知道，虽然委婉地拒绝过很多追求者，但这还是我第一次主动邀请男士，竟被这样子无礼地拒绝了！

在这种人手下工作能有什么意思？而假如我已经不再在乎这份工作，那还要跟他谈什么……

他和姬亚边说边笑回到办公室时，我已经在专心工作，因为我已经气饱了，根本就没吃饭。姬亚一见到我，立刻兴奋地嚷道："林芳，我们今天也吃中国菜了！"

巴特的目光徐徐移向我……

"喜欢吗？"我扭头望向姬亚，尽管心里正在滴泪，但还是成功地从眼神里流露出会心的笑意。

巴特一下子愣住了。

"好极了，下次我们应该一起去！"姬亚又兴奋地嚷道。

"好的，下次我们一起去吧。"我潇洒地说。

第二天早上，我正在咖啡间泡茶，巴特突然满脸通红地走来，结结巴巴地说："林、林芳，你还打算一起吃饭吗？"

"什么？"我像被毒蜂蜇了一下，热茶也洒出了杯子。

"昨天，你不是说一起吃午饭吗？"

"是啊，但那是昨天，不是今天！"我尖酸地说。

"昨天我一下子忘了，今天补请吧？"

"不用了，本来就没打算要你请！"我激动得浑身颤抖。

"你不是说有重要的事情要跟我谈吗？"

"已经不重要了！"

"那你本来要谈什么吗？"他紧张地追问。

"没有必要再说了！"

他的眼神里掠过一阵恐慌："林芳，我并不是要故意伤害你……"

"一个午餐而已，没有什么伤害不伤害的！"我潇洒地抛下一句，然后头也不回地走出咖啡间。

连续两个星期，我和巴特都没有主动跟对方说一句话。

反正，我的实习期很快就结束，以后大家都不会再见面了！

一天，巴特却突然在例会上宣布："让我代表环球贸易公司热烈欢迎林芳加入我们这个大家庭，并且正式成为我们欧洲市场部的光荣成员！"

睨我一眼之后，他又一本正经地说："为了表示祝贺，今天中午，我们部门全体成员一起出去吃饭，公司请客！"

我却始终心事重重。我目前只有学生签证，毕业一年之后，如果拿不到其他签证，我将失去在美国的合法身份。近年来，美国工作签证的名额严重不足，申办的条件非常苛刻，一旦名额用完，更只剩一场空。美国很多公司都明确表示，不考虑聘用任何需要办身份的外籍人士。

公司考虑过我的身份问题吗？如果根本不打算帮我办身份，那么，赶紧找一家愿意帮忙的公司，将是我的当务之急！

思前想后，我决定找金先生开诚布公地把话说清楚，请公司给一个明确的答复。

金先生是亚洲市场部的负责人，又因为资格最老，实际上还充当着公司副总的角色。

"我要跟巴特和威尔逊先生研究过之后，才能够答复你。"他说。

第二天早上，我一踏进办公室，巴特就像一头发了疯的狮子般狂吼："你是属于我们欧洲市场部的，有什么事情应该首先跟我说，而不是去找其他部门的领导！"

我很想分辩，那是因为你不给我机会，但喉咙一下子被卡着，只能任由泪水汹涌地夺眶而出……

"我们已经在你的身上投入太多，怎么可能不帮你办身份呢！"他继续咆哮。

同事们个个屏住呼吸，目不斜视地盯紧自己手上的工作，谁都不敢望他一眼。他这才意识到自己严重失态，吐掉几口大气之后，终于把声调降了下来："我这阵子正忙于培养姬亚，等她能够独当一面分担部分工作之后，我就可以集中精力指导你开发中国市场了。我们已经决定年底赴中国参加航展，你要做好随时进军中国市场的准备！"

把眼泪擦干之后，我对未来又充满了憧憬。

我还发现，詹姆给我的询价单其实只是计划性的，也就是说，客户在投标某项目之前，为了测算成本，先了解一下原材料的价格，正式采购时，还会重新询价。

既然如此，我又何必太认真呢？从此之后，每件产品我都只跟两家供应商询价，再不打电话去杀价了。网上可以查到价格的，干脆就不询价了。利用省下来的大量空余时间，我开始上网了解中国在航空制造业方面的情况。

一天，巴特终于坐到我的身边来，摇着头说："给了你两个多月时间练习询价杀价，但你始终没有一点进步！"

正憋着一肚子闷气的我激动地反问："请问，那是不是指，我一直都没有拿到订单？"

没想到，他更暴跳如雷："本来就不指望你拿订单！但我当然看得出每个人的工作水平，人家姬亚进公司比你晚，但各方面的业务都掌握了，公司正准备提拔她为助理项目经理。公司向来规定，只有当上助理之后，才可以参与新市场的开发。珠海航展已经迫在眉睫，你还是这个水平，姬亚又不会说中文……"

"你也不说中文，不照样负责中国市场吗？"我赌气地嘟囔。

他睖了我一眼："听说你们亚洲人最信任美国大公司，我是美国人，当然更能代表我们是地道的美国大公司。更何况，公司最后还是不打算安排你和陈波在一起工作。"

我尖酸地说："所以，公司最后决定，中国市场属于欧洲市场部！"

他"噗"地一声笑了："这当然还因为，南美市场的开发，靠的是威尔逊先生的个人关系。亚洲市场，靠的又是金先生原来的工作关系。只有欧洲市场，才是凭我在国际贸易学到的专业知识开发起来的，公司希望把我们欧洲市场的成功经验推广到中国去。对了，你有 MBA 学位，目前是我们公司学历最高、专业最对口的人才，我相信，你将来一定可以把中国开发成全公司最大的市场……"

我当然知道那是讽刺挖苦，但还是暗暗发誓：只要给我时间和机会，那一天总会到来！

末了他又扔下一句："有空的时候，先上网看看中国在航空制造业都有些什么公司。"

当我把早已整理好的资料打印出来并双手奉上时，他愕然地问："你这是从哪一个网站上找到的？"

我微笑着回答："不是从某一网站上打印出来的，是我把每家公司的情况找出来之后再整理而成的。"

他狠狠地瞪我一眼："我早说过，工作态度是最重要的，而好的工作态度，绝不是叫你往东时你偏往西跑！"

第二天，巴特交给我一封专门介绍我们公司情况的样板信，让我逐一传真给中国航空制造业的所有厂家。然后，又让我逐一给他们打电话。

不过，他们都只是客气地说，有需要的时候，会主动跟我们联系。

一天，终于收到了王志军先生从沈阳航空专用产品进出口公司发来的询价单，我却皱起了眉头："可我们并没有跟这家公司联系过……"

巴特笑着说："我们公司经常在国际航空杂志上登广告，所以经常有客户主动找上门来。对了，上次巴黎航展的时候，好像就有一位姓王的先生找过我……"

"有什么好消息吗？"威尔逊先生和金先生并肩走了进来。

客户要购买一块 C-130 飞机的电池，威尔逊先生高兴地告诉我们，买电池是金先生的特长，我们一定要虚心向他请教，非拿下这第一张订单不可。

该电池的出厂价是 1 000 美元，但金先生只花 900 美元就可以从分销商那儿拿到货，最后，我们向客户报价 998 美元。

果然，我们很快就拿到了来自中国大陆的第一张订单，威尔逊先生非常高兴，把全体员工都请出去吃饭庆祝。

发货之后，我们又收到了第二份询价单。其中的一根天线，我们发动了全体同事，才侥幸地找到一件旧货，原价 5 000 美元，我们决定报价10 000美元。另外一个小插头，只卖 20 美元，但一般供应商都有 50 美元的最低购物额，幸好卖天线的供应商也卖这个，所以，我们报价 60 美元，规定必须与天线同时购买。还有一个接收设备和一个感应器，出厂价都超过 10 万美元，我们决定分别加上百分之十的利润。而其他那些过了时的零件，我们费尽力气都没有找到现货。

赶在珠海航展之前，我给客户报了价，并在出发前，拨通了他们的电话。

王志军先生不在，接电话的人姓李，他确认已经收到了我们的电池和新的报价单。我告诉他，我们很想在珠海航展之后上门拜访他们，他却犹豫着说："王志军先生其实出国了，到时候恐怕还赶不回来……"

我连忙说："我们只想到贵公司看看还有什么可以合作的地方，不一定要见到王先生。"

"那、那我先问问其他领导有没有空吧……"对方最后支吾道。

第二天，我又拨通了他们的电话，并礼貌地问："请问李先生在吗？"

"你是指我们的李兵董事长吗？他刚走开，找他有事吗？"接电话的人热情地问。

我连忙回答："我昨天跟他通过电话，说我们很想在珠海航展之后上门拜访贵公司，我们是位于美国加州的环球贸易公司……"

"太好了，你们就过来吧！我叫蔡峰，是我们公司的业务科长，到时候如果李董事长没空的话，你们直接找我就行了。"对方爽快地回答。

珠海航展之后，我跟巴特和金先生一起来到了沈阳航空专用产品进出口公司。

尽管后来一直跟我电话联系的都是蔡科长，但亲自到门口迎接我们的却是李董事长。他首先压低声音非常郑重地对我们说："那些进口的飞机零件，其实并不是我们公司的业务，我们只是帮别人代理的，具体情况我也不太清楚，所以，我们今天不谈那些。"

巴特、金先生和我互相对望一下，显然都感到无比失望，但也不好说什么。

进入会议室之后，蔡科长热情地迎过来，首先给我们每人一份装订精美的公司简介和产品目录，然后，通过电脑和幻灯投影详细介绍他们公司的情况。

他们主要出口飞机模型，目前最大的市场是欧洲，但他们正在努力开拓北美市场，积极寻找一切愿意跟他们合作的分销商和销售代理。

"那请问，你们都进口些什么？"巴特愕然地问。

"我们不进口，只出口，我们希望借助你们在美国的销售网络推销我们的产品……"

"但王志军先生不是跟我们买过东西吗？"

"王志军先生？"蔡科长也愕然地皱起了眉头。

李董事长急忙转向我们："不是说过了吗？今天不谈那些，因为，王先生其实不是我们公司的，只是请我们代办进口手续……"

"你们这种代理的业务多吗？"巴特追问。

"很少，偶然有一些。"

巴特咬着金先生的耳根说："看来，我们公司的情况就不用介绍了。"

金先生也含糊地嘟哝："我看，带来的礼物也不用送了。"

巴特犹豫地拿出了钢笔和挂历，T恤则没有拿出来。

不过，李董事长坚持要请我们吃午饭，饭后又坚持亲自送我们去机场。金先生这才满脸羞愧地拿出T恤："这是我们公司定制的，虽然不是名牌，但质量还是不错的。"

航展之后，我们开始陆续收到一些中国私营贸易公司的询价单，不过，就算把利润压到最低，我们还是拿不到订单。

我这才意识到，中国市场的竞争其实非常激烈，我们经常会在同一天收到来自不同贸易公司的同一份询价单。航展期间，我们也亲眼看见美国的大型分销商正大举开进中国市场……

姬亚不但当上了助理项目经理，还被评为公司的"年度优秀员工"，而我呢，每天加班加点，却始终没有订单！最最折磨人的，还是办身份的问题。移民局简直吹毛求疵，不仅要求公司提供近几年的详细财务报表，确保公司利润年年增长，还要求申请者的薪资必须高于同行业平均水平，甚至规定，只有公开刊登广告后仍找不到合适人选，才可以破格招聘外籍人士。

每月、每季、每年，公司都会出炉一份以部门为结算单位的财务报表。很显然，欧洲市场部最最沉重的负担，就是我！

重重的压力，压得我简直抬不起头来面对同事。一天，李董事长却突然来电，说他正在洛杉矶，很想登门拜访我们，详细谈谈上一份报价单的情况。

我的热血立刻沸腾起来，当然，还不至于得意忘形到连领导也不请示。

"他来干什么？来推销他们的飞机模型吗？"巴特果然黑起面孔。

我急忙提醒他："我们后来还给他们报过一次价……"

"要买就直接下订单呗，专门跑来的，肯定是推销！"

"下订单之前，他要先跟我们详细谈谈。"

巴特闷声说道："因为参加你们的航展，我手头上的工作都被耽误了，我正忙得不可开交！"

这可是我唯一的救命稻草啊！一急起来，我又不顾一切地去找金先生求救。

"岂能对客户如此无礼!"金先生说完,马上请示威尔逊先生。威尔逊先生指出,我们不仅要盛情接待远道来访的客人,还应该亲自把人家接到公司来。

不过,李董事长客气地表示:"不用麻烦你们了,我在洛杉矶的朋友会送我过去。"

当晚,我和巴特都留下来加班,但彼此都没有说一句话,甚至当他离开时,都没有跟我说再见。

第二天下午,李董事长准时到达,一见面就兴奋地告诉我:"最近我们飞机零件的业务发展很快,所以,我们正准备在美国成立一家分公司,专门负责采购。"

"太好了!"我正鼓掌欢呼,威尔逊先生已经领着金先生和巴特一起走过来了,他热情地用中文说:"李先生,欢迎!欢迎!"

"叫我约翰就行了。"李董事长边跟大家握手,边派发名片。

名片上没有地址和电话,只有一个传真号码。约翰解释说,他目前借住朋友家里,电话太多会给朋友添麻烦,他也经常外出办事,所以,传真是目前最好的联系方式。

威尔逊先生还有要事,跟客人握过手之后,便匆匆离开了。

巴特连忙打开电脑,通过幻灯投影详细介绍我们公司的情况。

"你们在军用航空方面的实力果然名不虚传!"约翰由衷地赞叹。

巴特微笑着说:"挖掘稀缺和过时的军用航空零件,是我们的专长。"

"你们都卖给哪些国家?"约翰问。

"我们的业务遍及全世界。"巴特回答。

"中东也卖吗?"

"也卖。"

"卖给伊朗还是伊拉克?"

巴特笑了:"要能卖给他们的话,我们公司还是今天的规模吗?只是卖给科威特和以色列而已。"

"中国呢?业务多吗?"

巴特睨了我一眼:"很快就会有很多了!"

"都有些什么客户?"客人又问。

我红着脸说："目前只有一些私营贸易公司。"

"有军用的吗？"

我摇摇头："目前还没有，但那是我们努力的方向，因为军用产品才是我们的专长，而且，听说军队都很有钱，不像那些专门替航空公司询价的私营贸易公司，只询价，很少买。"

约翰立刻说道："我们的客户确实很有钱，只要价格合理，我们都会买，很少讨价还价。只要你们的服务好，大家合作愉快，我们一般也不会再找其他人。我们只需要几家很好的供应商，这样方便管理。但军用的东西，可以卖给中国吗？"

金先生回答道："一架战斗机上铜铜铁铁制成的零件很多，不见得都含有尖端技术。现在中美关系越来越好，克林顿总统去年才访问过你们中国，整架波音777都卖过去了，我们那些小东西，应该不算什么。"

约翰从公文包里掏出我们的报价单，好奇地问："但为什么，报价单上说这个感应器必须向国务院申办出口证呢？"

"是工厂告诉我们的。"我连忙回答。

"你们以前办过出口证吗？"

"办过很多！"巴特和金先生同声说道。

"办过去中国的吗？"

巴特讪笑道："不管出口到哪一个国家，申办的程序都是一样的，手续都很烦琐，都要等上好几个月，有时候还要补充好几次材料，但我们每次都办成了！"

"假如办不到的话，也可以发货吗？"

"你是指那个感应器吗？那当然就不行了！"我回答。

"你们怎么知道哪个产品要办证，哪个不用？"

"假如要办证的话，如果工厂没看到我们的出口证，是不会发货的。"巴特回答。

"那报价单上的其他产品呢？也要办证吗？"

我摇摇头："应该不用，因为工厂没有说，当然，我可以再确认一下。"

约翰连忙说道："确认之后，请再给我发一份传真注明清楚。另外，我想知道，假如真的办不了，你们可以先把货发到香港，再转运到中国大陆吗？"

金先生连忙回答："当然不行，我们办证时就必须向国务院提供最终用户及其当地政府出具的保证书，还要提供所有运输公司和中间商的地址和电话，发货时必须严格按照原定流程办事……"

"不过你放心，出口证是一定可以办到的，只是时间问题!"巴特胸有成竹地说。

"具体的申办程序是怎样的呢?"约翰又很感兴趣地问。

"我上周才办了一个，我现在就把资料拿过来，你一看就明白了。"金先生边说边站起来。

巴特也站起身:"对不起，我还有一些很重要的事情需要处理，你们慢慢谈吧。"

看完金先生的办证资料之后，约翰又很感兴趣地询问了我们公司各方面的情况，直到下班时间，才依依不舍地离开，并再三表示，他刚来美国，什么都不懂，以后还全靠我们大力支持。但当金先生热情地挽留他吃晚饭时，他却说已经约了朋友，朋友已经在楼下等他了。

第二天，当我跟供应商们确认是否要办证时，天线和小插头的供应商说，只要我们付钱，他们立刻就发货，不需要任何其他资料。接收设备的厂家则肯定地说，他们经常出口那东西，从来没有办证。

于是，我回复约翰，感应器必须办证，接收设备不用，其他产品应该也不用。

约翰发来的订单里面并没有需要办证的感应器。

当我下订单时，那根唯一的旧天线已经被供应商卖掉了。接收设备的厂家则说，他们的东西如果要出口，其实是要办证的，并解释道:"我们国内的销售人员可能不太清楚，我们其实已经有一个通用出口证了，所以每次出口时，不需要再办证。但那个出口证规定出口商只能是我们，如果由你们来出口，你们必须申办自己的出口证。"

订单上最后只剩下接收设备和小插头，巴特认为，如果我们只为接收设备办证，国务院肯定会追问小插头的情况。为了节省时间，我们不如从一开始就同时帮两件产品办证，免得以后还要不断补充资料。

约翰却回复说:"经过审慎的考虑，我们决定，在任何情况下，都不会向供应商泄露客户信息，所以，凡要办证的东西我们就不买了，我们只买不用办证的。"

巴特生气地说:"如果本来就不打算办证，当初为什么没完没了问个不停? 如果只卖给他小插头，我们是要亏本的!"

我为难地说:"就算这次不赚钱，也帮帮人家吧，就怕人家以后都不找我们了……"

巴特更气了："第一份订单可以不赚钱，但总不能永远赔钱！本来以为，你们中国十几亿人口的市场潜力无穷，现在看来，不仅竞争激烈，而且问题太多！因为参加你们的航展，还要处理那些没有订单的询价单，我已经失掉了欧洲市场好几份订单，当初真不该硬把这赔钱的市场要过来！从现在开始，我一定要集中精力先搞好欧洲的业务。对了，你们中国应该算是美国的敌人，到底哪些东西可以卖，哪些不可以，我还真的不那么清楚呢。而假如出了事，承担责任的，不是你，而是我！所以，如果他要买就两件一起买，一起办证，否则，我们一件也不卖。"

假如连这唯一的客户都无法挽救，我留在公司还有什么前途可言？一急起来，我又不顾一切地去找金先生求救。

金先生却为难地说："中国市场从一开始就交给了巴特，既然是你们部门的工作，我就不好随便干涉。"

"你们干脆帮他在美国推销飞机模型吧！"听完我的哭诉之后，张志强提议。

"但巴特说我们不懂进口……"我哭丧着脸说。

"那就学呗！"

"但巴特认为，我们这些新人应该虚心向前辈学习，不该胡思乱想。"

张志强灵机一动："他不做的话，我们可以自己做！"

"这……恐怕不太好吧？"

"那有什么，反正是你们公司不要做，而且，你只要把约翰介绍给我就行了，其他事情都不用你管！"

约翰再次打来电话的时候，我向他解释了公司的立场，他连忙问："你们不肯卖那小插头，是因为价格的原因吗？"

我哀伤地说："价钱确实是个问题，不过，还因为，我们其实并不能百分百地确定它不用办证，而你知道，美国大公司办事都是循规蹈矩的，假如出了事，谁都不想负责……"

他歉意地解释道："请理解，客户信息属于商业秘密……"

我叹了一口气："我当然理解！对了，我有一个朋友，很想跟你们合作飞机模型的生意……"

"他是中国人吗？"

"是的。"

"那很好，他叫什么名字？"

张志强和约翰联系上之后，两人一见如故，约翰马上答应会考虑让他成为美国的独家代理，并且感叹，始终只有中国人最谈得来，并希望跟他在航空产品方面也展开合作。

张志强当时已经拿到了工作签证，假如我们结婚的话，我也可以拿到 H2 配偶签证。我们决定，先尝试着跟约翰合作，如果成功的话，我干脆就把工作辞掉，回家自己做生意。

当约翰给张志强重新发来询价单时，我们回复他，接收设备和感应器必须办证，至于小插头，我们的单价是 50 美元，必须同时购买两个以上。

约翰立刻发来订单，同时购买两个小插头。

虽然买货和发货都由我包办，但所有单据都是张志强签名的。在没有辞职之前，我不打算向约翰公开我和张志强之间的关系。约翰也没有再跟环球贸易公司联系过，巴特和公司的其他领导都没有将他放在心上，从此之后，谁都没有提起过他。

一天晚上，我正留在办公室里加班，身后突然传来一个颤抖的声音："很晚了，还是先回去吧！"

我回过头去，却迎住了巴特深情的目光，我慌忙说道："做完这两份报价单我就走……"

巴特把椅子拉过来，在我的身边坐下，真诚地说："我知道，你这阵子非常努力，但你知道你的客户为什么不买吗？因为他们也都是中间商，并且只购买最普通的波音零件，可见其最终用户全是民用航空公司。经验告诉我，那些都不是好客户，他们要货急，询价单漫天飞，每件产品都只买一两个。我们的目标，应该是大型飞机制造公司，他们才会批量购买，重复购买。军用就更好了，因为军队有经费，杀价不会太凶……"

"但那些公司，并不找我们……"

巴特望着我的眼睛，微笑着说："你应该知道，送上门来的都不是好东西。所以，你必须更加积极、更加主动、更加大胆地追求自己真正想要的！也就是说，认准目标之后，就不要胆怯，不要退缩，更不应该害羞和难为情，只要坚持不懈地努力，失败之后再尝试，站起来之后继续冲刺，那么，总有一天，你一定会得到你最想得到的！"

我理解地点点头。

巴特的眼睛里终于流露出会心的笑意："很晚了，先回去吧，那些报价单就不要做了，明天再打电话给所有航空制造业的厂家，再勇敢地继续冲刺！"

第二天早上，我终于又看到了巴特久违的甜蜜笑容："林芳，恭喜你，你的工作签证终于批下来了，而且，你还拿到了一张新订单！"

"是吗？"真不敢相信，好运气终于又降临到我的身上！

果然，广州的一个客户要跟我们购买一个99美元的小胶圈。

我急忙向供应商下订单。

供应商却遗憾地告诉我，他们报错价了，该小胶圈的价格其实是150美元。

我简直气疯了："可我们已经给客户报了价……"

对方却无动于衷："只卖50美元我们是要亏本的，我们有权不卖。"

而当我请求客户原谅时，客户霎时就炸开了："飞机已经降落地面正在维修，就缺这么一个小胶圈！你知道飞机多停飞一天，航空公司要损失多少吗？你赔得起吗？无论如何，你立刻给我发货！"

我只得通知供应商立刻发货，然后对巴特说："亏损的100美元，由我个人支付。"

巴特却理解地说："就当买一次教训吧，我就说过，跟航空公司做生意最难，不仅竞争激烈，而且总是AOG！"

AOG是指Airplane On the Ground，即飞机已经降落地面，需要立刻维修。

我满脸羞红地说："我现在就给制造业的厂家打电话。"

巴特的眼睛里再次闪动着发自内心的微笑。

不过，厂家们还是客气地表示，有需要的时候，会主动跟我们联系。我急忙追问："已经好几个月了，难道你们一直不需要进口任何东西吗？"

他们这才向我解释，国产的航空航天设备向来都是自发研制的，从不依赖进口。即使要进口，一般也不从美国进，因为美国的东西太贵，管制又多。不过，现在国内一些飞机公司也开始转包波音项目了，很多波音飞机的机翼、尾梁和侧门其实都是国内的飞机公司生产的，但一切原材料和零配件都必须从美国进口。

我急忙说道："我们公司经营各种航空产品，不管你们需要什么，都欢迎随时跟我们询价。"

他们却笑着说："目前转包项目的规模还小，而且，我们买来买去都是那些东西，已经有很多美国大公司在跟我们合作了。"

我硬着头皮恳求："不管怎么样，请给我们一个报价的机会，如果我们的价格不好，你们可以不买……"

第二天早上，巴特正在指导我起草一份专门给转包波音项目的飞机公司的宣传资料，一名风流倜傥的中年男子突然走了进来，巴特急忙起身相迎。来人边跟他握手边用中文对我说："你好吗？"

我连忙回答："很好，谢谢！"

"你是我所见过的最美丽的东方女孩子！"他夸张地惊叹，然后走过来，给了我一个热情的美式拥抱，还在我的脸颊上印下一个热吻。

巴特的脸一下子烧得通红："林、林芳只负责中国市场，目前还处于开发阶段，并没有什么业务。汤姆斯，这就是姬亚，我们到会议室去谈吧。"

汤姆斯跟姬亚打过招呼之后，又对我说："等会儿我再回来找你。"

午饭时间，他果然又回来了："漂亮小姐，陪我们一起吃饭吧！"

巴特抢着替我回答："她已经约了陈波。"

"没有关系，你们去吧！"陈波应声出现。

午饭的时候，汤姆斯告诉我，他们公司是全美最大的飞机、汽车和电子零配件供应中心，除了代理最尖端技术的产品之外，还大量从南美洲和东南亚进口电子和汽车零配件供应美国市场。并且说，如果中国的产品更加价廉物美，他们也可以从中国进口。

我连忙告诉他，中国很多飞机公司都兼营汽车制造，既然他们有能力生产整台汽车，那么生产零配件应该不成问题。

第二天，我正跟陈波谈得兴起，巴特却激动地打断我们："人家随便赞美几句，就以为可以飞天了！我警告你们，进口产品的质量很难把关，那些东西又便宜，要挣大钱，就必须大批量进口，那么，仓储、运输和资金都成问题……"

我就知道，人家最最珍视的机会，他总会不假思索地一棒子打死！一急起来，我忍不住高声尖叫："到底该不该进口，要看机遇……"

办公室里所有同事的脸色，却一下子变成惨白！

我真有那么失态吗？我急忙伸手掩住嘴巴，但随即，更高声地惊叫了出来——

两名身穿 FBI 制服的警察，突然出现在我们面前！

"你们的人事部经理是谁？"其中一人威严地问。

"什、什么事情？"巴特吓得浑身颤抖，他向来兼管公司人事方面的工作。

"我们有话要单独跟你谈。"

巴特双腿发软，一蹇一蹇地跟着两名警察走了出去。

二十分钟之后，当他回来时，却笑弯了腰。

同事们立刻涌过去："到底发生了什么事情？"

"都是因为林芳……"

"什么，因为我？"我大惑不解。

巴特边狂笑边告诉大家，FBI 首先要看我们的实验室。听说我们没有实验室，他们震惊地问："那你们怎么研制火箭和导弹？"

紧接着，他们又要看仓库。到了储物室，他们简直目瞪口呆："你们的飞机、坦克和大炮，都往哪儿搁？"

同事们个个捧腹大笑，只有我满脸羞红："这跟我有什么关系？"

巴特激动地说："帮你申请绿卡的时候，我们自称是国防和航空领域的高科技公司，所以，美国政府担心我们把国家机密都泄露给你了！其实，林芳，你又何必这样办身份呢？既给公司添麻烦，你自己也等得遥遥无期，还不如找个美国公民结婚算了。汤姆斯虽然已经有两个孩子，但凭你的魅力，只要抛过去一个媚眼，他立刻就会为你而抛妻弃子！又或者，你干脆嫁给陈波算了，反正，当今这个社会，女孩子们追求的，都不是真正的爱情，都只是男人的金钱、事业、身份，还有他们的甜言蜜语和悉心呵护……"

我垂头丧气回到家，张志强却兴奋地告诉我，他中学时曾经获得国际奥林匹克数学竞赛三等奖，所以，律师告诉他，他完全可以凭社会英才的特殊资格提前获取绿卡，而假如我们现在结婚的话，我也可以同时获得。

"明天是星期六，我们马上就到拉斯维加斯去登记结婚吧！"我一把抱住了张志强，同时在心里咬牙切齿地说：巴特，我才不会因为你的讥讽而耽误了自己的婚姻大事，也不会因此而耽误了绿卡大事！一旦拿到绿卡，我马上就辞职。我们目前跟约翰的合作相当愉快，以后，还要跟汤姆斯合作，从中国大量进口汽车和电子零配件……

星期一早上，一回到办公室，我就微笑着来到巴特身边，恭恭敬敬地说："我决定正式向公司撤回我的绿卡申请。"

巴特谨慎地抬起头来，而当那疑惑的目光终于寻到我无名指上崭新的钻戒时，在那一刻，脸色惨白的，除了他，还有我！

他没有怒吼，没有暴跳，只是很吃力地做了一个吞咽的动作，似乎吞下了一颗世界上最干涩的苦果。然后，他神经质地站起来，像一具被线扯着走的僵尸，脸色惨白、双目呆滞地走了出去……

我失声痛哭。

然而，有一天，工厂告诉巴特，他正要购买的飞机零件必须申办出口证。巴特不禁失声笑道："不可能，我上个月才出口过这东西，根本不用办证！"

工厂却严肃地警告他，假如那是事实，他很可能已经违反了出口管制法！

巴特慌忙向公司领导汇报。征询过律师的意见，再经过审慎的研究，公司最后决定主动向国务院做书面检讨。

两个多月之后，国务院批复，考虑到我们并非蓄意违法，而且主动认错，所以，只给予警告处分。不过，一旦重犯，就得勒令整改。国务院同时提醒我们，他们定期举办出口管制培训班，如果我们还没有派人员参加，就应该从速报名。

松掉一口大气之后，公司立刻派巴特前往华盛顿特区接受培训。

巴特回来那一天，脸色可怕得吓人。第二天，公司马上安排他给全体员工进行出口法规的专门培训。

原来，美国法律规定，所有军事专用设备及其零配件，哪怕只是一颗螺丝钉，不管出口到哪个国家，都必须提前向国务院申办出口证。出口管制的最后责任，并非落在国内供应商或者制造商身上，而是落在出口商身上。

要把好关，出口商在向国外客户报价之前，就必须要求他们提供下列全部信息：该产品的零件号码和名称，它是安装在什么设备上的，它在该设备中的具体位置和作用，该设备的最终使用者是谁。否则，出口商因为失职误发也属违法犯罪行为。

　　向某些敌对国家出口军用产品，更是绝对禁止的，即使向其军队出口非军用产品，同样也是违法犯罪行为。而中国，正是被禁售的敌对国家之一！

　　什么，中美关系不是非常友好吗？原来，在法律上，中国始终是美国的敌对国家！

　　尽管总有这样那样的麻烦，但我们最近还是从中国拿到了一些小订单，而我并不清楚，它们是否军用零件，也不知道其最终使用者是谁。更可怕的是，我和张志强后来又给约翰发了两次货，虽然只是小零件，但全是军用的……

　　张志强更是捶胸顿足："本来，我只想帮他代理飞机模型，可他后来又说已经跟别人签了约，别人一定要做独家代理。其实，我对那些飞机小零件并不感兴趣，因为他零零散散买得很少，想不到，还惹出这么大的麻烦……"

　　我俩正慌作一团，约翰却又发来了新的询价单，这次共有上百件产品，全是最新式战斗机和导弹上的关键部件！

　　既不能出卖祖国，又不能违反美国的法律，我和张志强痛苦地研究了一个晚上，最终决定低调地退出这个漩涡，于是回复约翰："对不起，我们无法提供那些东西，而且我最近很忙，经常出差，以后恐怕也抽不出时间继续合作了。"

　　约翰立刻回信询问："到底发生了什么事情，请坦白告诉我。"

　　我们连忙回复："并没有发生什么事情，但我们真的无法提供那些东西。而且，那些东西很可能要申办出口证，而我们并不懂，所以不打算冒险。对不起，我们的合作只能到此为止了。"

　　第二天，约翰回信："你们无法提供这批货物，那没有关系，有些东西实在很难弄到手，我们的客户是可以理解的。经过一段时间的合作，我们对你们的服务非常满意，我们很快就会有很多大订单了。我们的原则是，你们能够提供多少是多少。我们仍可以像原来那样，如果工厂坚持要办证，我们就不买，我们只买供应商不要求办证的容易到手的东西。我们的客户非常有钱，出手非常大方，从来不讨价还价，只要你们能够供货，我们就不打算再寻找其他供应商了。为了方便联系，我们可以送你一部手机，专门用于我们之间的业务往来。除了业务上正常的费用之外，我们还打算以后每月支付你 2 000 美元佣金。总之，万事好商量，如果你还有什么顾虑，又或者，有什么想法和建议，请随时告诉我。"

张志强当时已经当上了他们公司的亚洲市场部经理，正忙得不可开交，我们也到了生孩子的年龄，更何况，当时美国的房价正开始飙升，我们当时最大的心愿，是顺利拿到绿卡，赶快买一所新房子，赶紧生一个小宝宝，一家人从此过上幸福美满的生活。

我们立刻回复约翰："我们其实无法确定到底哪些东西可以出口，哪些不可以，而我们又不想冒任何风险，所以，很遗憾地，我们的合作只能到此结束。"

我们很快就找到了理想的新房子，我也很快就怀孕了。搬家之后，我们改了电话号码，从此再没有跟约翰联系过。

环球贸易公司也开始严格按照出口法规办事，但当我们要求客户回答这样那样的问题时，他们往往已经收到其他报价，所以根本懒得理会我们。要货急的时候，他们也不愿意为小零件办证，一旦有供应商肯发货，立刻就把我们的订单取消。

整个公司的业务从此一落千丈，那一阵子，每个人的压力都很大：一方面，由于业务急剧下降，公司开始出现亏损；另一方面，大家都非常担心随时因为工作失误而触法犯罪。要知道，即使办了出口证，但如果没有百分百地按要求发货，也属违法行为。更何况，某些非军用产品同样需要办证，只不过，其审核机关不是国务院，而是商务部。但某一零件到底要不要办证，往往连工厂都说不清楚。

无法承受那份压力，同事们纷纷辞职。

然而，我和张志强并没有如愿以偿很快就拿到绿卡，我们各自所在的公司都处于高科技领域，移民局要对我们进行背景调查，而调查总是没完没了的。我依然持有环球贸易公司的工作签证，所以，明知道没有前途可言，但赖着不走却是我的唯一选择。

中国的私营贸易公司一般都不愿意泄露客户信息，更何况，他们要货很急，根本就懒得回答我们的任何问题，我们唯有拒绝继续给他们报价。在我的再三邀请下，转包波音项目的飞机公司终于发来了询价单，但他们一般只购买航空用铝材和钢材，以及螺丝、螺母等材料，那些东西我们根本无法跟大型分销商竞争，所以，最后能拿到订单的，只是人家不代理的个别产品。

汤姆斯依然不时来电，继续怂恿我从中国进口汽车和电子零配件。

我开始偷偷给国内的厂家打电话，一听说要跟他们买东西，他们立刻变得非常热情，马上寄来公司简介和产品目录，还盛情邀请我回国参观。

我正在水深火热中煎熬，张志强却春风得意地拿下了他们公司的"年度最佳销售"大奖，还激动地对我说："怨天尤人有什么用？你应该主动向公司领导反映情况，提出积极意见和建议，争取领导支持！"

"现在巴特根本就不跟我说话……"我哀叹。

"你可以直接找老总啊！"

"你不知道，巴特最不能容忍别人越级汇报……"

张志强叹了一口气："要用英文说清楚那么复杂的情况，本来就不容易，而你一急起来，就更加没法把话说清楚。我劝你还是仔细考虑清楚之后，再用书面的形式给领导打一份报告，交一份给老总，也交一份给巴特，他也就无法给你扣上越级汇报的罪名了！"

或许，那确实是我的唯一出路。

整整用了一个星期的时间，我在报告里详细分析了当前中国市场的形势，总结了我们在探索过程中的一切经验和教训，指出在激烈的竞争和既严厉又混乱的出口管制下，一间不存货的贸易公司是很难开拓出一片广阔的中国市场的，希望公司领导能够用长远的目光重新调整战略，慎重而认真地考虑从中国进口汽车和电子零配件的可行性。

陈波从一开始就非常关心中国市场的开发，在我草拟报告的过程中，更提供了大量帮助，而当我俩聚在一起嘀嘀咕咕时，巴特不时投来猜疑的目光。

我终于把报告打印出来，分别送呈威尔逊先生、金先生和巴特。

巴特读完之后，只耸了耸肩："如此重大的事情，得看公司领导怎么说。"

第二天早上，威尔逊先生来到我们办公室，亲切地对我说："我已经读了你的报告，在目前出口非常困难的情况下，公司一定会认真考虑你的意见。"

巴特扭过头来，酸酸地说："恭喜你！"

威尔逊先生把一只手搭在他的肩膀上，另一只手搭在我的肩膀上，微笑着说："你俩都是我们公司的优秀青年。当然，优秀的人才不一定就适合在一起工作，林芳，从明天开始，你还是搬到亚洲市场部去吧。"

经过周密而详尽的研究，环球贸易公司终于决定大规模开发汽车和电子零配件的进口业务。

国内的零件物美价廉，在美国很受欢迎，而国内的厂商更争先恐后抢着跟我们合作。不过，陈波始终没有机会和我并肩作战，虽然他已经被提升为项目经理，而我并无一官半职，但我是直接向金先生汇报工作的。随着进口业务的不断增长，我很快就被提拔为项目经理。在进口业务赶超全公司的出口业务之后，进口业务部更从亚洲市场部独立出来，我也当上了进口业务部的总负责人，直接向威尔逊先生汇报工作。

保释出狱

　　自从怀孕之后，我的痔疮就开始恶化。公司帮我买了医疗保险，我们只能找指定的医生求诊。医生每次都只是给我开点药，但压力一来，还是剧痛无比。张志强总劝我，到洛杉矶附近的唐人区找位名医，干脆把它割了算了。但我从小习惯节俭，而现在既然有保险，为什么还要自费掏钱做手术？而且，每天的工作都做不完，哪有时间寻医求诊？被捕之前，我的智齿也突然冒出来耀武扬威，我也无暇理会。为了兼顾事业和家庭，我长期睡眠不足，晚上却又经常失眠，生了孩子之后，比结婚之前还瘦……

　　其实，就算我不工作，我们还是可以过上温饱的日子，但苦读十几年书，辛辛苦苦才打拼出一番事业，怎舍得轻易放弃？

　　更加没有想到，奋斗多年的结果，是沦为阶下囚！现在，我们的车子、房子和银行里的存款，不知道是否还属于我们……

　　突然之间，胀满的脑子，却一下子清空了。现在，除了女儿之外，我什么都不在乎！什么收货、发货、追款、质量等问题，再与我无关了；被子该清洗了、洗手盆该换了、国内带回来那些食品再不吃就过期了……那些没完没了的家庭琐事，终于从我的脑海里完全消失。现在，别人用什么眼神看我，用什么语气跟我说话，心里对我有什么想法，一点儿都不重要了！真不明白，以前为什么常常因为在这儿那儿多花了一点钱而耿耿于怀，甚至还跟张志强怄气——我们其实并不缺那么一点点钱啊！

　　似乎魔咒突然显灵，我的脑袋在刹那之间就再也不胀了，心口也不痛了，思维一下子变得清晰而集中。眼睛干干的，没有半滴泪。

　　木然听完所有录音，我更加发现，我本人的录音并不多，只有约翰造访环球贸易公司那一段，以及跟他的几通电话。我打到沈阳去的电话，以及造访沈阳的经过，都没有录音。

　　张志强确实信口开河自称出口过大量军用品，又貌似专家般对出口办证发表了很多似是而非的言论，但很显然，他的话前后矛盾，错漏百出，对军用产品其实一无所知，对出口办证的理解也无知得可笑。而且，他自始至终不曾对美国政府有过半句微词，相反，还大夸特夸自己在美国的顺利与成功。他也始终强调，对于严禁出口的东西，我们是绝对不会碰的。

几天之后，我又收到三个大箱子：

第一箱，是全部录音材料的文字整理稿。所有中文，包括张志强那些海阔天空的闲扯，都由专业机构一字一句译成英文。

第二箱，是我们跟约翰往来的一切文字材料，包括所有传真和发货单据的复印件。

第三箱，是其他证据的复印件，包括：环球贸易公司在 1999 年 12 月印制的《出口培训手册》；我上交给公司领导那份总结形势、建议开发进口业务的报告；我在环球贸易公司的全部个人档案资料；我和张志强历年的报税资料；我们每次出入境的纪录；我们每次收寄海外包裹的记录；我们所有证件的复印资料和银行账户资料；联邦探员跟我们的同事、邻居以及银行、税局等工作人员的谈话记录……

我和张志强是什么人？美国的工资水平这么高，如此巨量的工作，得花掉联邦政府多少经费！

然而，所有接受问话者，都不曾发现我们有可疑行为，不知道我们跟任何政治团体有往来，不知道我们是否曾经接受过任何特殊培训，他们甚至没有听说过美通国际有限公司，只有威尔逊先生、金先生和巴特对约翰有点印象。而当被问到环球贸易公司为什么中止跟约翰的业务往来时，只有巴特回答："他们并不进口，他们想把飞机零件出口到我们美国来。"

经过如此详尽的调查，美国政府应该很清楚，除了糊里糊涂卖了几件可以随便购买的军用零件给约翰之外，我和张志强再没有碰过其他军用产品。我们对约翰了解不多，对他现在的情况更是一无所知，因为，我们主动提出跟他断绝往来的传真，也夹在证据里面。

还好，在我的脑袋爆炸之前，史提芬律师终于出现了。

"我寄给你的证据，都收到了吧？"他兴奋地问。

"收到了，但张志强只是信口开河……"

"我当然听得出来。"他微笑着说。

"那您认为，我们下一步该怎么走？"

"我认为，你们应该尽快向美国政府认罪……"

什么？本以为已经被命运捉弄得完全麻木，但我的心一下子又渗出血丝来——我将全部希望都寄托在他的身上，他竟一下子就放弃了我们！

他却毫无愧疚之色："林芳，相信我，我已经认真研究过证据，仔细权衡过各种利害关系……"

"连官司都不打就认罪，那为什么还要花钱请律师？"我简直肝肠寸断，我也不相信他真的已经仔细研究过全部证据。

"最优秀的律师也不能保证每次都打赢官司，我可以保证的，只是帮你争取到最好结果。"

"最好的结果是什么？"

"两到三年，甚至不用坐牢。"

"你能保证吗？"

他却摇摇头："任何一名律师都不可能保证最后的结果。不过，法律上是这样说的，所有军用设备及其零部件的出口，都必须申办出口证，明知故犯者，构成刑事犯罪，建议判刑61到71个月，最高不超过10年，另加罚款6 000美元到100万美元。而在2000年修订法律之前，只建议判刑41到51个月。认罪者还可以减掉大约一年的刑期。"

也就是说，不用终身坐牢，过几年之后，还可以出去重新做人。这对于我来说，简直就像得了绝症的人，突然遇到了神医！不过，我反而不再麻木了，却激愤起来了："既然最高不超过10年，为什么说要判我们40年？"

"每项控罪最多不超过10年，你们有四项。"

"我们为什么有三项企图非法出口军用品罪？"

"因为每出口一次，都构成一项犯罪。"

"如果我们卖了20次，岂非要判200年？"

"准确地说，是最多不超过200年。"

"为什么说我们'企图'非法出口军用品？"

"因为美国海关把货物拦截了，你们并没有出口成功。"

"报纸上都这样说，但其实，约翰每次都确认收到了货物……而且，不是说明知故犯才构成刑事犯罪吗？但出口的时候，我们并不懂法！"

"你们公司专门出口国防和航空产品，你是专业人士，别人会认为你不懂法吗？"

"我有证据证明，我在1999年12月才正式接受出口法规的培训，

— 43 —

而我们最后一次发货，是在 1999 年 10 月。环球贸易公司的员工都可以作证，在接受培训之前，只有在工厂要求的情况下，我们才办证……"

"林芳，到了今天，难道你还认为，你们公司的员工会上庭为你作证，证实在很长一段时间里，他们曾经出口过无数军用产品，但其实，他们也不懂法，也没有完全按规定办事？"

想起环球贸易公司那封信，我立刻颓丧地低下头，但还是忍不住要问："律师，请问在接手我的案件之前，您本人对出口管制有多少了解？"

史提芬律师笑了："不瞒你说，我到现在都还没有完全弄懂，但在法庭上，我当然不会这样说，否则就闹笑话了！我还想提醒你，在是否知法的问题上，片言只语即可致命！张志强分明说过，一切有技术含量的东西，尤其是军用产品，都应该办证。而你，也曾发传真给约翰，让他同时为接收设备和小插头办证。你还在电话里说，你们其实并不是百分百地确定哪些东西不用办证，而环球贸易公司是美国大公司，办事会循规蹈矩——换言之，你自己并没有循规蹈矩……"

我懊悔地捶胸顿足："我当然知道办证是循规蹈矩的，我只是不知道，不办证就得坐牢！律师，我们这点错算得了什么，您是律师，一定有办法帮我们洗脱……"

"如果证据不足，我确实可以帮杀人犯洗脱，但现在铁证如山，怎么洗脱呢？你们要是投机取巧的人，当初本应该向美国政府举报约翰，说不定还能换到绿卡。但到了今天，你们唯一的选择，只能是真诚地向政府认错，请求政府和法庭的宽恕。"

"认错之后，还要坐牢吗？"

"不一定，如果政府肯放过你们，可以只判罚款、缓刑、狱外监管等，又或者，可以把你们驱逐回中国，甚至，只把你们的美通公司关掉……"

"认罪之前，可以确保我不用坐牢吗？"

"对不起，是否放过你们，主动权完全掌握在政府手上，你们根本没有谈判的筹码。"

我苦笑道："认罪的话，命运完全掌握在政府手上，不认罪的话，正如您所说，只要十二人中有一人认为我无罪，我就没事了，那我何不碰碰运气呢？"

史提芬律师却一个劲地摇头："认罪的话，刑期在三年以下，甚至不用坐牢。不认罪呢，十年八年是跑不掉的，十几二十年也很正常。可要知道，陪审团只定罪，不量刑。现在政府给你的罪名不算重，而陪审团团员们都会认为，办案人员跟你无冤无仇，如果你没有错，他们为什么要加害于你？所以，闭上眼睛就会给你定罪。可罪名一旦成立，量刑的权力却完全掌控在法官手上。只为教训你敢于跟政府作对，兴师动众请来陪审团，耗上两三年时间，要他们准备成千上万页证据，传召一百几十位证人，还要承受有可能输掉官司的巨大压力，政府和法庭最终一定会用重刑拿你出气！所以，95%以上的联邦犯人都选择俯首认罪。你看这份资料，在2000年，共有联邦案件59 508宗，其中通过协议认罪的有56 814宗。那些敢于打官司的，肯定自认为很无辜，但最后胜诉的，寥寥无几。"

"电视和报纸上，不是经常有人打赢官司吗？"

"每打赢一场官司，都轰动全社会，但输掉的不计其数，怎么可能一一报道？而且，美国有联邦和地方两套司法体系，打赢官司的，大多是个人之间的恩怨情仇，而现在起诉你们的，是联邦政府！联邦政府拥有世界上最强大的财力、权力和技术资源，即使没有证据，都可以制造出来。他们不惜代价详尽调查你们生活的方方面面，只为挖出一切负面东西，千方百计在法庭上抹黑你们，把你们说成是世界上最狡猾、最肮脏、最卑鄙、最敌视美国的魔鬼。陪审团员们根本就不了解你们，他们之中也不可能有一个中国人，就算幸运地抽中一两个，也会被政府首先剔除掉。即使真的留下一个，相信他也承受不了来自其他陪审团员和社会的巨大压力！而对于一般美国人来说，你们的一切辩解，都只是狡辩！我并不介意帮你打官司，除了多赚律师费之外，一旦打赢，我还会名声大噪。但假如输掉呢？输掉后被毁掉一生的，会是谁呢？我始终认为，最清楚案情、最了解你们为人的，还是联邦政府的办案人员，争取他们的同情和谅解，将是你唯一的机会，毕竟，他们的心，都是用血和肉做成的……"

"保释的事情，就不用提了？"我哀伤地问。

"倒不一定，我已经约了安格丝女士明天中午一起吃饭，到时候就会有答案了。"

然而，让我整整煎熬了一个多星期，史提芬律师才再次露面。一见面，他又兴奋地对我说："我以前其实见过这位安格丝女士。我们一见面，她就告诉我，我们曾经参加过同一个酒会，我自己倒记不起来了。"

"那是因为您特别有魅力！"我没好气地瞪他一眼。

他讪笑着说："当然，我马上就告诉她，我也对她印象非常深刻。所以，我们一起共进了一顿非常愉快的午餐。"

"您请客了吗？"

"不，这一点她分得很清，连小费都坚持各付各的。不过，你放心，我已经打动了她的铁石心肠，为你争取到了最好结果！"

"是吗？什么结果？"我急忙问道。

"她说，如果你们肯认罪，政府首先会撤销对美通国际有限公司的控罪，本来，政府还起诉了美通公司……"

"那公司名存实亡，早就没有业务了！"

"这个当然不重要，不过，政府还同意主动撤销你们后两项企图非法出口军用品罪。那就只剩下一项密谋非法出口军用品和一项企图非法出口军用品罪了，又因为它们指的是同一事件，所以，可以只按一宗罪处罚。政府还同意给你们量刑的最下限，即 30 个月，罚款也只是最低的6 000美元，她还愿意考虑允许你保释出狱。这就是他们起草好的《认罪协议书》。"

我迫不及待地翻开，但很快就皱起了眉头："这里为什么说，我们在出口时，明知道那些东西是必须办证的？"

"林芳，这个问题我们讨论过多少遍了！"

"我可以认罪，但绝对不会在白纸黑字上承认不符合事实的东西，请把这一句删掉吧，反正我认罪就是了。"

"假如把那一句删掉，你们的罪名根本就不成立，那算什么认罪！"

也就是说，不管多难咽，这死猫我们都是必须吞下的！我只得咬紧牙，继续往下读，但很快又发现了新的问题："不是说不一定坐牢吗？但白纸黑字上已经写明，政府建议判处我们 30 个月有期徒刑……"

"30 个月是上限。你看这儿，'被告必须如实回答政府工作人员提出的一切问题，协助政府各部门指证各种违法犯罪。立功之后，政府会进一步建议为被告减刑……'也就是说，你还可以将功赎罪！"

"但我可以指证谁呢，约翰吗？"

"你可以指证他什么呢？你知道的一切，全都已经在证据里面！"

"难道想利用我来诱捕他？可我对他现在的情况一无所知……"

"你们的事情已经见报，你还怎么诱捕他？"

"那我怎么可能立功呢？该不至于，逼我做些损害中国利益的事情吧？"

"坦白地说，我现在无法回答你这个问题。不过，假如将来有可能受到来自中国政府的更大惩罚，你可以拒绝合作。"

"到时候拒绝合作，会有什么后果？"

"相当于撕毁合约，跟现在不签约，是一个样。"

"我可以只认罪，不合作吗？"

"认罪固然可以减3分，相当于减掉大约一年的刑期。但政府已经说了，如果你不合作的话，他们非但不撤销你的某些控罪，还要加控你一些罪名！"

"可我再没犯什么法……"

"你们把本来属于环球贸易公司的业务转归自己，又利用上班时间和公司的资源做自己的事情，属于贪赃枉法。从非法交易中赚到的钱，你们没有缴税，属于偷税漏税。另外，你还欺骗政府，在递交绿卡申请时，在职务一栏填的是项目经理，但实际上，你是后来才当上的……"

我连忙辩解道："首先，环球贸易公司放弃了，我们才把业务转归自己，我也是下了班之后才做自己的事情。美通国际有限公司还有其他支出，可以把挣到的一点收入抵消掉。另外，移民律师说，只要我在拿到绿卡之前当上项目经理，就应该没有问题……"

"那些固然可以争议，但美国政府总有办法搞垮你们，那是确定无疑的。你知道吗，美国政府甚至要追究张志强所在公司的责任……"

"他的公司根本不知情，没参与，他们要追究什么责任？"

"他们说，美联作为美国最大的国防通信设备生产厂家，其分公司的环球销售总监竟然从没接受过军用品出口管制的培训，对出口管制一无所知，一窍不通，所以，美国政府决定取缔他们生产和经营国防通信设备的资格……"

"不会吧？那么大一家公司，要损失多少个亿啊！"

"人家大公司财力雄厚，官司当然是要打的。但你呢，就算倾家荡产，就算把所有亲友的钱都借来，恐怕还聘请不起半个顶尖的全职律师。而且，相信我，我太有经验了，上庭打官司是最折磨人的，即使说错半句话，都有可能被加控罪名。很多犯人都说，宁愿坐牢也不要受那份煎熬，张志强已经说了，如果你肯签字，他也马上就签。"

"我们的协议是完全一样的吗？"

"政府已经知道，他除了信口开河之外，其实一无所知，所以根本不要求他合作。"

"其实，我也一无所知……"

"既然如此，那你只要如实回答了所有问题，就履行了协议上的责任，政府也就只能按协议办事了。我看你还是先签字，再见机行事吧！"

我拿起沉重的笔，在《认罪协议书》上签下了自己的名字。

"林芳，你一定可以保释出来吗？菁菁的护照和签证都办好了，机票也买了。万一我妈回去之后你出不来，菁菁怎么办？"詹妮焦急地问。

"律师说机会很大！詹妮，无论如何请你再帮帮忙，只要撑过这几个星期，菁菁就不用回去了！"我含泪恳求。

"我们也心疼菁菁，也不舍得她回去，但我们公司最近都在裁员，我和豆豆他爸爸再经常请假的话，恐怕以后都不用上班了……"

"可以请一名保姆吗？"

"你也知道这里请保姆有多难，非法的，我们是绝对不要的！"

我当然知道，即使是合法地持留学、探亲和商务签证来美的人，其实都没有工作许可，要是严格执法的话，聘请他们都属于刑事犯罪，都得坐牢。幸亏，李健平的妈妈愿意专程从广州飞过来照顾菁菁，如果需要的话，也可以把菁菁带回中国。而在她到达之前，80岁高龄的戴维斯夫妇愿意先帮忙一阵子。

再次见到史提芬律师的时候，他又兴奋地告诉我，李健平总共筹到了10万美元现金和三栋房子用于抵押，即他本人的、老房东的和张志强父亲的同学梁伯伯的。加上我们自己的房子，一共就有四栋了。然后，他又对我说："政府明天就找你谈话了，一定要记住，态度是最重要的。现在，让我们先来排练一下，我是安格丝女士，我问你，发货的时候，难道你并不知道，那些都是军用零件，都是必须办证的吗？"

吞下一口气之后，我用尽量平静的声音说："对不起，因为当时我还没有接受出口法规的培训，而那些又并非关键部件，所以我并不确定……"

"林芳，跟你说过多少遍了，你是去认罪，不是去解释和分辩！"

"我，只是如实回答……"

"记住，事实已经不再重要了，真相到底如何，政府早已心中有数。我只想问你，你宁愿承认自己知法犯法而获得轻判，还是硬跟政府抗争到底而最后被重判？我还要提醒你，虽然你已经在《认罪协议书》上签字了，但政府还没有签，假如你明天激怒了他们，他们随时可以将协议撕毁！"

"那我该怎么说？"

"你应该说，你当时因为没有意识到问题的严重性，因而犯下大错。你更应该抓紧一切机会表示悔恨——那并不难吧，因为这点小事惹上了这么大的麻烦，你非常悔恨吧？总而言之，时刻记住，你是去认罪，不是去分辩……"

接受完史提芬律师的洗脑之后，一回到囚房，我就急忙给戴维斯夫妇打电话，但电话一直无人接听，我只好改拨詹妮的手机。詹妮喘着粗气问："你知道戴维斯太太进医院了吗？"

"是吗？我不知道……"

"今天早上，菁菁偷偷爬上楼梯，戴维斯太太怕她掉下来，急忙冲过去，自己却绊倒了，还摔断了一根肋骨……"

"菁菁呢？"

"她倒没事，我把她接回家来了。"

"詹妮，对不起，又害你请假了！不过，明天我就去认罪了……"

詹妮却急得尖声大叫："林芳，你在这个时候还开什么玩笑？你都去认罪了，还有可能保释出来吗……"

我连忙安慰她："我们筹到了好几所房子，律师说，我和张志强都有机会保释。詹妮，求你再想想办法吧！"

"我刚才又跑了一遍附近的托儿所，但都得等上好几个月。"

"詹妮，不管花多少钱，都请一位保姆吧！"

"我正准备给所有朋友和同事打电话，看谁能够介绍一位可靠的……"

在安格丝女士的办公室里，她首先一反常态地用平和的声调告诉我，假如我在谈话过程中泄露了新的犯罪证据，即使我本人曾参与，政府也绝不会再追究我的法律责任；假如我揭发了他人，更可以立功减刑。然后她问："你叫什么名字？"

我愣了愣，然后说："林芳。"

"这是你的真名实姓吗？"

"是的。"

接下来，她详细地询问了我的出生日期和地点、家庭情况，以及我在中国的成长过程。特别问到出国前后，中国政府的官员有没有找过我谈话，有没有让我接受过某种专业培训，有没有交给我什么特殊任务。又问我为什么要到美国来，来美之后的学历和经历，我是怎样进入环球贸易公司的。还问到了在我认识的朋友当中，有没有人接受过中国政府的特殊培训和特殊任务，我是否知道任何公司或者个人曾经向中国非法出口过任何军用品。

我的回答显然都只让她失望。

接下来，轮到麦克发话："在 2000 年年初，你曾经收到来自中国的 3 万美元汇款，为什么？"

愣了愣，我才想起来："我们买房子的时候因为不够付首期，所以向家人借了 3 万美元。"

"非法出口那些零件，是你采购和发运的，还是张志强？"

"是我，不过，单据都由他签名。"

"发给我们那些传真呢，都是谁写的？"

"哪些传真？"我愕然地问。

"就是、就是发给我们合作见证人那些……"

合作见证人？我还是不解地皱起了眉头，史提芬律师急忙提醒我："就是发给约翰那些。"

噢，约翰是美国政府的合作见证人！怪不得，他分明确认收到了所有货物，美国政府又说截获全部证据……

还有，他每次都把填好的 UPS 运输单提前寄给我们，再三叮嘱我们发货前一定要先跟他打声招呼，而且，虽然 UPS 并不接受中国的收货客户到付运费，他却可以例外……

也可以理解了，他当时坚决不肯收下张志强交给他的零件，因为，假如我们在美国就把东西给了他，那么，根据美国法律，我们根本就没有出口，又哪来"非法出口"？

我们的绿卡申请，始终没有批复，也顺理成章了！

约翰的传真全用英文打印，从不签名——难道，一直跟我传真来往的，其实是他——坐在我面前这位一直对我态度非常好、处处为我着想的联邦特工？

这时候，所有人的目光都集中在我身上，我急忙吃吃说道："都是我，全是我写的，张志强只负责跟约翰见面……"

"张志强多次提到要去沈阳拜访约翰的公司，他到底去过没有？"

麦克继续问道。

"没有，他每次回国，约翰都不在沈阳。"

"他有没有自己偷偷去过?"

"没有。"

"他给沈阳的公司打过电话吗?"

"也没有，具体的工作，都是我一个人干的。"

"林芳!"安格丝女士突然高声尖叫，"我刚才说过，假如你谈话时泄露了新的犯罪证据，我们保证不追究你的责任，但我也必须提醒你，假如你在任何时候没有说实话，我们随时可以加控你扰乱司法的罪名!"

"我知道。"我连忙回答。

"现在，我再问你一次，张志强到底有没有去过约翰在沈阳的公司?"

"据我所知，张志强还从来没有去过沈阳。"

安格丝女士的目光像利剑一般盯紧我，但片刻之后，她却突然放缓了语调:"你的女儿现在怎么样?"

"目前的情况还好，只是，保姆实在难找……"我却一下子情绪失控，泪水就像决堤的洪水，霎时汹涌而出。

坐在麦克身边的女特工很可能也是位年轻的妈妈，她的泪水也突然夺眶而出，麦克和史提芬律师则侧过脸去，同时抽了两下鼻子。

安格丝女士抹了抹也在突然之间变得潮湿的眼睛:"你父母就不可以到美国来把她接回中国吗?"

"我们现在这样子，我父母有可能拿到签证吗……"我再度泣不成声。

安格丝女士压低声音说:"假如你愿意配合我们的工作，我们将允许你用手头上的四所房子作抵押，保释出去。"

"张志强呢，也可以保释吗?"我急忙问道。

"不，不管用什么作抵押，他都不能保释!"

"有一所房子，是梁先生的，但他目前不在美国，房子已经租给了别人，手续恐怕比较难办，我们可以用 10 万美元现金代替那所房子吗?"

"不，我们只要房子，不要现金。"

然后，麦克继续发问:"那好，你说，你们后来到底为什么中断跟约翰的合作?"

我连忙回答："在1999年年底，我们公司派人到华盛顿特区接受出口培训，后来全体员工也在公司接受了培训。意识到问题的严重性之后，我和张志强都不敢再冒险了。"

"环球贸易公司有没有向中国出口过任何军用产品？"

"没有。"

"你是说，这么多年以来，你们从没有向中国出口过任何东西？"

"有是有，但很少，而且都不是军用产品。"

"你确信其中没有任何一件是军用产品吗？"

"应该没有，但我当然不能确定，因为订单上并没有注明。"

"出口到中国的东西，全部由你经手吗？"

"是的，但单据都由部门经理签名。"

"林芳，我想再提醒你一遍，"安格丝女士突然又插嘴，"凡公司领导知情的，你都不需要负任何责任！"

"我知道。"我点点头。

麦克继续发话："从环球贸易公司发到沈阳去的 C－130 电池，也是你经手的吗？"

"是。"

"还有谁知道那份订单？"

"应该说，全公司的人都知道，因为，威尔逊先生把全体员工都请出去吃饭庆祝。"

"也就是说，威尔逊先生是知情的？"

"是的。"

"还有谁见过那一份订单？"

"巴特、金先生和陈波都见过。"

"他们参与过什么工作吗？"

"买货是金先生负责的，发货的单据是由巴特签名的，陈波基本上没做什么……"

"基本上？也就是说，多多少少还是做了一点？"

"基本上没做什么，只是在我发货的时候，因为那东西被搁得太高，他帮我拿了下来。"

"所以，他曾经协助你发货？"

"他只是协助我把它拿了下来。"

"他还给你提过什么意见和建议吗？"

"应该没有。"

"应该没有？见到订单之后，他怎么说？"

"他说：'哇，现在中国也有 C－130 了？恭喜你们！'"

"他有没有提到，C－130 是军民两用飞机？"安格丝女士盯紧我的眼睛，突然又插进来一句。

我的天啊，军民两用飞机？那也是必须办证的啊！

威尔逊先生对我恩深似海，要不是他为我提供了广阔的舞台，我有可能开创出那一番连自己都意想不到的事业吗？

金先生一向全力支持我的工作，当进口部从亚洲市场部脱离出来与整个公司的出口部平起平坐时，他也没有半点妒恨之心，还由衷地感谢我对公司作出的巨大贡献……

尽管陈波从一开始就对中国市场非常感兴趣，可公司却把机会给了我，但每当我有需要的时候，他又总是毫不犹豫地伸出援手……

不管巴特曾经让我多么生气，但在这样的罪名面前，他也绝对无辜……

假如由我亲手把他们一个个推进监狱的铁栏，那么，我这辈子都会饱受良心的谴责，我的整个下半生，都不可能还有什么幸福快乐可言……

所有人的目光都正集中在我身上，我连忙吃吃回答道："没有，他没有提到。"

"其他人呢？有人提到过'军民两用飞机'吗？"

"也没有。"

麦克连忙说："你现在一下子想不起来，那没有关系，等你想起来的时候，可以随时告诉我们。你们公司在 1999 年年底才正式接受出口法规的培训，但在那之前，你们是怎样实施出口管制的呢？"

"凡工厂和供应商要求办证的，我们应该都办了。"

"根据法律，任何一个战斗机上的零件，包括每一颗螺丝钉，不管出口到哪一个国家，都必须办证。你们公司有没有在不办证的情况下，曾经向任何一个国家出口过战斗机上的任何零件？"

我吃吃回答道："我并不插手其他部门的业务，所以不太清楚。"

"你们公司的销售记录一般保存多久？"

"航空产品的质量管理非常严格，所以，我们自始至终保存着全部销售记录。"

"那些销售记录，都存放在哪儿？"

"最近几年的，都存放在公司里，但东西实在太多，所以，2000 年以前的，老板都搬到他家别墅的地下室去了。"

安格丝女士和麦克迅速交换了一下眼神，然后说："好了，今天的谈话就到此为止吧。"

"教堂里的一位姊妹，虽然自己也有两个很小的孩子，但还是愿意免费帮忙照看菁菁两个星期，另外几个家庭也说可以接力帮忙一两个星期。但今天早上，当我把菁菁送过去时，她硬扯着我的衣服不让我走，眼睛可怜巴巴地望着我，我真不忍心……可我还得上班，只好一狠心，硬扳开她的小手，跑了出去……"詹妮已经泣不成声。

我悲喜交集地说："詹妮，太谢谢你了！你放心，政府已经同意我保释出狱了！"

"是吗？你什么时候可以出来？"詹妮破涕为笑了。

"律师说，我们还得在法庭上正式认罪……"

我的耳边又响起了史提芬律师的忠告："法庭上，法官只会问你三个简单的问题：你是否愿意认罪？你是否在明知故犯的情况下企图非法出口军用零件？有没有人威逼利诱你认罪？我深信，到了今天，你已经懂得怎样正确地回答那些问题……"

菁菁到了陌生的地方又大哭大闹，并且再度发烧咳嗽，幸亏李健平的妈妈及时赶到，她本想把菁菁带到纽约去，但詹妮不忍心再折腾菁菁，于是把她接回家，请李健平的妈妈留下来帮忙照顾。

正式认罪之后，法官果然就批准了我的保释请求。当然，要获准出狱，还得请专业机构上门评估房子并办妥各种抵押手续，四所房子加起来，费用自然不少。当我正式出狱时，更附加上很多条件：我必须随时随地佩戴电子跟踪器；不许外出工作，随时汇报一切收入；除非出于生活必需，否则不得离家半步；若有要事出门，必须提前一天请示监管警察……

一旦违反其中任何一条，用于抵押的房子将被全部没收。

狱方并不提前告知出狱的具体时间，也不负责送我回家，当时我联系得上的几位朋友，都一下子走不开，最后，张志强一位旧同事的丈夫帮了这个忙。当我们来到詹妮家里时，她正把菁菁抱在怀里。菁菁一眼看到我，一双小眼睛霎时便闪动着晶莹的泪光……

我深情地向她伸出双手，她却马上嘟起小嘴。我把她从詹妮的怀里抱过来时，她虽然没有抗拒，但只抿紧嘴巴，一言不发。

女儿啊，妈妈也知道这段时间你受了太多委屈，不过，幸亏有那么多热心人士的帮忙，你现在依然完整无缺，而从此刻开始，你将成为这个世界上最幸福的女孩，妈妈将每天留在家里亲自照顾你，你将成为妈妈生命的全部……

"菁菁，我们回家去吧！"我噙着热泪说。

她却扭过头去，用依依不舍的目光望着詹妮，詹妮微笑着说："先跟妈妈回家吧，有空再过来玩。"

我的天啊，才离开三个月，我这个妈妈就不是女儿最最信任、最最亲近的人了！

终于又见到那栋熟悉的房子了，但刚走近家门，就看到堆满门口的广告和欠费单，门上也贴满了停水停电的最后通牒。推开门，只见门缝底下也塞满了账单和广告，估计邮箱也早塞满了！家里几盆心爱的植物全枯死了，冰箱里的食物也早烂掉了……

在回家的路上，我已经买了一些菜，现在，稍微清理了一下冰箱和厨房，做了点简单的饭菜，我就和菁菁一起坐下来吃晚饭了。

菁菁愣愣地坐在高脚椅上，一声不响地拿起小汤匙，舀起饭菜便往小嘴巴里送。

晚饭后，我简单地收拾了一下卧房，洗完澡之后，便迫不及待地对菁菁说："我们上床睡觉吧！"

菁菁立刻就爬上了大床旁边那张属于她的小床。

她以前总爱爬到我们的大床上赖着不走，此刻，我真想恳求她："菁菁，今晚就让妈妈抱着你美美地睡一觉吧！"

然而，女儿突然之间长大了，我这个当妈妈的，又怎好拖她的后腿？于是，我只亲亲她的小脸蛋，微笑着说："好好睡吧，做个甜甜的梦！"

半夜里，我却被"妈妈、妈妈"的尖叫声惊醒，我急忙将女儿抱在怀里。她泪如雨下，大声哭喊："大风、大风，吹走了妈妈……"

我把脸贴紧她的小脸蛋，连声说道："不，妈妈就在这儿！妈妈知道怎样回家，不管去了哪儿，妈妈总会回来的！"

第二天早上，我正在收拾房子，女儿突然出现在我面前，娇声说道："妈妈，我饿了！"

终于又听到女儿那声娇气的"妈妈"了，我激动得一把将她抱起："妈妈现在就给你做好吃的！"

我把早餐端上饭桌时，她又偎向我，娇气地说："妈妈，你喂我吧！"

女儿啊，能够亲手给你喂饭，正是这几个月来妈妈日思夜想最想做的事情，但是，前路充满太多未知数，你要快快成长啊，如果妈妈因为愧疚而放松对你的要求，处处迁就你，纵容你，妈妈只会更加对不起你……

我连忙蹲下身来，亲切地对她说："菁菁昨天都是自己吃饭的，菁菁已经长大了，菁菁不用妈妈喂！"

"爸爸什么时候下班？"菁菁一边把一小块面包塞进嘴巴，一边眨巴着眼睛问。

我愣了愣，认真地想了想，才回答道："没有那么快，还要再过一阵子。"

"妈妈，你不上班了吧？"

我急忙回答道："不上了，妈妈以后天天留在家里陪菁菁！吃完饭，妈妈马上就给你讲故事……"

监管警察每周只允许我在固定时间外出购物三个小时，还好，我们的房子并不小，后花园也漂亮，所以，我和菁菁天天在家里读书、写字、画画、唱歌、跳舞，又或者，到后花园捉迷藏、玩游戏。从此之后，菁菁清脆的笑声常常在屋子里和后花园的上空回荡。

为了增加收入和可以互相照应，我还把一个房间出租给了一位中国留学生。我更惊喜地发现，美国政府其实没有封存我们的银行账号，而且，菁菁本来并不符合条件享受公费医疗，但社会福利处的工作人员了解过我们的情况之后，很快就批准了她全免公费医疗的申请。看病是生活必需，虽然我现在已经没有医疗保险了，但只要能减少痛苦和麻烦，花一点小钱又算得了什么？比起律师费和其他费用，简直就不值一提啊！所以，我抓紧时间到唐人区去，只用了两天时间，就把智齿和痔疮的问题都解决了。

看来，不管有多忙，都得在健康上投资啊，投入越早回报越高啊！

事实上，很多中国大陆来的名医，因为学历不被承认，加上语言的障碍，无法拿到美国的营业执照，只能在美国三流医生的诊所里当助手，还要互相压价争抢生意，所以，收费其实并不高。

最让我高兴的还是，虽然被保释的犯人按规定不能回监狱探望其他犯人，但因为得到安格丝女士的同意，法官专门作出批示，允许我破例回监狱去看望张志强。

一大早，我就带着菁菁回到洛杉矶大都会联邦拘留中心，但一直等到下午四点多，才获准进去跟张志强会面一小时。

等候期间，菁菁一个劲地询问爸爸的情况，见面之后，却马上嘟起嘴巴，不管我们怎么哄，就是不肯开口叫一声爸爸。

张志强既伤心又失望，但他告诉我，他已经争取到一份清洁洗澡房的工作。本来，拘留中心的犯人并不需要工作，毫无进账者通过申请可以获得工作并拿到微乎其微的工资，而账户里有钱的犯人，即使工作也不拿工资。这里其实早就爆满，经常有犯人被转移到地方拘留所，而那里条件恶劣又离我们家很远。习惯上，做工的犯人一般不会被转走，所以，他也跟其他犯人一样，千方百计争取一份义务的工作。他还告诉我，他现在一有机会就到图书馆研究法律，发现我们其实有很多减刑的空间。比如：法律书里提到，相关的刑罚是专门针对专业人士的，而他并非专业人士，从没接受过出口法规的培训；法律上允许酌情轻判偶然性犯罪，而我们除了卖给约翰之外，再没有碰过军用品，更悬崖勒马，主动跟约翰断绝往来；他虽然跟约翰海阔天空乱扯了一大堆，但从没真正做过什么事情，理应算作从犯；法律上还指出，如果犯人是在执法人员的诱导下犯罪的，也应该酌情轻判；另外，本着人道主义精神，对有特殊困难的家庭，也应该酌情轻判，而他不仅有一个年幼的女儿，而且爸爸在中风之后，又发现了肝癌和其他致命疾病，如果不及时赶回去的话，恐怕就见不上最后一面了。

然而，当我把资料交给史提芬律师时，他却不屑地说："我当然早就熟知这些减刑法规，不过，只有当政府肯放过你们的时候，它们才会适用。法律上只建议酌情轻判，并没有硬性规定每一名适用的犯人都必须减刑，所以，你跟美国政府合作是否愉快，才是关键的！"

"但政府的做法，不算'钓鱼执法'吗？"我不解地问。

史提芬律师耸耸肩："这当然是'钓鱼执法'。但在美国，如果执法人员只给你提供了犯罪的机会，没有威逼利诱你犯罪，那么，'钓鱼执法'是完全合法的。联邦政府最爱这一招，因为它最容易取证，上钩的又都是些糊里糊涂、傻乎乎的人，非常容易对付。假如要抓一名真间谍，能有这么容易吗？虽然我们的媒体一直在喧嚣，但我们什么时候抓到过真正的中国间谍？抓不到正牌的，就只能抓些山寨的了，反正抓一个算一个，判一年算一年。而对于办案人员来说，一旦有了成绩，经费、提薪、升职，什么都有保障了。假如真要面对最狡猾的专业罪犯，不仅要出生入死，而且证据稍有不足，不仅定不了他的罪，还会被他反告……"

果然，两个星期之后，史提芬律师通知我，美国政府要求我在下星期一早上到长滩市的海关大楼报到。

"您陪我一起去吗？"我急忙问道。

"我那天要出庭，就不陪你去了。"

"您不在场，我说错话怎么办？"我着急地问。

"你若不确定该不该说，该不该做，随时可以给我电话……"

"你那天不是要出庭吗？"

"你也可以随时打电话给高斯曼律师，他那天不出庭。"

唉，律师费都付了，跟他纠缠又有什么用？要是惹怒了他，他一气之下再不理我了，我才更加欲哭无泪呢！

长滩市距离我家一百多公里，必须经过洛杉矶国际机场附近全美最堵塞的405国道。我早上六点钟就把菁菁送到曾经照顾过她的教堂姊妹家里，但到达海关大楼时，也已经九点多了。

年轻的艾丽丝小姐把我带进一间小小的会议室，然后气喘吁吁地用搬运车搬进来十几个沉重的大箱子，兴奋地说："你的工作，是把环球贸易公司的犯罪证据全部揪出来！"

我愕然地问："哪些犯罪证据？"

"麦克没有跟你说清楚吗？"她也愕然地望着我。

我连忙摇头。

她急得直跺脚："哎呀，我刚来上班，什么都不清楚，而他一大早就出去了……这样吧，我们打电话问问他吧！"

麦克在电话里告诉我："环球贸易公司违反规定非法出口军用品的资料，你把它们全部抽出来。"

"具体是指哪些呢？"我吃吃地问。

"这样吧，先把出口到中国的全部资料抽出来，另外，凡是没有办证的军用品，不管出口到哪一个国家，都把它们抽出来。"

"有时候，办证的资料不一定放在销售记录里……"我提醒他。

"先抽出来，再核实。"

"但如果订单上不注明，我也无法判断是不是军用产品……"我为难地说。

"这样吧，凡出口到中国的，不管是不是军用品，都抽出来。如果出口到其他国家，既没办证又可以断定是军用品的，也抽出来。"

艾丽丝小姐首先打开一个箱子，里面全是早期出口到亚洲的销售记录的复印件。凡没有办证的，她都问我："这是军用品吗？"

不过，资料上没有注明，我也无法判断。

我打开另一个箱子，里面刚好就有些出口到中国的资料，我很快就把它们抽了出来。然后，我又打开另一个箱子，翻了翻，马上又合上。艾丽丝小姐警惕地喝问："你都检查清楚了吗？"

我连忙回答："全是电话账单。"

"你根本就没有逐页检查，你可以确定吗？"艾丽丝小姐厉声质问。

我只得再度打开箱子，逐页翻看。

接下来，我又打开了一个早期出口到欧洲市场的箱子。欧洲很多国家的军队，都直接跟我们采购，他们也习惯在订单上注明各零件是用在什么战斗机上的。其中有些东西没有办证，按照指示，我也把它们抽了出来。

艾丽丝小姐这才检查完她的第一个箱子，并没有抽出任何东西。然后，她拿来一些大信封，把我从每个箱子抽出的资料分别装进信封里，又详细询问我抽出来的原因，并在信封上一一注明，最后签上名字，标上日期。

午饭时间到了，她告诉我，可以到二楼咖啡厅买快餐。

下班的时候只剩下一个箱子，但第二天早上，她又拉进来十几箱。

箱子每天源源运进，几天下来，我已经精疲力竭，而且，现在又得天天把菁菁送到教堂姊妹家里，可人家根本就忙不过来。星期五下午离开之前，我只好硬着头皮试探着问艾丽丝小姐："请问还有多少箱子？"

她立刻沉下脸来："还有三百多箱。"

"什么？三百多箱？"

"总共有四百箱，环球贸易公司夜以继日，整整花了三个月时间才复印出来。"

见我颓丧地低下头，她同病相怜地哀声说道："如果太累的话，你

— 59 —

可以每周只来三天。"

"我可以把女儿也带来吗？"我再度鼓起勇气问道。

请示过麦克之后，她说："假如她不哭不闹的话，没有问题；否则，你必须立刻将她带走！"

星期一早上，艾丽丝小姐把我和菁菁带进那个小小的会议室之后，又运进来十多个箱子，然后便鼓着腮帮走了出去。

不一会儿，麦克进来了，一进门就惊叹："你的女儿不会是在读书吧？"

事实上，菁菁确实在一本正经地朗读她的故事书。

我连忙说道："是的，简单的故事书，她一般都能读懂。"

"她才多大？"他又震惊地问。

"两岁半。"

"两岁半就能认字了吗？"

"她喜欢读书，不到两岁就开始认字了。"

"我也有一个女儿，才三个多月。"说着，他从口袋里掏出女儿的照片。然后，他又递给我一张名片，说："不管有什么事情，你们都不能擅自走出这个门口，如果找不到艾丽丝的话，可以直接给我打电话。"

名片上，他的职务是：

资深探员　美国国土安全部海关军用品出口管制调查处

艾丽丝小姐显然没有足够的心理准备，其联邦特工的工作竟然如此枯燥乏味！她越来越没有兴致和热情，变得越来越沉默寡言，每天都绷紧面孔，只有当菁菁热情地跟她打招呼时，她才勉强一笑。她也再不询问我任何问题，只在大信封上随便写上"出口到中国"，或者"出口到欧洲的军用品"。终于有一天，当我到达海关大楼时，麦克告诉我，艾丽丝小姐已经辞职了，在找到接替人选之前，我也不用再来了。

刚刚在高速公路上堵塞了三个多小时的我，只好又回到高速公路上。

宣判前，张志强的旧同学、旧同事、球友和其他朋友共二十多人，已经分别给法官写了信，愿意见证他一向热心助人，非常珍惜在美国的发展机会，绝对不会做出故意损害美国利益的事情，请求法官从轻判处。

高斯曼律师也把一切适用的减刑条例整理成一份详尽的书面报告，交给了法官。其结论是，判处张志强六个月有期徒刑，是比较合适的。

不过，安格丝女士激动地反驳："张志强所在的公司，是全美最大的国防通信设备制造商，他怎么可能不是专业人士呢？他一共运了三次货，要不是政府主动撤销他另两项控罪，他本应算作'惯犯'，又岂能称为'偶然性犯罪'？他主动把环球贸易公司的业务抢过来，还卖力地推销自己，情节极端恶劣，这也能算作'从犯'吗？美国政府从没有威逼利诱他，他却主动送上门来，自称出口过无数军用产品，害我们花掉大量冤枉时间和精力去核实，我们没有狠狠惩罚他，甚至没有追缴回由美国财政支付的购物款，他还想以'钓鱼执法'为由获得减刑，实在荒唐至极。至于他的女儿需要照顾，父亲又正病危，这些虽然值得同情，但每一名犯人的家庭肯定都有这样那样的困难和不幸，那绝对不能成为逍遥法外的借口！"

她的发言刚结束，法官马上就宣判："被告张志强，被判有期徒刑30个月，罚款6 000美元，如果不服，可以上诉。"

事实上，根据《认罪协议书》的规定，如果他的刑期不超过30个月，他是不能上诉的。更何况，上诉又得另外支付律师费，连高斯曼律师都说："我不缺那点钱，你还是留给自己用吧。"

史提芬律师也摇着头对我说："看来情况不乐观，你看资料的速度还得再放慢一点，就算最后没有功劳，起码多争取些苦劳。"

当我再次奉命来到海关大楼时，一名年轻的小伙子把我和菁菁带进会议室之后，也搬进来十多个箱子。然后，他也坐下来和我一起翻看，并不断地向我请教，因为他对军用品和出口法规同样一无所知。

第二天，他就不陪我翻看了，两个星期之后，他也销声匿迹。

宣判之后，张志强很快就被转移到正规的联邦改造中心。联邦改造中心是监管级别最低的联邦监狱，其伙食标准和生活条件都比原来属于中等监管级别的拘留中心好得多，还有很大的运动场，亲友探访也十分方便。

那儿离我们家也有一百多公里，但交通不算太糟糕，驾车前往只需两个多小时，每天都可以从早上八点钟一直探访到下午两点。而且，只要没有犯罪记录，不管是否亲属，均可前往探访，张志强的很多朋友都已经递交了探访申请。

张志强出现时，菁菁还是抿紧嘴巴，但当张志强问她要不要到自动售货机去买爆米花时，她终于点了点头。

吃完东西之后，我们玩了一会儿飞行棋，张志强便把菁菁带到阳光灿烂的草地上捉迷藏。很快，菁菁又唱又跳又翻跟头，开心得就像一只在阳光下尽情欢唱的小鸟。

张志强感慨地说："我并不担心在这儿剩下的日子，最担心的，是能不能见到父亲最后一面，还有，你将来的命运……"

接连换了几名年轻人之后，最后终于由一名老特工搬运箱子。这名老特工总是笑容满面，动作麻利，他把资料装进信封之后，立刻填上姓名和日期，从不问我任何问题。他也从不监视我，即使我和菁菁要上厕所，我打电话向他请示，他也只说："你们去吧。"

当然，这种地方肯定装满了摄像头。

本来，每次进出海关大楼，都必须经过安检。我的脚上装了电子跟踪器，所以每次都无法顺利通过，而我又推着婴儿车，带着衣服、食品和文具，检查起来非常麻烦。后来，负责安检的人每次见我们走来，干脆都招手让我们从旁边进去，懒得检查。

断断续续地，花了大约半年时间，我才把四百个箱子翻看完毕。

在海关大楼那些日子里，菁菁从没有哭闹过一次，她总在画画或者读她的故事书，累了就在婴儿车上睡一会儿，而兴致一来，更会站到门口——当然，绝不会踏出门槛一步——兴奋地跟来往的特工们打招呼。特工们都爱停下来逗她。

刚开始的时候，我在每次外出的前一天，就要向监管警察请示，他们也必须提前把我的外出时间和地点设定好，否则我一出家门警报就会响。但我经常要到海关去，而每名警察都要监管很多犯人，他们的电话总是一直占线。为了省掉彼此的麻烦，他们后来干脆设定，我从每天早上六点钟到晚上十点钟都可以外出。

美国不提倡把三岁以下的幼儿送进托儿所，所以，我家附近的托儿所不多，但各种各样的亲子课堂和学习班，却遍地开花。一些由社区定期和不定期举办的活动，更是免费的。当然，公职人员周末都休假，所以，社区一般不在周末举行活动，在职妈妈和她的孩子们也就享受不到这份福利了。

一有时间，我就带菁菁出去上课，去参加社区为学龄前儿童举办的各种活动，还经常带她到公园跟其他小朋友一起玩。菁菁除了爱读书写字，还爱上了唱歌、跳舞、画画、做手工、荡秋千，更认识了很多好朋友。最重要的是，她在学习中玩耍，在玩耍中学习，享受着最最幸福快乐的童年。

其他小朋友的妈妈外出办事不方便带上孩子时，我总会热情地把小朋友请回家，对于一下子找不到人照看孩子的那一份焦灼，我的体会最深。

我还坚持每隔一周就去看望张志强。凭着"最佳销售"的交际能力和推销才能，他很快就在图书馆找到一份工作。现在，他有更多时间研究法律书籍了，并且找到不少没办证就出口军用品而最后又获得减刑的案例。他说，美国是一个根据先例判案的法治国家，如果曾有先例获得减刑，那么后来类似的案件也必须轻判。他更劝我也应该多上网，查找更多案例，但我只是痛心地摇头："我宁愿把最宝贵的时间都花在女儿身上，也不要在网上浪费时间。"

一天，麦克又通知我到海关大楼去，并特别提醒我这次不要带女儿，因为他们要跟我单独谈话。

我恳求史提芬律师陪我一起去，但他还是说太忙，走不开。

满怀恐慌满腹疑虑，我再次来到海关大楼。这一次，我首先被带进"大老板"的办公室。

"大老板"亲自把木门反锁上，然后盯准我的眼睛，咄咄逼人地说："我是这里的大老板，也就是说，是海关军用品出口管制调查处的总负责人，这里所有的特工，都必须听我的！我首先问你，前段时间，你到这里来都做了些什么？特工们又是怎样监视你工作的？"

我连忙回答道："我到这儿来，翻看了环球贸易公司全部的箱子，把出口到中国的资料都抽了出来，出口到其他国家没有办证的军用品，我也抽了出来。特工们帮我搬运箱子，并把我抽出来的资料装进信封。"

"特工们自始至终都在监视你工作吗？"

"他们不时过来看看……"我含糊地回答，事实上，他们还从没对我进行过突然袭击，既然他们信任我，我也不打算为难他们，更不想平白无故又节外生枝。

"你可曾私自带走任何资料？"

"没有。"我急忙否认。

他继续追问："你一共花了多少时间翻看那些资料?"

"我一共来了四十多天,前后总共花了大约半年时间……"

他立刻打断我："但你要明白,你能否得到减刑,并不取决于你来过多少天,而要看你到底协助我们抓到多少人!抓到的人越多,他们的刑期越长,你减掉的时间也越多,甚至可能不用坐牢,还可以长期留在美国。但如果最后一个人也没有抓到,那么,不管你付出了多少,都徒劳无功,懂吗?"

我连忙点头表示明白。

他继续说道："他们马上就要找你问话了,为了让你最大限度地立功,尽可能帮自己减刑,我打算先把正确回答问题的技巧告诉你。我们现在最需要的,是所有经手人和知情人的名字,名字越多越好,凡是稍微扯得上关系的,你都不要漏掉。"

我吃吃地说："资料上都有签名……"

"我们不仅需要经手人的名字,还需要所有知情者和参与者的名字!你还应该抓住重点,所有中国人和所有到中国的出口,都是重点,懂吗?"

我又吃吃地说："但其实,当时负责出口到中国的,只是我一个人,而且,没有军用品……"

"你要听准我的话,我们需要所有参与者和知情人的名字!很简单,假如某人见过你的订单,又或者,你跟某人提起过某一订单,那么,他就是知情的。如果他曾经给过你意见和建议,他就是参与者了。至于你们到底有没有出口过军用品到中国去,你敢肯定吗?"

我无言以对,因为我确实无法肯定。

"不要说你,就是我们的专家,单凭那些单据,都无法一一断定,所以才要……好了,不说那些了,那还得看调查的结果。而就目前可以起诉的罪名,在知法犯法这一点上,我们还需要你重点配合。一个人是否知法,当然只有他本人才清楚,但在法律上,我们又必须拿出证据来。幸亏,在没有物证的情况下,还可以采用证人的证言。几年前说过些什么,不要说你,就是当事人他自己,都忘得差不多了。所以,只要你一口咬定,那就是证据了,懂吗?"

我知道,争辩并没有任何意义,最重要的是,等会儿回答问题的时候,必须保持十二分的头脑清醒,否则,稍不注意又会连累无辜。于是，我急忙会意地连连点头。

会心的笑意终于从他眼睛的深处跑了出来："很好，他们已经在会议室，你可以过去了。"

我被带进一间宽敞明亮的会议室，里面已经坐着十来名身穿不同制服的政府工作人员。

麦克首先发话："你抽出来的资料，我们已经认真研究过，目前还无法断定有没有东西最终落入中国军队手上，调查仍在进行中。至于出口到欧洲的，我们正在密切联系国务院，以确认哪一件办了证，哪一件没有。我们的工作，是百分百地按照法律办事，揪出一切违法犯罪行为。现在，我先问你，你是否知道环球贸易公司的任何员工在明知故犯的情况下不办证就出口军用品？"

我摇摇头。

"这样吧，你还是逐一告诉我们，每一市场的经手人和主管负责人是谁。先从中国市场开始吧，经手人是谁？"

"是我。"

"你们公司不是还有很多中国人吗？他们都不负责中国市场？"

"他们是开发了进口业务之后才进公司的。"

"陈波比你先进公司吧？"

"是的，他来自台湾，只负责台湾的业务。"

"他的祖籍也在中国大陆吧？"

"我不是太清楚。"

"他有时候也帮忙吧？"

"台湾的出口业务一直比中国大陆多，所以，具体工作并不需要他帮忙。"

"你的主管负责人是谁？"

"出口的时候是巴特，现在只进口了，主管负责人是我，我直接向老总汇报。"

"以前巴特向谁汇报工作？"

"直接向老总威尔逊先生汇报。"

"他向金先生汇报吗？"

"业务上并不汇报，金先生负责亚洲市场，他负责欧洲市场，并没有隶属关系。"

"中国为什么不属于亚洲，而属于欧洲？"

"刚开始的时候，开发中国市场的责任，是落在巴特身上的，但自从开发进口业务之后，中国市场就划回亚洲市场部了。"

"也就是说，中国市场曾经隶属亚洲市场部？金先生曾经是主管负责人？"

"是的，但那时候我们已经很少出口到中国了。"

"很少？也就是说，还有……"

"确实有过一些，但客户告诉我们，那些东西都用于波音项目……"

"客户告诉你们？你怎么知道他们说的是实话？"

"我当然无法核实，但我已经把那些资料抽出来了。"

"真奇怪，当初你分明说过，军用产品是你们的专长，军用业务是你们努力的方向，难道这么多年以来，你们连一丝一毫的业务都没有发展起来？"

这些年来，美国政府一直不采取行动，原来是在等待我们茁壮成长，以便最后一网打尽……

我哭笑不得地说："我们确实联系过很多航空制造业的厂家，但他们都说国产军用和航天设备全靠自发研制，任何零件都不依赖进口。"

"你们中国不是一直想方设法窃取我们的军用技术吗？听说还派出千万学生和学者像蚂蚁一样渗透进来……"

"我并不清楚那些情况。"

麦克红着脸沉默了好一会儿之后，又问："还是再说说你们企图出口的 C–130 电池吧，想起来了吗，有谁提到过军民两用飞机？"

"想起来了，确实没有人提到过，因为我一直不知道它是军民两用飞机。"

"但你们公司的领导，应该都知道。对了，为什么没有从其他亚洲国家的资料中抽出东西来？难道他们从一开始就全都办了证？"

"1999 年之前，他们的订单都不注明是不是军用产品，而 2000 年之后，全都已经按要求办了证。"

"你们亚洲最大的市场是哪几个？"

"主要是日本、韩国、菲律宾、新加坡和中国台湾。"

"那请问，负责法国空军的经手人是谁？"

"姬亚。"

"主管负责人呢？"

"巴特。"

"比利时军队的经手人又是谁?"

"詹姆。"

逐一询问完各市场的经手人和负责人之后,麦克又递给我一份资料:"先看看这份清单,看环球贸易公司有没有按要求提供了全部资料。"

那是一份法庭出具的强制令,强制环球贸易公司必须在三个月之内,提供自我进入公司之后的所有下列资料:

公司的全部出口销售记录,包括所有询价单、报价单、订单和发货单据,以及跟客户和供应商联系的一切资料;

申办出口证的全部记录;

公司的全部会计资料;

公司的所有电话账单和一切差旅报销凭证;

所有员工的个人档案资料,包括接受出口培训的记录;

……

"应该说,各类资料都提供了,但我无法断定,每一类资料是否都齐了。"看完之后,我谨慎地回答。

"有没有东西你记得很清楚,但不在箱子里?"

"没有。"

"你们的每一张订单,都有一个订单号,这个号码应该是连贯的,对不对?"

"是的,是由电脑自动生成的。但送来的资料,并不按号码顺序排列,因为我们的资料本来就是以部门为单位存放的,所以,如果少了一份,是看不出来的。"

接下来一段时间,我又天天带菁菁到外面上课,直到某一天,美国海关再次召我过去。

一名西装革履的中年特工把我和菁菁带回那间小小的会议室,然后他也运进来十个箱子,并对我说:"我们的工作是把全部销售号码抄下来,再输入电脑,看中间有没有漏掉一些。"

他又拿来用于记录的纸和笔,并坐下来和我一起翻看,边翻看边感慨地说："前段时间，我们一直都在跟国务院联系，以确认到底哪些东西办了证，哪些没有。但这事也实在难搞清楚，因为，虽然环球贸易公司没有办证，但有些时候，其实工厂或者客户已经办了一个通用许可证，甚至，有些时候是由运输公司办的……"

事实上，不管美国的科技多么先进，但要准确地登记下每一个销售号码，也只有一个选择，就是逐页重新翻看。整个上午，我和他两个人总共才登记了六箱。

当我们把十个箱子都登记完毕之后，他刚把箱子推出门口，又折身回来："算了，你还是和我一起下去吧，估计不会有什么大问题。"

我们从九楼一直下到地下室，又在狭长的通道里转了几个弯，才终于到达19号仓库，里面乱七八糟地堆满了环球贸易公司那些箱子。

把箱子放回去时，他特别嘱咐我，一定要把箱子堆放整齐。

望着那些摆放得整整齐齐的箱子，他非常满足地说："你看，现在大家一眼就可以看出来，谁的工作干得最漂亮，最认真负责……"

我每周依旧过去三天，半个月之后的一天，当我和菁菁到达时，麦克亲自把我们接上九楼他的办公室。

关上门之后，他请我坐下，然后说："从今天开始，我们将正式结束对环球贸易公司的调查，五年的起诉期限已到，如果要起诉的话，我们必须马上采取行动。"

我的心猛跳一下之后，又骤然打住，好久都没再跳了。

他继续说："我们部门的工作，是揪出一切违法犯罪行为，将证据上交检察机关。因为时间不足，箱子没有全部看完，我们并不清楚他们有没有完全按要求执行法庭的强制令，因而无法给他们扣上干扰司法的罪名。不过，我们手头上可以起诉的东西还是很多的，当然，是否全部起诉，到底起诉哪些，还得由检察部门权衡过各种利害关系之后再作出决定。前段时间，我们已经派人到你们的中国客户那边卧底，但始终没有找到他们转卖给中国军队的证据。非法卖给欧洲的东西确实不少，但全是小零件，而且都是卖给我们的友好国家，经手人又全是美国人，虽也违法，但最后是否起诉，我也不是很有把握。卖给中国的 C－130 电池，当然是要起诉的，但到底是全部起诉呢，还是只起诉陈波和金先生，抑或只起诉你的主管上司和公司大老板，也得由政府最后决定。无论如何，我们都争取全部起诉，因为我们和你一样，都是用数字来计算成绩的，而你，必须做好随时上庭指证每一个人的心理准备……"

"我、我必须上庭指证吗？"那不是要我的命吗！

"也不一定，那要看事态的发展，首先要看政府决定起诉谁，然后看被起诉的人愿不愿意认罪。一般来说，不认罪的情况是很少的。至于你最后能减刑多少，那是由检控官决定的，不是由我们说了算的。我们可以做的，只是尽量给你多安排些工作，多帮你说几句好话。现在，华盛顿特区有一名专门负责中国地区的反间谍专家很想找你谈话，你下星期五有空吗？"

"有空是有空，但间谍那些东西，我一窍不通……"

麦克笑了："我们当然知道，你并没有接受过中国政府的特殊培训，也不掌握什么秘密情报，但你在军用品出口这个行业干了这么多年，多多少少应该对他有些帮助。"

第二天中午，我和菁菁刚步出麦当劳快餐厅的大门，就迎面碰上了一个非常熟悉的身影。

我猛地打了一个突，巴特显然也想躲避，但躲哪儿去呢？最后，还是先从他的嘴巴里吐出一声"嗨"。

"嗨！"我顿时百感交集，心如刀绞。

他抿紧嘴巴，犹豫片刻之后，终于鼓起勇气说："我并不清楚你目前的情况，不过，为了我自己可以心安理得，我还是要亲口对你说，我们必须配合政府对你的调查，那只是身不由己，并不因为我们之间的个人恩怨……"

"你说得对！谢谢你可以理解，那不是因为我们之间的个人恩怨，我们之间没有个人恩怨……"压抑已久的泪水，霎时夺眶而出。

他震惊地睁圆了眼睛，茫然地望着我。

在毫无准备的情况下突然被捕，那实在是最最可怕的噩梦……

然而，即使有准备，又能逃得掉吗？

不过，哪怕只是一点点的心理准备，总胜过一下子手足无措……

可我的左脚上还戴着电子跟踪器，谁又知道，里面有没有安装窃听设备？而假如向任何人通风报信，又将罪加一等……

更何况，环球贸易公司已经明确规定，我不可以跟他单独接触……

我又慌又乱又焦又急，正惶惶然不知所措，他却又突然说道："你知道吗？我已经离开了环球贸易公司。"

离开了？也就是说，他再不是环球贸易公司的员工……

"是吗？我并不知道。"我急忙回答。

"我和妻子成立了自己的进口公司，现在我们跟陈波是竞争对手了。"

"你结婚了？"

"是的，她也是中国人。"

"陈波跟你们是竞争对手？他现在也做进口？"

巴特苦笑道："现在环球贸易公司唯一赚钱的部门只有进口部，但我总不能硬把它抢过来吧？所以，现在进口部的负责人是金先生，但具体的工作都由陈波负责。既然留在公司里不可能还有什么前途，我只有跑出来另起炉灶。"

"祝你好运，祝你们都平安无事……"我泣不成声。

"你的情况，很严重吗？"他低声问。

"大概30个月。"我哽咽着回答。

"30……个月？那不算太糟糕，应该只是被人利用……"

我再度泣不成声。

星期五中午一点钟，我准时到达海关大楼，但麦克告诉我，因为飞机误点，反间谍专家可能要迟到一两个小时，请我在接待室耐心等候。

差不多三点钟，当一名高大的中年美国人风尘仆仆地赶来，告诉接待处的人他要找麦克时，我知道，这就是所谓的反间谍专家了。

果然，麦克把我俩一起带进办公室。

来人首先向麦克出示他的证件，然后向我晃了晃，我一眼就瞥见了他的名字——罗伯特·威廉斯。

拿出小型录音机、笔记本和钢笔之后，他又首先请我放心，假如我在谈话过程中泄露了新的犯罪证据，他们保证不会追究我的法律责任。然后，他问："你从什么时候开始涉足军用产品？"

"1998年。"

"你们公司的业务，都是你本人开发的吗？"

"中国市场的业务，是的。"

"你是怎样开发的呢？"

"你是指进口的，还是出口的？"我吃吃地问。

"当然是出口的！"

"我们的出口业务并不多，主要是通过参加航展和直接给客户打电话、发传真……"

"你们经常参加航展？"

"去过两次。"

"找你们的人多吗？"

"找我们的人不少，但最后买东西的，并不多。"

"买东西的都是些什么人？"

"一般都是私营贸易公司。"

"他们都买些什么？"

"都是波音飞机的零件……"

反间谍专家突然拍着桌子咆哮："你只需要告诉我，你们都出口些什么军用产品？出口给谁？一开始的时候，你是怎样跟他们联系上的？"

我一下子不知如何作答，只好求助地望向麦克："不是你们的人先来找我的吗？"

反间谍专家的目光立刻转向他，见麦克正羞愧得无地自容，反间谍专家一下子明白了："她、她只卖过给我们的人？"

看到麦克满脸羞红地连连点头，反间谍专家的脸色"唰"地变白，而当他再次望向我时，他的颈项和额角也一下子涨得通红，然后，他和麦克都忍不住一个劲地摇头。

终于控制住自己的情绪之后，他对麦克说："我再没有其他问题了。"

麦克慌忙起身送我离开。

两个星期之后，史提芬律师告诉我，安格丝女士已经给法官打了报告。她在报告里指出，我曾经声称环球贸易公司在不申办出口证的情况下非法出口过军用产品，但经过政府的彻底调查，发现环球贸易公司其实从来没有向中国出口过军用产品。既然我并没有协助政府揪出任何犯罪行为，那么，政府郑重地向法庭建议，不要给我减免任何刑罚。如果我本人向法庭争取减刑，政府将坚决反对。

"他、他们不起诉环球贸易公司了？"我迫不及待地问。

"她说环球贸易公司根本就没有违法犯罪行为。"

谢天谢地，一直压在我心头的大山，彻底消失了！毕竟，两三年之后，当一切都结束的时候，我还有机会过上问心无愧的日子，不需要一辈子遭受良心的谴责……

同时，我也在心里苦笑：当然啦，美国政府一直在强调两个重点——中国人和出口到中国去——最符合这两点的，除了我之外，还有谁呢？

"美联通信设备有限公司呢？美国政府还要追究他们的责任吗？"我突然又想起了这个问题。

"美联花了一千多万美元律师费之后，终于保住了军用品的生产和经营牌照。毕竟，他们不难澄清，整个事件完全属于张志强的个人行为，公司一点儿都不知情。而且，张志强所属的分公司只生产民用通信设备，他从来都没有机会接触任何军用技术和器材……"

现在，我最关心的问题还是："可以将我判刑的日子再往后推吗？我希望等张志强出来之后再……"

"没问题，"史提芬律师爽快地打断我，"安格丝女士已经同意，把判刑的日子定在张志强刑满释放之后两个星期。一般来说，你可以在判刑之后30天内回监狱自首。安格丝女士还说，如果需要的话，再多给你两三个月也不成问题。"

当我把情况转告张志强时，他却激动地说："这段时间我都在研究美国法律，并且查到不少美国人也在没有办证的情况下出口过军用产品，虽然不是出口到中国，但美国的出口管制法并非只针对中国，全世界所有国家都适用。而那些美国出口商最后的刑罚都比我们轻，很多都不用坐牢。不说别的，如果环球贸易公司没有违法犯罪的话，我们为什么就得坐牢？美国是个司法独立的国家，判刑的最终权力落在法官身上，并不是政府随便说了算的。无论如何，在这最后冲刺的时刻，律师都应该全力以赴向法官争取，不能收了钱什么都不干！"

我颓丧地说："他已经去了波士顿接手另一宗强奸案。"

张志强更加激动了："林芳，你是不可以再回监狱去的！你回去之后，我一个人又要工作又要照顾菁菁，怎么可能？我现在天天都在帮你查资料，你在外面查资料应该比我方便，即使律师不尽力，你自己也得全力以赴啊！"

而当我终于又拨通史提芬律师的电话时，他却摇头叹息道："林芳，如果政府不肯帮你的话，一切的努力都只是徒劳！相信我，我已经尽了全力为你争取，我对安格丝女士说，你花了那么多时间和汽油费尽心尽力配合政府部门的工作，不管环球贸易公司有没有违法犯罪行为，你都已经协助政府调查清楚了，即使没有功劳也应该有些苦劳。但你知道她怎么说吗？她说，正是因为你乱说话，才害他们白白在环球贸易公司身上投入了那么多……"

"我什么时候乱说话了？"我生气地质问。

"我的意思只是，她爱怎么说都行！我当时就对她说，环球贸易公司出口过 C－130 电池，那总是事实吧？她说，政府也没有追究你那一项控罪，更何况，环球贸易公司已经同意加入全国范围内的'共同对敌·共筑国防'行动，一旦中国的客户企图向他们购买任何受管制的军用和高科技产品，他们第一时间就会向美国政府通风报信……"

我不禁纳闷：中国的客户都很清楚哪些东西受管制吗？他们总抱怨："到底哪些东西可以卖，哪些不可以，只有你们美国才清楚，我们怎么知道？如果你们卖，我们就买，你们要不卖的话，我们到哪儿偷去！"

那么，当他们尝试购买的时候，他们是否知道自己正在从事违法犯罪行为？而假如他们知道那有可能违法，而且还有人随时在向美国政府通风报信，那么，除了可乐和鸡爪之外，他们还敢轻易从美国进口什么东西吗？

我当然清楚，我现在根本不可能为国内的同胞争取到任何权益，于是只生气地反问："将我送回监狱去，他们不是要花费更多吗？他们何不将我驱逐回中国算了？"

史提芬律师笑道："没有关系，美国的政府部门都是用数字来计算成绩的，联邦监狱也是按犯人的人头数领取经费的。犯人越多，监狱越有钱。虽然你们中国人口最多，但我们美国犯人的总数，远远超过你们的犯人总数。而假如联邦政府入不敷出的话，他们又会向你们中国借钱……"

我痛心地问："你甚至不打算向法官争取吗？"

"法官是不会听的！"

"你起码写一份报告吧？"

"即使写了，他也懒得看。"

"张志强已经找到了很多案例，无论如何，你都交上去吧？"

"我现在确实忙不过来，不过，你可以交给高斯曼律师，等他写完报告之后，我签名就是了。"

我继续带菁菁到外面上课，同时做好回监狱的一切准备。李健平已经答应会亲自带菁菁回国，我们的房子因为做了抵押，暂时无法出售，但在朋友的介绍下，我已经找到了信得过的房地产经纪人，以后房子将全权交给她处理。

听说刑期一年以上的犯人都必须被遣返，为了让一切进展顺利，我开始帮张志强四处寻找优秀的移民律师。

一名律师了解过我们的案情之后，惊喜地告诉我，在法律上，我们只是违反了出口法规，并没有被定义为恐怖分子或者间谍，不属道德败坏的恶性犯罪，不在强制遣返的范畴。由于我们的女儿是美国公民，所以，张志强仍有留下来的一线希望。

移民局在张志强所在的监狱设了点定期接受犯人咨询，张志强早就跟那些官员混熟了。他自称违反了出口法，女儿又是美国公民，于是移民官员告诉他，他将有权留下来打官司。并且，如果移民官员允许他保释，是无须请示法官的。

张志强喜出望外地对我说："本以为再不能回家看上最后一眼了，现在看来，就算我最终留不下来，但起码可以回家跟你聚聚，还可以亲自带菁菁回国。"

移民律师的收费远不及刑事律师高，于是，我立刻就聘请了他。但他说，移民局其实还没有正式起诉张志强，而在收到起诉书之前，他很难做什么有效的准备工作。

还剩一个星期就刑满了，一天下午，张志强紧张地打电话回来，说他明天就要上移民法庭了，请我立刻通知律师。

律师笑着安慰我："不用紧张，第一次过堂，只是让犯人作出接受遣返还是留下来打官司的选择，不会有实质性内容。"

但第二天晚上，张志强却打电话回来，哈哈笑道："已经判了，立刻遣返！"

原来，在法庭上，法官当场就指出律师的两点理由根本不成立，问他是否还有更好的理由。律师搪塞道："我刚接手此案，还没有仔细研究清楚，请给我多一点时间做准备。"

法官拍案怒骂："你通过律师的资格考试了吗？你到底有没有律师牌证？在法庭上竟然还说没准备好？既然你们根本就没有可成立的理由，本庭宣布，立刻将被告遣返回国！"

不过，律师安慰张志强，他依然可以上诉，很多犯人就是靠无止境的上诉来拖延时间的。有些人拖了十年八年之后，最终还是留了下来。"当然"，律师进一步强调"假如你自称曾遭受过中国政府迫害，那是争取留在美国甚至获得绿卡的最快捷的方式……"

张志强激愤地说："无止境地留在狱中打官司，简直就是白痴！而捏造被中国政府迫害的事实来骗取绿卡，这么龌龊的事情，正是我最痛恨的。那些人不仅编造谣言，污蔑自己的祖国，还骗取美国的福利，占掉中国人入籍美国的大部分名额，害得我们这些大量纳税又无法享受福利的职业移民，入籍永远无期。爸爸的情况越来越危急了，我真担心不能见上他最后一面，现在只恨不能马上飞回家去……"

刑满那一天，他一大早就打电话回来，情绪激动地说："终于可以回去了，能够再见上爸爸一面，也是我的最大心愿。只是，这次回去之后，我们不知什么时候才能再见面了，现在，我最担心的，还是你……"

晚上，他却又打电话回来，说他已经到了移民监狱，但当他问狱警他会在什么时候回国时，谁都说不知道。所以，请我向律师打听一下。

律师安慰我道，既然法官判了立刻遣返，那么，一旦订到机票，肯定就会遣返。

然而，我判刑的日子已经迫在眉睫，狱方还是没有给出张志强回国的时间表，在我的再三催促下，律师才终于打听到，在一个月的上诉期内，如果犯人没有正式放弃上诉的权利，移民局是不可以将他遣返的。而为了防止犯人逃跑，移民局从来不把遣返的具体时间提前告知犯人，而且只保证把张志强送回中国，但不一定是广州。

我连忙请律师帮张志强递交正式放弃上诉的申请，而正在这个时候，李健平又打来电话，说他刚接到通知，公司正准备安排他接受一项为期两个月的技术培训。我连忙请他放心，因为政府答应了，如果有需要，我可以晚一点再回监狱去。

我经常带菁菁到外面上课，到公园玩耍，所以，菁菁很快就认识了很多新朋友。那些小朋友的妈妈，也大多是留在家里照顾孩子的。很多家长和幼儿教师知道我们的情况之后，都十分震惊，但他们并没有因此疏远我们，只是非常担心，菁菁一旦再度离开妈妈，被送到一个更加陌生的地方，这很可能会对她的健康成长造成巨大打击。所以，他们纷纷写信给法官，愿意见证我是一名遵纪守法、热心助人且尽职尽责的好妈妈，请求法官尽量不要以监禁的形式惩罚我。

其中一个来自中国大陆的家庭，打算在暑假期间回国，他们答应，如果有需要，可以顺便把菁菁也带回去，但必须等到他们的儿子放暑假，也就是说，一个多月之后。

高斯曼律师已经起草了一份书面报告，经史提芬律师审阅并签名之后，交给了法官。

史提芬律师已经成功地帮波士顿的强奸犯洗脱了罪名，而在我判刑那一天，他也打扮得比任何时候都帅气，都显得成熟、稳重和正派。不过看到我时，他也唯有摇头叹息："明知道你不是坏人，但迫于目前的政治形势，就算最优秀的律师也帮不上忙，我实在感到无助……"

开庭了，法官根本就没有往我们的方向望一眼，只埋头阅读手中的资料，并漫不经心地问："被告律师，你有什么话要说吗？"

"是的，尊敬的法官，"史提芬律师连忙恭敬地说，"在报告里，我已经详尽地列出了我的当事人理应获得减刑的具体理由，在这里，我只打算简单地重复一下要点。"

不过，当他列举要点的时候，法官依然板着脸孔继续阅读手中的资料，根本不往我们的方向望一眼。

面对无动于衷的法官，史提芬律师无奈地停了下来，清一清喉咙之后，突然提高了声调："具体的理由，我在报告里已经说得很详细，这里就不再赘述了。尊敬的法官，我只想发自内心地说一句，自从认识我的当事人之后，我确实把她当成了自己的朋友。她勤奋刻苦，遵纪守法，待人诚恳，更是一名充满爱心、充满责任感的好妈妈。当年，她因为对相关法律的严肃性认识不足，在对我们国家毫无敌意、毫无恶念的情况下，企图出口一些受管制的军用零件。认识到问题的严重性之后，她立刻悬崖勒马，从此主动远离一切军用产品。这两年多来，她更是尽心尽力地配合政府各部门的工作，协助政府把想要调查的事情彻底调查清楚。尊敬的法官，自从被捕之后，我的当事人和她的家人已经受尽了痛苦：她的丈夫已经服刑两年半，目前正在等待遣返；她的女儿也饱尝了在突然之间离开双亲的极度痛苦；我的当事人已经入狱三个月，并且，这两年多来，一直戴着电子跟踪器接受狱外监管。作为一名律师，我认为法律对她的惩罚已经足够了，这个教训实在太深刻，她这一辈子都不可能再重蹈覆辙！我认为，再增加三年狱外监管，又或者，让她带上女儿和丈夫一起回国，无论对她自己，对她女儿，还是对我们美国，都是最好的选择。而再把她送回监狱去，除了使她的女儿——我们美国的一位小公民——成长历程变得更加曲折坎坷之外，就只会进一步增加我们美国纳税人的经济负担了。"

全场鸦雀无声，两位老房东在无声地落泪，不过，法官始终不为所动，始终没有望我们一眼，便开始宣读他手中的资料："被告林芳，被判有期徒刑 30 个月，罚款 6 000 美元。被告必须在 30 天之内到指定的联邦监狱自首……"

我急忙推推身边的史提芬律师，于是，法官的话音刚落，他就连忙说道："尊敬的法官，我当事人的丈夫已经刑满，但还在移民监狱等待遣返，请给我的当事人再增加一个月时间安排她的女儿回国……"

"就 30 天，多一天我也不给！"法官生气地打断他，并且，终于抬起头来，义正词严地训斥我道："为了一己的私利，置我们整个国家的安全于不顾，实在轻判了你！"

安格丝女士在法庭上根本没有说一句话，就轻而易举地打赢了这场官司。

我刚步出法庭，记者们便蜂拥而至。史提芬律师立刻警告我，他正打算向监狱部门申请，把我安排进条件最好的都柏林联邦改造中心，但如果安格丝女士也拿国家安全来说事的话，狱方是完全可以把我关进联邦惩戒监狱的，也可以把我送往天寒地冻的阿拉斯加，甚至送进关塔那摩监狱……所以，假如我也希望像张志强那样轻松度过狱中的日子，我现在最好保持沉默。

于是没有说一句话，我匆匆离开了法庭。

然而，第二天，我被判刑的报道，还是登上了报纸的头条。

全球的互联网也在疯狂地转载，激愤的美国网民更生气地质疑：法官是不是得到了中国政府什么好处？对于我这个窃取美国导弹零件的中国间谍和军火走私商，为什么只判 30 个月，而不是 30 年！

但我没有时间理会那些，我的当务之急，是清理掉家中的一切，处理好一切需要处理的事情，最最重要的，是把菁菁安全地送回中国。

我首先请求史提芬律师帮我把所有证据寄回中国，因为我担心，由我本人寄的话，可能会在中途无故丢失。他却不屑地说："认了罪之后，你以为还有机会翻案吗？"

我回答道："不是为了翻案，但回去之后，假如又有人提起此事，起码可以用证据说话。"

"那你交给高斯曼律师吧，运费还得由你自己出。"他终于说。

然后，我请求他问问安格丝女士，看她能否打一份书面报告给法官，给我再多一个月时间安排女儿回国。

他立刻激动地说："你也见到法官在法庭上的态度，根本没有商量的余地！"

"但那是在法庭上，私底下，他也许并不在乎……"

史提芬律师终于同意试试看，安格丝女士并没有半句推托之辞，也马上就答应了。

不过，申请递交之后，法官一直没有批复。

张志强的归国依然遥遥无期，我已经将家中可以变卖的一切全部卖掉，卖不掉的，也送给了朋友和慈善机构。

在回监狱自首的前一天，我正准备提前把菁菁送到愿意带她回国的中国朋友家里，史提芬律师却打来电话，说法官终于批准了我的请求。

我经常给菁菁看她的外婆和奶奶的照片，并且告诉她，外婆是我的妈妈，奶奶是爸爸的妈妈，我们都是一家人，外婆和奶奶都会非常疼爱菁菁。

张志强服刑期间，经常给菁菁写信。菁菁每次收到信都非常兴奋，并且能够读懂信的内容。于是，我偷偷给她写了几十封信，等她回去之后，将由我的妈妈逐一交给她。

两个星期之后，终于要送菁菁回国了，我一直强忍着，始终没有在她面前掉过一滴眼泪，只一个劲地告诉她，回国之后，就可以见到外婆和奶奶了，爸爸也很快就回去了。

不过，电话里传来她的声音时，她已经哭哑了："妈妈，我不要外婆，我要你……"

"妈妈再过一阵子才能回去，但我们还可以通电话，而且，爸爸也很快就回去了。"

"妈妈，我现在就要你，我不知道他们都在说些什么……"

为了让菁菁最大限度地珍惜在美国学习英语的机会，我一直以来只跟她说英文。我连忙对她说："你很快就会听懂的，而现在，妈妈可以当你的翻译。你知道吗，外婆种了很多花，美丽极了，等会儿她就带你去摘花……"

谢天谢地，现在用电话卡打电话回国，费用便宜得很，所以，我每天都跟菁菁通上一两个小时电话。

一天，我终于接到了张志强来自北京的电话。他说，两名移民警察全程护送他一个人回国，一路上都在打听北京的风景名胜，又问可以到哪儿去购买假冒名牌产品，因为他们可以走海关免检通道，还掏出同事们交给他们的好几页购物清单……张志强归心似箭，再不想惹是非麻烦，于是以很久没回国为由，说自己什么都不知道。下了飞机之后，两名警察立刻就消失得无影无踪。幸亏张志强给在北京工作的一位旧同学打了电话，那位同学马上就赶到机场，帮他买了回广州的机票。

"我现在终于可以安心去监狱了！"我激动得热泪盈眶。

回国之后，张志强一直都陪在他爸爸的身边。一个月之后，他的爸爸就闭上了眼睛，与世长辞。

张志强帮菁菁找到了一间很好的幼儿园，从此之后，菁菁白天上幼儿园，晚上回家又得到奶奶、爸爸和全职保姆的悉心照顾，我确实再没有什么可牵挂的了。

重回监狱

在规定期限的前一天，戴维斯夫妇就把我送进了美国监管等级最低、管理最规范、最能体现人权和法治精神的女子联邦监狱——都柏林联邦改造中心。

这座位于美国加州的著名监狱，群山环抱，空气清新，里面的环境简直可以跟度假村和俱乐部媲美。

帮我办入狱手续的老狱警问过我的刑期之后，却感慨地说："两年算得了什么！我在这儿已经整整待了25个年头。明天我就退休了，我发誓，以后永远都不会再踏进这儿来！"

一踏进监狱的大院，我就理解了老狱警的感慨：这儿分明是女子监狱，但不少犯人浑身刻满刺青，满脸凶神恶煞，满目深仇大恨；有些犯人则浓妆艳抹，将头发染成青色，把眼睛涂成七彩，又把嘴唇抹黑，并在鼻翼上钻两个小孔，看上去仿佛光天化日下的恶妖；更多犯人蓬头垢面，浑身散发着酸臭……

我很清楚，接下来这两年，将是我生命中最险恶、最充满挑战的两年。所以，当杰克逊先生把我带进A座囚房时，我正在心情沉重地告诫自己：千万不要在眼神和嘴角处流露出半丝嫌恶的表情，否则，得罪了某个犯人自己还不知道呢！

"喂，你是中国人吗？"杂乱的人群中突然传出一个亲切的乡音。

一名青春少女正热情地向我挥手，她20岁左右，身材高挑，嘴唇薄薄，眉毛细长，眼睛不算大，但形状优美。当时的她，真如众妖中鹤立的仙子般飘逸脱俗！我连忙惊喜地说："是的，我是中国人！"

"太好了，终于又来了一个中国人！"青春少女振臂高呼，然后娇声对杰克逊先生说，"杰克逊先生，我们囚室就有一个空床位，请您把她带到我们囚室去吧！"

杰克逊先生果然就照办了。

这里共有三座囚房，每座囚房关押400多名犯人。每间囚室关三人，一般情况下囚室的门都不上锁。每座囚房都有一位负总责的警官和两名指导官，他们只在正常上班时间上班，并且总坐在办公室里。真正负责维持秩序的，只有一名值班警察，当然，是二十四小时全天候轮值的。但一名警察怎么看管得住400多名犯人呢？所以，犯人们在狱中是相当自由的，换句话说，是可以为所欲为、无法无天的。

犯人以黑人和墨西哥人为主，黄色面孔的除了我和青春少女温燕妮之外，还有来自越南的李曼。李曼在活动中心工作，是服务处的窗口秘书。

当我和温燕妮到达体育馆时，李曼正在埋头绘制贺卡。服务处里面，还坐着跟我和温燕妮同住一室的丽莎。她是个干干瘦瘦的哥伦比亚人，总绷着一张干尸般吓人的苦瓜脸，浮肿的小眼睛似乎从没睡醒过。现在，猛地瞪我们一眼之后，她又垂下头，机械地继续手中的活。

李曼边请我坐下边好奇地问："你年纪轻轻的，怎么落到这儿来了？"

我心头一酸，不禁摇着头说："也不年轻了，三十多岁了，他们说我非法出口军用品……"

"你就是前段时间报纸上说的中国女间谍和军火走私商？"李曼正震惊地睁圆了眼睛，"吱"一声，服务处的木门又被推开了，一名头戴深蓝色小军帽、身穿深蓝色运动制服的年轻狱警大步跨了进来。他有一张清秀嫩白的东方面孔，但深灰色的眼珠子和微翘的长睫毛，又给他添上几分神秘的异国风情。他的躯干修长而结实，步态矫健而潇洒，既蕴藏着体操王子的刚柔兼备，又焕发着警察和军人特有的威武英姿……

当我们的目光相遇时，我分明听到自己的眼睛在惊叹：哇，在这样一个鬼地方，怎么会有如此美好的形象！

那两颗深灰色的眼珠也顿时发出亮亮的光，长睫毛机械地眨了眨……

"啊！"温燕妮惊叫一声之后，双手捂紧胸口直喘气。

体操王子顿时满脸通红，目不斜视地穿过服务处，从后门走了出去。

"我的妈呀，我的心都要跳出来了，我得出去透透气……"温燕妮说着，跟跄冲出门外。

"以后总算有个伴儿可以说说话了！这里就我们三个亚裔，但你看，温燕妮因为以前吸毒太多，脑袋已经被毒坏了，总是疯疯癫癫的……"李曼的嘴巴简直忙不过来，她既急于打探我的案情，又像洪水一发不可收一般恨不能将联邦监狱里各种奇闻怪事一口气全吐出来。她滔滔不绝的谈论不时被前来借东西的犯人打断，而当有人报名参加乒乓球课时，她帮我也报了名。

"乒乓球课的学员到这儿来……" 刚踏进体育馆，就听到有人高声吆喝，我抬眼望过去，却迎住了两道火辣辣的炽白电光……

对方的吆喝声戛然而止，好一会儿之后，他才结结巴巴地把 "签到" 两个字吐了出来。意识到我清楚地目睹了他在瞬息之间的戏剧性变化，他嫩白的脸蛋 "唰" 地便红了。

我掏出证件，硬着头皮走过去："我叫林芳，号码是 16880 - 112。"

他更加困窘地缩起双肩抿紧双唇，浑然不知所措。

我连忙吃吃地说："我、我也报了名……"

他这才反应过来，急忙伸手接我的证件。又因为颤动得厉害，他的指尖无法控制地触到了我的手掌，吓得他慌忙把手缩回去。

而当他把证件还回来时，动作谨慎得简直夸张。

正式开始上课之后，我才留意到他的胸前挂着一块小牌子：

维都先生　活动中心实习教练

给我们介绍完打乒乓球的基本规则和基本动作之后，他让我们轮流练习推挡。

一名虎背熊腰的黑人一下子窜到球桌跟前，一把抓过球拍，杀气腾腾地摆出严阵以待的架势。

维都先生轻巧地把球发过去，她猛虎般跃起身，挥起球拍狠命往下劈——

可惜球没接到，她的球拍却甩飞了，她也差点儿摔倒……

全场霎时爆发出一阵哄笑，我也一下子忘掉了给自己立下的清规戒律，"咯咯" 笑出声来。一脸严肃的维都先生，也忍不住 "嘻" 一声笑了。那笑容蛮可爱的嘛！

接下来上场的黑人、白人和墨西哥人，个个声势吓人，但显然都没打过乒乓球，因而都乱打一气，动作既滑稽又可笑。体育馆里此起彼伏的爆笑声和喝倒彩声，一浪高过一浪，以致我完全忘记了自己此刻正处身于女子联邦监狱之中……

轮到我时，我也没有太紧张，虽然我不是乒乓球高手，但读书的时候毕竟打过。

维都先生俏皮地对我笑笑，然后轻巧地把球发了过来。

小小的乒乓球刚好落在我触手可及的地方，轻轻一挡，我便把它挡了回去。

掌声和喝彩声霎时响起，这是我在体育运动方面第一次赢得掌声。

维都先生又俏皮地瞅我一眼，并轻巧地把球挡了回来，而我轻轻一推，又把它推了回去！

真没想到，多年没碰了，我的乒乓球不但没有退步，还进步不少呢！

我正飘飘然享受着打乒乓球的乐趣，维都先生却似乎突然想到了什么，急忙用变了调的声音嚷道："下、下一个……"

我只好依依不舍地放下球拍。

笑声、喝彩声和喝倒彩声，继续在体育馆的上空回荡。

星期一早上，我们新犯人都要先到饭堂上班。我的老板希尔先生，分派前三名犯人洗碗洗盘子，后三名洗菜切菜，然后继续宣布："林芳，你负责洗……"

但当他的目光从点名册移到我的脸上时，他突然改了口："你、你负责数人吧，上晚班，上班时间是上午十一点到晚上七点。"

最后，他的助手，一名外号"大嗓门"的黑人囚犯，指导我们填写了两份表格，我们上晚班的犯人就可以离开了。

回到囚室，温燕妮仍熟睡在床上，我急忙跑过去，用力推她："温燕妮，八点多了，还不起来上班！"

"妈的，想多睡一会儿都被你吵醒！"她却生气地将我一把推开。

我已经把她当成小妹妹，想当然地认为自己肩负着照顾和教导她的重任，被她怒骂之后，才恍然醒悟到，我和她一样，都是联邦监狱里一名普通的犯人，并没有任何人赋予我管教她的权利。于是，我只得把语调降下来："对不起，我是怕你出事……"

她这才赌气地问："你在饭堂分到了什么工作？"

"数人。"我回答。

她"嘻"一声笑了："哎哟，你在饭堂数人，我在囚房清洁电话亭，我们的工作都是最最轻松的。看来，我俩真是这儿最漂亮、最让老板们喜爱的中国公主!"

我哭笑不得地说:"这么好的工作你还不珍惜,小心被炒!"

她又嘻嘻笑道:"没关系,今天是杰克逊先生值班,而且,电话亭从来不脏,清不清洁都看不出来,我每周只清洁三四次。"

所谓数人,确实轻松,就是坐在正对饭堂门口那个专设的座位上,数一数有多少犯人进来吃饭。午饭结束之后,我把人数交给希尔先生,并问他接下来我还要干什么。他风趣地说:"找个地方坐坐,打瞌睡也行,但不能躺下,呼噜声也不要太响。晚餐开始之后,继续数人。"

我眼睛一眨,充满期待地问:"我可以带书进来读吗?"

他微笑着摇头:"对不起,什么东西都不能带进饭堂来,也不能带出饭堂去。"

大家纷纷坐下来之后,一名光头汉子笑着问一位浓妆艳抹的墨西哥女人:"性感妈妈,今天早上你又一直在体育馆扭吗?"

"我今天去干吗?我的男人又不上班!不过,我昨天确实在那儿泡了一整天,看着他那白嫩嫩的脸蛋、圆圆的屁股和性感的胸脯,真把我痒死了!"性感妈妈说着,夸张地伸手摸自己的屁股和胸部,惹得在场的犯人哄堂大笑。

我却感到一阵恶心,似乎她们正在羞辱的,是我最最亲近的人。

星期五早上,我迎着朝阳快步朝体育馆走去,高音喇叭却突然宣布:"监狱大院现在关闭,所有犯人立刻返回囚房!"

"打架了!打架了!"远处传来犯人的叫喊声。

第二天早上,我想打听一下乒乓球课改到什么时候上,可一踏进体育馆,又听到那个熟悉的声音在吆喝:"想学排球的,到这儿来报名!"

我从没学过排球,不过,现在有的是时间,而课程又是免费的,狱方更鼓励犯人多学习多锻炼,所以,尽管莫名地有点心虚,我还是硬着头皮走过去,鼓起勇气问:"我也可以报名吗?"

"可以,任何人都可以报。"维都先生一本正经地回答。

上课之后,他又先给我们介绍打排球的基本规则和基本动作,然后让我们分成两三人一组对练传球。

别人显然都和朋友一起来,所以很快便都找到了对练伙伴,只有我,仍呆站着四处张望……

维都先生投过来一个怜悯的目光，然后，他突然向我扬扬手中的排球，并且轻轻抛了过来。

我慌忙冲上前，跳起来猛地扑了个空之后，才眼睁睁地看着排球在自己跟前徐徐落下。

"不用跳，等它下来，轻轻一挡就行了。"维都先生说着，快步跑去捡球。

排球再次沿着优美的弧线飞来，我全神贯注望准它，在它徐徐降落的一刹那，才抬起并拢的双腕，用力往上一击——

"砰"一声，排球冲上屋顶，落到维都先生身后。

"有进步！"维都先生说着，又快步跑去捡球。

然后，又是"砰"一声，排球蹦向墙角，滚到一台健身器材底下。维都先生趴下身子将它捡了出来，笑着说："你得把球给我送回来啊！"

我看看别人，果然都在有来有往地传球。

但接下来，排球还是不听使唤地冲上屋顶，落下来之后又蹦了几蹦，直蹦到体育馆的大门口外。

"你得给我……"维都先生边抱着球回来边戏谑地瞪我一眼，但随即，他就把下半句话吞了回去，眼睛里俏皮的笑意也荡然无存……

让警察不断为我捡球，我简直羞愧得无地自容，直想哭，但这哪儿是撒娇的地方啊！

维都先生突然丢下手中的排球，激动地走过来，一把抓住我的一只手，然后拍拍我手腕的下方，说："用这个地方挡球！"

因为弯下了身子，此刻的他不再高高在上，没有正视我的眼睛，他很快就松开手，转身快步朝另外两名犯人走去。他示意其中一名上了年纪的越南犯人过来跟我对练，自己则跟另外那名犯人对练起来。

越南犯人也不会打排球，我俩只好轮流地不断为对方捡球发球，我倒没那么难为情了，心绪也就逐渐恢复了平静。

下课之后，犯人们都围着维都先生问这问那，我才想起自己也带着问题而来，于是静静站在一旁等候。维都先生耐心回答完其他犯人的问题之后，才把目光转向我。

我急忙问道："昨天的乒乓球课改到什么时候上？"

"不改期，顺延一周。"他一本正经地回答。

"维都先生，除了排球之外，你还教什么球吗？"一名女犯人扭动着腰肢走来，他连忙把目光转向她。

我快步走出体育馆，并没有跟他说再见。

每天印发的报到名册要求我在星期三早上八点半钟到活动中心报到。

走进体育馆，没有听到警察的吆喝声，我从窗口往办公室里窥望，一眼就瞥见了深蓝色运动制服的衣领，紧接着，又看到红润的颈项、宽大的下巴、厚厚的嘴唇和嘴唇上方参差的短胡髭，再往上，是一个高高的钩鹰鼻子和一对深蓝色的大眼睛……

我提起的心马上放了下来，急忙加快脚步走进办公室去。

白人男子40岁左右，五官端正，身材魁梧，虽然有点中年发福，但粗壮的双臂和宽阔的胸廓，都在有力地显示，他年轻时一定是名运动健将。

他制服的胸章上刻着：

纽森先生　活动中心总负责人

"纽森先生，您好！我叫林芳，八点半钟要到这儿来报到。"我连忙礼貌地说。

他抬起头来，脸上随即绽放出阳光般灿烂的笑容："恭喜你，你将成为我们新一期陶瓷制作班的学员。陶瓷制作班从下周开始，逢星期三晚上六点钟上课。"

我确实报了这门课，但李曼当时告诉我，报名的人很多，起码要等半年以上。

"可我晚上七点钟才下班。"我遗憾地告诉他。

"没有关系，到时候我们会把你的名字放上报到名册，你的老板会让你过来的。你在哪儿上班？"

"在饭堂。"

"为什么不到我们活动中心来呢？我们也在招人！"

"但新犯人必须先到饭堂工作四周……"

"对，是有这么一个规定！你叫什么名字？林芳？很好，我在你的名字后面打上一个钩，你就正式成为我们新一期陶瓷制作班的学员了。"

今天上班的时间比任何一天都漫长，午饭之后，当我又独坐一角昏昏欲睡的时候，我看到李曼正悠闲地坐在服务窗口画贺卡，紧接着，我又看到纽森先生阳光般灿烂的笑容……

入狱前，我的大部分时间和精力都用于照顾和教育菁菁，很多优秀的育儿专著，至今还没来得及仔细研读。昨天，李健平已经把那些书寄给我了，监狱的图书馆也有不少好书，要是上班没事干的时候也可以读，该有多好啊！

晚饭之后，我震惊地发现，明天早上八点半钟，我又要到活动中心去报到！

难道，纽森先生给我做了特殊安排，允许我提前转到活动中心……

一下班，我就迫不及待地赶往体育馆，李曼一见到我便兴奋地说："下周的陶瓷课，你选上了吧？我偷偷把你的名字写到前面去了！"

我回答道："已经选上了，但不知为什么，我明天早上又要过来报到！"

李曼大惊失色："该不是被老板发现了吧？老板不会把我炒掉吧！"

"你这份工作确实好！"我由衷地说。

李曼睨我一眼："难道还有人的工作比你的更简单吗？"

我苦笑道："确实简单，只是太浪费时间了，在饭堂白白耗上一整天。要能像你，没事干的时候读点书，做点自己的事情，那才是真的好！"

"我确实很喜欢这份工作，虽然每月工资也不到 10 美元，但我帮人画画卡，穿穿珠子，还能多赚几十块。你想转过来的话，也可以申请啊！"李曼说着，递给我一份工作申请表。

"填完之后还给你吗？"我问。

"你要不想老板顺手丢进垃圾桶的话，就应该亲自交给他，还要趁机说说笑，送送秋波！"李曼说着，又粗又短的手指已经不经意地比出了兰花指，三角形的小眼睛斜斜地往上眨了眨。

我被她逗得"噗"一声笑了，然后屏着呼吸问："应该交给哪一位老板？"

"招聘的工作原来是由库奇先生负责的，他走了之后，现在由大老板纽森先生代管。"

我又"噗"一声笑了。

李曼最后郑重提醒我，填完之后马上就应该交表，不用等到饭堂期满，因为，不要说交表的犯人，就连被老板看中了的女孩子，都早就排了长龙。

第二天早上，把工作申请表整整齐齐折叠好，放进口袋之后，我提前来到了体育馆。

办公室的木门锁得严严的——当然，时间还早呢，我还是先到田径场外走走吧！

刚步出体育馆的侧门，我就倒吸了一口气：金色的朝阳正洒在那个身穿深蓝色运动制服的修长剪影上，此刻的他，仿如一尊线条优美的雕塑，正笔挺地站立在体育馆与田径场之间唯一的水泥通道上，远眺着田径场的东北角……

尽管田径场上犯人并不少，但我和他之间，却没有一个人。

我边朝他走过去，边礼貌地说："维都先生……"

他的肩膀猛地缩起，然后，他谨慎地转过身来——

深灰色的眼睛里一下子飞出惊悸的火花，紧接着，他的下巴和肩膀都在剧烈地颤动……

怎么回事儿？怎么办呢？撒腿往回跑？

但我到底说错了什么，又做错了什么，为什么要狼狈逃窜……

片刻的犹豫之后，我决定硬着头皮继续往前走，并且把话说完："请问我为什么八点半钟要来报到？"

他困窘地转过身来，又转回去，在痛苦的犹豫之后，终于迈步朝我的方向走来了。但刚走两步，我们就得在狭窄的水泥通道上相遇了……突然间，他的腰部猛地往外一扭，紧接着，脚步也扭到水泥通道外面的草地上。似乎正在避开世界上最肮脏卑鄙的东西，他的脸皮绷得简直变了形！绕过我之后，他才回过头来，用嘶哑得完全变调的声音粗暴地大声说："不知道！"

一直在心底里纳闷到底发生了什么事情的我，终于完全明白了！我立刻矜持地昂起头，挺起胸，不卑不亢地大步踏上田径跑道。

稳步走了两三百米之后，我才小心谨慎地回过头去——维都先生已经消失得无影无踪了！

又一次被自己喜爱的人羞辱，这滋味熟悉得可怕！我"哇"一声哭了，同时撒开双腿，飞一般向前狂奔……

真可笑，真荒唐，我可曾对你这样一名不起眼的狱警产生过任何幻想！上排球课的时候，分明是你自己走过来握我的手，我既没有向你发出邀请，也没有趁机占你的便宜，你却神经兮兮地急于跟我划清界限……

不过，相信我，当我们的目光第一次相遇时，我就掌握了操控你情绪的钥匙，可以无声无息地毁掉你下半生的幸福，你就等着瞧吧！

我一下子揪出工作申请表，两下子撕得粉碎——我宁愿到任何一个部门洗厕所，也不要在你手下工作！

糟糕，现在几点了？八点半了吗？

当我赶回体育馆时，却见办公室的木门紧闭着，窗口里面只是一片灰暗。

突然之间，木门从里面"自动"打开，紧接着，维都先生心神恍惚地走了出来。

我偷窥他一眼，然后抿抿嘴巴，小心谨慎地迎过去，故意用最无邪、最可怜巴巴的目光望向他："请问，我现在可以报到了吗？"

"呃……"晶莹的泪光霎时在他的眼睛里打转，他立刻转回身，开了灯之后，才用颤抖的手拿起办公桌上一份资料。

"我叫林芳，号码是 16880 - 112。"我又故意用最受伤的声音说。

"下周开始的陶瓷制作课暂时取消，材料到齐之后再另行通知……"

然而，我实在无法忍受他那变调的嘶哑嗓音，在泪水涌出之前，我急忙转身离开。

刹那之间，我完全体会了他的困境：一名素不相识的犯人，莫名地对他产生了奇异的吸引力，而尽管他一直在努力掩饰，还是无法控制地向这名犯人泄露了自己心中的秘密。不过，法律并不允许狱警和犯人之间发生任何关系，只要稍微处理不当，他就会滑向犯罪的深渊，从狱警变成犯人……

我自己的教训，还不够深刻吗？

那么，尽管很蹩脚，很没有风度，他还是作出了最最正确的选择——难道，我还要挥起那把无情的双刃剑，非让两颗同样敏感同样脆弱的心，同时滴血不可吗？

更何况，警察粗暴地呵斥犯人，只是司空见惯的事，但在那一瞬间，我的心为什么会伤得发痛？

我可以欺骗别人，但又怎能欺骗自己，那个高大健美的身躯，难道不也魔幻般奇妙地吸引了我？我甚至再不敢肯定，在不经意之间，自己不曾用眼神向他发出过邀请……

我的脸颊在辣辣地燃烧，心底里，却奇迹般地踏实和坦然：即使自作多情，喜欢一个人总是一份美丽的感情，为了掩饰而故意扭曲，只会无情地互相伤害。他还太年轻，一定也早被女孩子们宠坏了，而我，已经是一名三十多岁的妈妈，饱经风雨之后，也该走向成熟和理智了！

乒乓球课就要开始了，我尽量坦然地走进体育馆，可维都先生一眼看到我，嫩白的脸蛋又"唰"地通红，之后就再没有往我的方向望过来。

今天，他多了一位助手，叫莫维亚，是一名留着男式平头的拉丁裔犯人。他一个劲地夸她的乒乓球打得好，不过，笑容十分僵硬。

他的脸皮又薄又嫩，上面既没有胡荐也没有多少色素可以遮掩住内心深处哪怕最微妙的变化，而尽管四肢发达，藏在那高大躯壳内的，显然只是一颗敏感而脆弱的心！真不敢想象，假如要他脱掉那套深蓝色运动制服，改穿上犯人的卡其布因服，在男子监狱里，穷凶极恶的犯人们会怎样张牙舞爪地扑向他……

不不不，不管我自己怎样受委屈遭误解，我都绝对不会将你往水深火热里推……

想到这，我才突然意识到，自己又正圆睁着眼睛定定地望着人家！

我满脸羞红地急忙把视线转移开，同时不断提醒自己：再不要这样盯着人家，一定要跟人家保持距离。当然，故意绷紧脸孔或者远远躲开，也是没有风度的赌气行为，同样会给人家造成心理压力……

星期一下班之后，我震惊地发现，温燕妮的铁床上除了一张床垫之外，什么都没有了，连纸条都不给我留下一张！

唉，平静而安稳的日子确实一去不复返了，谁又知道，命运在下一秒钟又要跟我们开什么玩笑……

第二天，当我心神恍惚地走回囚室时，却见一名腰围是我好几倍的大胖子正在整理床铺——糟糕，进错门了吗？

刚往后退了一步，就恍然醒悟到，是新犯人搬进来了！

晚上，我好不容易才朦胧进入梦乡，却突然听到狂风呼啸，雷声轰隆，紧接着，是下床的丽莎骨碌爬起的声音，然后是"啪啪"的拍打声。借着从走廊漏进来的灯光，只见丽莎抓紧枕头，饿狼般狠命地拍向新犯人……

终于累了，她才把枕头扔回自己床上，身子也"啪"一声瘫了下去。

当她的呼吸声逐渐变得均匀之后，黑夜也就恢复了它的宁静。

睡梦中风声雷声再次响起，横扫过树梢，折断了树枝，刚好打中地上一头笨猪。笨猪嗷嗷惨叫，接下来，又是丽莎发疯般的狂叫："你给我坐着，一直到我起床为止……"

新犯人瑟缩坐起，再没有躺下去。

我已习惯在上班前把一些不会拼写的英语单词抄下来，午饭之后独坐一角默记。一天，希尔先生却突然喝问："嘿，在读什么情书？"

我茫然地把"生词表"递过去，他瞟一眼之后，喃喃说道："这是什么密码情书！"然后，他转向大嗓门："帮我清点一下人数，看谁溜走了。"

下班后，我正在监狱大院散步，却惊喜地发现，在满目狰狞的世界里，又出现了那张清纯的少女面孔！

原来，联邦犯人不能持有现金，每人每月只有300美元消费额，温燕妮想借用另一名犯人的账号购物，于是让父亲给那人寄去500美元，答应付她50美元劳务费，可那人收到钱之后却耍赖："我不帮你买东西，你又能奈我何？"温燕妮一气之下跑到督察办公室告状，却把自己送进了黑房。因为联邦监狱明文规定，犯人之间不得交换、借贷、买卖和赠送任何物品，让外面的亲友给其他犯人汇款，更是严厉禁止的。

我正被她气得哭笑不得，一名彪形大汉突然挡住我们的去路，破口骂道："小娼妇，你在骂什么？"

温燕妮眼泪没干，又"哇"一声痛哭起来。

"妈的，老子跟你无冤无仇，你乱骂什么！"汉子粗短的指头就要戳到温燕妮的鼻尖了，温燕妮只有捶胸顿足，大哭大喊："我没骂你啊，我没有骂过你啊……"

"还说没有？你一直指着我骂……"汉子怒声狂吼。

看着温燕妮手舞足蹈的激动样子，我恍然明白了，于是急忙向汉子道歉："对不起，她刚才指手画脚，只因为情绪激动，不是骂你……"

"对对对，真的不是骂你……"温燕妮也慌忙说道。

汉子的铁拳再度晃了晃："下次说话的时候，手脚不要乱指，否则，小心被人揍扁！"

汉子刚走开，大嗓门却又气势汹汹地横在我们面前："温燕妮，你到底要赖到什么时候？"

"请、请给我两分钟时间，我的朋友会帮我的！"温燕妮哆嗦着求饶，然后，她咬着我的耳朵说，"求求你先借我 100 美元吧！我经常跟她买饭堂里偷出来的菜，可我这个月的消费额已经用完了，那该死的又赖账……"

"可我的单子已经放进购物箱了！"我无奈地耸耸肩。我们每周购物一次，必须提前一天交购物单。

温燕妮连忙转向大嗓门，从泪眼中强挤出笑容来："我的朋友已经交了购物单，但她答应下周一定帮我还！"

"还想赖到什么时候？"大嗓门怒声喝骂，但当她眼睛里的凶光扫到我的脸上时，目光突然本能地怯了怯，并急忙改口道："好吧，就下星期，我这两天就把购物单给你！"

奇怪，我分明比她矮小半截，她为什么要给我面子？

温燕妮连忙感恩戴德地向我道谢，我却立刻板起脸孔："以后再不要乱买东西了，否则，我一分钱都不会再借！"

温燕妮连连称是，然后娇声问道："新来的犯人怎么样？"

我苦笑道："并不怎么样，只是一闭上眼睛就打雷，丽莎根本不让她夜里睡。"

"你放心，明天我就搬回去！"她狡黠地对我一笑。

我耸耸肩，不是我不想她回来，但现在负责安排床位的，是指导官布朗太太！

不过，第二天我下班的时候，她果然已经死猪般瘫睡在原来的小铁床上。撑开惺忪的睡眼，见我进来，她却没有神气地跳起来炫耀，只耷拉着脑袋痛苦地呻吟。

"温燕妮，你生病了吗？"我急忙冲过去。

"我快要死了！"她哀声说道。

"别傻，我马上送你去医疗室……"

她却急忙摆手摇头："不不不，我只是累坏了！又锄地，又浇水，又施肥，整整干了一天重活……"

原来，因为被关黑房，她已经失去了原来的工作，被安排去种花了。

"真可怜！"我同情地说，却在心里偷笑。

丽莎一见到她，就苦笑道："跟懒公主在一起，总比夜半听杀猪要好！哎呀，我的喉咙又痒了，温燕妮，你有什么好吃的吗？"

"我现在什么都没有了！"温燕妮可怜巴巴地说。

我和丽莎同时望向她那敞开的小柜子——里面除了几件衣服之外，确实什么都没有了。

"林芳，给我两块巧克力！"丽莎说完，又瞪一眼温燕妮："你也不是什么公主了，以后周末都由你负责搞卫生！"

我正独坐一角默记单词，伙食部门的总负责人嘉西亚女士突然威严地出现在我面前，一言不发地伸出手掌。我只好乖乖地把"生词表"交上去。

扫一眼之后，她立刻将它揉成一团，声音不高但语气坚定地说："不要再让我抓到！"

我擦擦额角上的冷汗，同时紧张地环顾四周——幸好，没有大嗓门的身影。

带东西进饭堂本身就违规，用密码写信更是严令禁止的，假如嘉西亚女士小题大做，一定要把我关进黑房审查一番，那可就麻烦了。而虽然这次她放过了我，要是大嗓门知道她并不喜欢我，以后的日子也会够我受的……

对了，今天干吗这么安静？大嗓门跑哪儿去了？为什么其他犯人也不笑不闹，只三五成群凑在一起咬耳朵？

下班回到囚室，温燕妮一见到我就跳起来欢呼："大嗓门被关黑房了！昨天晚上，警察在她房间里搜到很多鲜肉和蔬菜。太好了，我不用还债了！"

第二天，希尔先生果然就任命了一位新助手。这位新助手的嗓门远不及大嗓门的响，但她同样目空一切，趾高气扬。幸好，和大嗓门一样，她也不理会我。

下班之后，却见温燕妮又哭成泪人一个。原来，大嗓门从黑房放话出来，说她之所以出事，是因为温燕妮蹲黑房时出卖了她，以换取提前释放。

"我现在走到哪儿都遭人臭骂，她天天偷菜卖菜，谁不知道，用得着我去告状？我温燕妮是什么人，要肯出卖朋友的话，又何至于被判十年……"

"温燕妮，你被判了十年？"我震惊地问，她向来都说自己的刑期是三年半。

"都是我男朋友害的！本来我爸是大房地产开发商，我要什么有什么。我吸毒，是跟他学的；我贩毒，也是为了帮他！我当场被抓之后，他天天给我写信，说他还多么多么爱我。当时我感动极了，死撑着没有出卖他，谁知道，他却先把我和其他人全出卖了！结果，我被判了十年，而他只有两年，已经出狱了，到现在还不给我写信……"

体育馆的大门习惯性地只打开一扇，我快步走进去，却猛然意识到，有人也正从另一扇门后匆匆走来……

在即将碰撞的一刹那，我们都及时刹住脚步！

哎呀，不正是那套深蓝色的运动制服吗？那宽阔壮实的胸脯，更一起一伏地，就要贴到我脸上来了……

我抬起眼睑，只见两颗深灰色的眼珠子，仿如雨后花蕾上的露珠，正一闪一闪地眨动着晶莹的光，两排浓密的长睫毛，已经湿润了，似乎在低声说："对不起……"

不不不，请不要背上愧疚的沉重包袱，我理解你的处境，尊重你的选择！

两排长睫毛感性地眨了眨，似乎在告诉我，他听懂了我的心里话。不过，因为骤然止步，身体突然失衡，他的一双手仍不由自主地在空中挥动……

我身上的每一个细胞，都期盼着那双手最终会落到我的肩膀上来，但理智告诉我，它们永远不属于我！我更加清楚，体育馆里到处都是犯人，也装满了摄像头……当然，两个人无意间相碰，身体上有些摩擦，也无可厚非，但在这个敏感的问题上，我再不打算含糊。于是，我毫不犹豫地侧过身，没有碰他一下，也没有回头望一眼，就径直朝田径场外走去。

本周的乒乓球课，是这期学习班的最后一课，维都先生的心情显得特别轻松，当我练习时，他还破例留意了一下我的动作，讲解时更是很有针对性地指出了我的问题。

经过四周的学习，大家都有了很大进步，在轻松愉快的气氛中，每个人都拿到了学习证书。

走出体育馆的时候，刚好遇到李曼，她热心地问："你最近找过我们大老板吗？我们下周好像有个清洁地板的空缺。"

我连忙支吾道："没有，我把表格弄丢了。"

她却激动地说："那为什么不跟我再要一份？你现在完全可以转工了，要是再过两个月还找不到新工作，工作统筹处就会把你踢出饭堂，安排给你一份没人要的工作！工作统筹处是用电脑排工的，不管你长得多么娇小可爱，假如通渠通厕、割草砍树和修房补屋刚好缺人的话，电脑立刻就会把你塞进去！"

是啊，确实该换一份工作了！我现在再不敢带"生词表"上班，而是每天在饭堂呆坐八小时，简直就是眼睁睁地看着自己的身体和智慧在一天天腐烂……

心底里，我也依然深信：即使异性之间本能地产生好感，但只要彼此自爱自律，互相尊重互相信任，那么，一定还可以建立起健康正常的工作关系。我向来勤奋刻苦，工作上从不甘落后于人，我争取到活动中心工作，只是希望在完成本职工作之余，抓紧时间读点书，并不为得到任何一位老板的特殊照顾……

第二天的排球课，也是我们的最后一课，维都先生的心情依然很好，剩下 20 分钟的时候，还突然宣布："来一场比赛吧，输的一队要做20 个俯卧撑！"

哎呀，我这水平怎么打比赛？他偏偏还要把所有初学者都安排在一起……

我正嘟起嘴巴，他却已经把自己安插进我们中间来了。

对方先发球。当排球在我们网前徐徐落下时，守在那儿的犯人却束手无策。我方队员只有掩着嘴巴偷笑，对方的欢呼声已冲上云霄……

对方继续发球。这一次，排球正好在我和维都先生之间降落。维都先生伸手轻轻一托，排球就被托上了半空。我正欲闪开，却见排球又从我的头顶徐徐落下，我急忙伸手去推，竟一下子就把它推过了网！

对方球员毫无防备，我不但轻而易举为我们赢到了发球权，还赢来全场的高声喝彩。

但我方队员接下来连连失手，对方很快就遥遥领先，而终于轮到维都先生发球时，他高声问对方："你们都准备好了吗？"

"准备好了！"对方齐声回答。

"我是说，你们准备好做俯卧撑了吗？"

对方队员立刻吹起口哨怪叫，不过，维都先生连续发过去好几个致命的球，对方一个也没挡到，最后，她们只得嘻嘻哈哈地做起形式上的俯卧撑……

下课之后，我兴奋地来到服务窗口，跟坐在里面的黑人女孩子再要一份工作申请表。

"你打算申请什么工作？"她威严地问。

"听说你们正在招聘洗地板的……"

黑人哈哈笑了："但你的手臂够粗吗？洗地板可谓这里最需要力气的工作了。洗厕所虽然又臭又脏，但不怎么需要卖力，而体育馆的地板面积大，除了每天清洗之外，还得定期上蜡！"

她算不上高大，但浑身的肌肉结实得像头小野马，她也穿着卡其布囚服，可见她并非警察，于是我奇怪地问："每个人申请工作的时候，都要被你这样教训一顿吗？"

黑人哈哈大笑："只有当我心情好的时候，才会免费赠送这些宝贵的建议，提醒申请人把特长写清楚，因为这里的人都身兼数职。比如我，除了窗口秘书之外，还兼任健美操教练，并且，正在争当各种球课的助教……"

我连忙打断她："谢谢你的宝贵意见，但我现在需要的，只是一份工作申请表。"

她边把表格递过来，边问："你是中国人吗？"

我谨慎地点点头。

"你会写中文吗？"

我又不卑不亢地点点头。

"太好了，终于找到会写中文的中国人了！"她却兴奋地欢呼。

确实，温燕妮是美国出生的中国人，李曼是越南出生的中国人，她俩都只会说但不会写中文。

她继续问道："你可以帮我写一些中文吗？我原来是帮人文身的，经常有人想在身上刺些汉字……"

原来只是如此，我连忙爽快地连连点头。

黑人又自我介绍："我姓史密斯，大家都管我叫史密斯。"

当我回到囚室时，温燕妮还懒洋洋地躺在床上，睨我一眼之后，她突然好奇地问："你上哪儿去了？干吗这么开心？"

我这才意识到，甜甜的笑容还挂在自己的脸上，于是赶紧收起来，若无其事地说："没上哪儿，刚刚上完排球课。"

"你也会打排球？"

"不会，所以才要上课。"

"谁是教练？帅哥维都先生吗？我也要报名！我小学的时候就进过校队，我还要看看活动中心有没有空缺——这种花的工作，我实在干不下去了！"

这时候，丽莎也回来了，一进门就喝问："温燕妮，你清洁了吗？"

温燕妮慌忙跳下床："我现在就干，现在就干！"不过，她突然又转向我："林芳，你可以替我清洁吗？我以后每月付你50美元……"

我狠狠地瞪她一眼。

她连忙讪笑道："说说笑而已，我们是真正的朋友，不是金钱的关系……"

丽莎也转向我："林芳，再给我两块巧克力，我的喉咙又开始发痒了！"

但为什么，我也得像温燕妮以前那样，让自己的柜门随时为她敞开？我经常清洁囚室，从不欠她任何东西，我为什么要对她唯命是从？于是，我咬咬牙，避开她的目光，边往铁床上爬边回答道："对不起，我的巧克力已经吃完了。"

星期一早上，我双手捧着工作申请表走进活动中心的狱警办公室，纽森先生的脸上马上又绽放出阳光般灿烂的笑容。

我微笑着说："我在饭堂已经期满，今天终于解放了，所以，想到这儿来申请一份工作。"

"恭喜恭喜！哇，你拿到了MBA学位，不简单，真不简单！"纽森先生接过申请表看了看，边赞叹边伸手拉开抽屉，但稍稍犹豫之后，又把它推了回去，"算了，你还是星期四早上再来找维都先生吧，我已经把招聘的重任全权交给了他，既然我信任他，就不好干涉他的工作。"

"找维、维都先生吗？"我怔住了。

"是的，就是那个新来的年轻人，他逢星期四到星期天的早上和中午都上班。"

当李曼又问起我找工作的事情时，我不禁颓丧地说："已经找过纽森先生了，但他说招聘的工作已经交给了维都先生，叫我星期四早上再去找他。"

李曼马上激动地说："帅哥小老板确实一来就抢走了招聘这项最重要的工作！本来，琼斯小姐已经在这儿干了三年，经验丰富，一直很想负责招工派工，但大老板就是不给她，宁愿给新来的小老板，因为他够帅气，可以把全监狱最漂亮的女孩子都吸引过来！不过，大老板完全可以亲自聘用你，他也特别喜欢身材娇小的女孩子——你交表的时候，是不是忘了送秋波？"

我苦笑着直摇头。

李曼却又鼓励我："既然他叫你去找小老板，你就去吧，反正小老板全听他的。你虽然个子矮小，但样子并不吃亏，就勇敢地去跟那些金发女郎和墨西哥辣妹们比拼比拼吧！"

重温被拒绝的滋味？我没有那个勇气，只得泄气地说："他们不请就罢了，我只想多读点书，还有什么工作也允许上班时间读书的呢？"

"你有文凭的话，可以到教学楼去碰碰运气，又或者，留在囚房搞卫生……"

第二天一大早，我就找了指导官布朗太太，但她说，目前囚房根本就没有空缺，而且申请者已经排了长龙，于是，我又走进了教学楼米勒先生的办公室。

米勒先生是名精瘦的中年白人，我刚说明来意，惊惶的电光便从他那双锐利的小眼睛迸出，他急忙低下头，用坚定得无法抗拒的声音回答："我们目前没有空缺！"

星期六一大早，温燕妮就起来梳洗了，我奇怪地问："你今天不上班，干吗不多睡一会儿？"

"我要上排球课！"说着，她匆匆往脸上抹化妆品。

八点半钟，像戴了一副彩色面具，她大红大紫地走了出去。九点半钟，当她回来时，是真正的满脸红光，一进门就兴奋地嚷道："排球太好玩了，连维都先生都夸我打得好，还让我给大家做示范！"

星期四早上，维都先生没有上班，而星期五早上，当我探头往办公室里窥望时，一眼又看到了纽森先生阳光般灿烂的笑容。

"维、维都先生不在吗？"我脱口问道。

"他这两天都休息，找他有什么事吗？"

听到他没事，我提起的心马上就放了下来，但被纽森先生一问，我竟又本能地心虚起来，仓促间，慌忙找了个借口："我想找他申请工作。"

纽森先生的笑容更加灿烂了："很好很好，我们现在正有一个很好的空缺，你明天早上记得过来找他！"

是啊，为什么不呢？我既勤奋又听话，为什么就不该聘请我呢？而且，既然已经跟纽森先生说了，那总得算数吧！

第二天一大早，囚房的大门刚打开，犯人们都争先恐后涌向饭堂，我却径直朝体育馆走去。

办公室里灯火通明，我一鼓作气闯了进去。

咦，怎么会没有人呢？

我正眨动着眼睛好奇地左顾右盼，维都先生嫩白的脸蛋却从电脑后面探了出来。仿佛看到一位仙子突然出现在面前，他的眼睛里马上就闪动着最最发自内心的微笑……

被他的笑容感染，我也甜甜地笑了，同时直截了当地回答了他眼神里的疑问："我想到这儿来申请一份工作。"

"你交过申请表了吗？"他连忙坐正身子。

"还没有，不过我带来了。"他眼睛里甜蜜的笑意让我紧张的心情一下子就放松了下来，我还留意到，他的胸章上醒目地刻着：

维都先生　活动中心教练

也就是说，他已经正式成为联邦警察了。

接过我的申请表之后，他讪笑着说："你有 MBA 学位，还当过部门经理？"

"是的，而且我从小热爱劳动，特别擅长搞卫生！"我知道是时候推销自己了。

"是吗？"他突然大声反问，同时俏皮地朝我一笑。

但随即，他就把笑容收起，一本正经地说："好的，如果有合适的工作，我会尽量安排。"

当那可爱的笑容消失之后，我也好像突然失去了什么——他这样说，到底算是答应了，还是在委婉地拒绝？

不管他是真情还是假意，我都只得礼貌地说声"谢谢"，而当我正要转身离开的时候，温燕妮却一阵风般卷了进来："维都先生，请问现在有空缺了吗？"

维都先生愣了愣，圆睁着眼睛望望她，又望望对面的服务窗口，拧紧眉头沉思了好一会儿，终于咬咬牙："只有对面那个窗口位置，上班时间是星期一至五早上六点钟到九点半，中午十一点半到两点半，午饭可以提前跟残疾人一起吃，你要干吗？"

"窗口秘书？哇，太好了！谢谢您，我的好老板！"

我望望欣喜若狂的温燕妮，又望望对面的服务窗口——她确实比我先交表，而且每天一大早就起来种花，确实很累。然而，当维都先生"委婉地拒绝"我时，难道他已经知道，温燕妮刚好会在此时此刻出现？

我心情沉重地走出体育馆，刚好遇上史密斯，她热情地问："嘿，林芳，你交表了吗？"

"交了。"我支吾道。

"但你那份洗地板的工作已经被莫维亚抢走了！她不仅抢走了你的工作，还把我的教练职位也抢了——当然，她洗地板是应该的，因为她的手臂比你粗，但把我的教练职位也抢走，就太不公平了，我才是这里的乒乓球冠军！"

我苦笑一下，也在心里嘀咕：窗口秘书那份最适合我的工作，也被一个完全没有工作责任心的人抢走了！

午饭的时候，李曼滔滔不绝地告诉我，温燕妮宁愿付双倍的价钱，也一定要她在明天之前赶制出一副新耳环。

"我真怀疑她能否胜任！事实上，除了我和史密斯之外，谁也没能在这个位置上坐稳。史密斯虽然爱运动，但也得坐下来帮人画肖像挣钱，而温燕妮，连书都不读……"李曼边说边摇头。

"其实我也坐得稳。"我酸酸地说。

"那你还不赶快交表？要是温燕妮做不来的话，你就有机会顶上了！"

"我今天早上已经交表了。"

"小老板怎么说？"

"他说有合适的工作的时候，会尽量安排。"

"他总是这样说的！"李曼泄气地说。

上班的第一天，温燕妮凌晨四点钟就起来梳洗打扮，气得丽莎咬牙切齿地骂个不停。五点半钟，囚房的大门刚打开，她就像一只彩雀般飞了出去。

九点半钟，她却和丽莎边说边笑并肩回来，一看到我，更兴奋地嚷道："我太喜欢这份工作了，不仅维都先生对我好，连纽森先生都夸赞我。我以后也要像丽莎一样，把活动中心当成自己的家！"

丽莎笑着直摇头。

不过，从此之后，这对冤家果然又成了好朋友。

一天晚饭的时候，李曼告诉我，活动中心又新聘了一名老婆子负责洗厕所。见我苦笑着摇头，她立刻激动地说："这有什么，我刚进去时也洗了一年厕所！就算洗厕所，一天有两班，每人也只洗两三次。要整天洗的话，别人怎么上厕所？我正是趁那段时间上完了所有手工课，老板见我手巧，就让我当了老师，后来还让我当上窗口秘书。我跟你说，每次有好空缺，老板总会先把自己喜欢的人转过去。比如这一次，早班清洁办公室的人进黑房了，结果，小老板首先把清洁手工房的小女孩转了过去，转来转去，最后才空出洗厕所的位置……"

也就是说，有好空缺的时候，他又没有安排给我——但会不会，那是因为这两天我都没有到体育馆去？于是我好奇地问："我倒想知道，你们老板要聘请某一犯人，他是怎样通知她的呢？"

李曼瞪我一眼："请问，他要聘请犯人，还得敲锣打鼓找遍全监狱吗？每天都有那么多身材惹火的女孩子围着他转，费尽心思讨好他，想方设法勾引他，稍微抓不准机会的话，还轮得到你吗？所以，我总劝你，一有空就往体育馆跑，一有机会就帮忙，趁机和老板们说说笑，送送秋波……"

"嘿，林芳，我记得你也上过乒乓球课！"史密斯刚好经过，突然兴奋地对我说。

我愕然地点点头。

"有兴趣争当都柏林联邦改造中心乒乓球亚军吗？"

我无言以对。

"要有兴趣的话，就拜我为师吧！"

"你打算怎么收费？"我警惕地问。

她笑了："我不是靠当教练挣钱的，活动中心所有的老师和教练，都是义务的。大家争破头皮去抢，并不为钱，只为高人一等！当然，我必须把话说在前，我对学生的要求非常严格，绝不像维都和莫维亚那样，只是嘻嘻哈哈闹着玩……"

我还真有点心动呢，毕竟，现在有的是时间……

"星期五、六、日三天我要上班，其余时间我都在体育馆做运动，你什么时候有空？"她催问。

　　"星期四早上吧。"我终于下定了决心，同时接受李曼的忠告，当维都先生上班时，尽量多往体育馆跑。

　　星期四早上，我走进体育馆时，维都先生正漫不经心地迎面走来，我微笑着正欲跟他打招呼，他却突然一转身，径直朝围在一起打桌球那帮人走去。

　　我尴尬地收起笑容，并不确定他到底有没有看到我。

　　"算你准时，我从不允许学生迟到！"史密斯却满脸笑容地向我走来。

　　当我们把折叠起来的乒乓球桌从墙角拉出时，一名胖女孩突然冲我嚷道："喂，我们正准备打篮球！"。

　　"我们现在就打乒乓球！"史密斯厉声喝回去。

　　"算了，她是服务窗口的秘书……"另一名犯人急忙把胖女孩拉走。

　　维都先生终于扭过头来了，而一下子从他眼睛里喷出的，竟又是惊悸的火花！

　　唉，我是犯人，我凭什么以为他会信任我？甚至荒唐地指望，他愿意帮助我……

　　史密斯连续发过来好几个快球，我只勉强挡回去一个。想到要挨骂了，我急忙吐吐舌头耸耸肩，但史密斯并不给我喘息的机会，一个劲地喝令："失了就不要再想，把全部精力集中于下一球！来来来，这是长球，这是短球……好球，再来一个！双脚不要站着不动，明知挡不到，也得扑过去，扑几百次之后，就能挡到了……"

　　我左推右挡，前进后退，只十来分钟便全身湿透。一小时的超强度训练结束，我跌坐在地板上，直喘粗气。

　　史密斯哈哈笑道："你今天的表现还算不错，只要坚持下去，很快就可以战胜莫维亚了！"

　　一天早上，在田径场外遇到李曼，她又热心地说："今天是小老板值班，你找过他了吗？嘿，你看，他出来了！"

　　果然，那个身穿深蓝色运动制服的修长身躯，正从体育馆的侧门走出来。

　　李曼急忙拉着我，赔着笑脸迎过去："老板，早上好，这是我的好朋友，她很想到我们活动中心来工作……"

"她交表了吗？"维都先生冷冷地问。

我和李曼面面相觑，但很快李曼又赔出笑容来："交、交了！"

正在这个时候，远处不知出了什么状况，维都先生急忙用手按着皮带上的大串钥匙，飞奔过去。

李曼立刻转向我："跟你说过多少遍了，要想被老板看中，就必须整天泡在体育馆里，一有机会就帮忙，就和老板一起玩！就算你长得再漂亮，如果不给机会人家摸不给机会人家碰，人家请你来干什么！我们活动中心一共有五十多名工作人员，还有无数伺机献殷勤的志愿者，真的需要你来干活吗？"

"可我并不会玩……"

"还说你是间谍呢？既不会玩又不会笑！不过，话又说回来，你以为温燕妮就真的会吗？对于小老板来说，你和温燕妮又有什么区别！真正可以成为他对手的，恐怕只有史密斯，可他从不跟史密斯玩，只爱跟女孩子玩……"

"算了，不请就罢了！"我赌气地说。

李曼瞪我一眼之后，又急忙安慰我："当然，很少有人一交表就被聘用的。我当初也缠了老板好几个月，直到他不耐烦了，最后才安排我进来洗厕所。我还想提醒你，每天交表的人太多，老板根本就记不住每个人的名字，尤其是我们亚洲人的。虽然他也是半个中国人，但并不懂半句中文。所以，你最好把名字和号码写下来，再给他一次。"

我已经不在乎跟这样的老板在一起工作，但心底里，却突然产生了一股强烈的冲动，真想狠狠地幽他一默！

我是当然不会自讨没趣再去找他的，于是，只顺水推舟对李曼说："你说得确实有道理，我现在就写下来，你跟他比较熟，和他在一起的时间也多，方便的时候，请帮忙交给他吧。"

我们回到服务窗口，跟史密斯要了铅笔和小纸条，我把名字和号码写下来之后，交给了李曼。然后，我们又一起朝田径场外走去。

刚步出侧门，迎面又遇上了维都先生，我们三个人同时愣了愣，然后，李曼和我迅速交换了一下眼神，便急忙把手伸进口袋……

就在这一刹那，维都先生的眼睛里又喷出惊悸的火花！

李曼双手呈上纸条，恭敬地说："维都先生，这是我朋友的名字和号码。"

"给我这个干吗？她不是已经交表了吗？"维都先生气得声音发颤。

"但你还记得哪一张表是我的吗？"我尖酸地反问。

"呃……"他的喉咙一下子被卡住，好一会儿之后，他才伸出手掌，温和地说，"那好，给我吧。"

我从李曼的手中拿过纸条，轻轻放在他的掌心上。

他拿起来看了看，然后说："还要再过一阵子，目前没有空缺。"

当我和李曼最后又回到体育馆时，温燕妮刚好在上排球课。她忸怩地把我拉到一旁，红着脸说："我知道你很想到活动中心来，要不要我向维都先生推荐你，他最听我的……"

心底里，确实有些醋意，但理智上，我并不相信那一套，于是一口谢绝了她："谢谢，但我不需要别人推荐，他不请也就罢了。"

温燕妮受伤般收起羞涩的笑容，赌气地说："因为我把你当成最好的朋友，才首先想到推荐你，如果你不领情的话，我就推荐露茜了。她也很想到这儿来工作！"

我耸耸肩："你爱推荐谁我并没有意见。"

在阳光普照的田径场外，我一踏上田径跑道，就遇到笑容也如阳光般灿烂的纽森先生，他还热情地跟我打招呼："漂亮小姐，早上好！"

"您好，早上好！"我也微笑着说。

"对了，你向维都先生交过工作申请表了吗？"他突然关心地问。

"呃，交过了。"我支吾道。

"我们现在正有一个很好的空缺，你明天最好再问问他！"纽森先生说着，俏皮地向我眨眨眼睛。

刹那之间，我真想撒着娇说："纽森先生，维都先生他婆婆妈妈的，无缘无故就是不肯聘请我，您就帮帮忙吧！"

我仿佛看到自己潇洒地走进办公室，微笑着对一本正经地呆坐在那儿的维都先生说："老板，我来上班了，纽森先生安排我坐对面的服务窗口！"

一脸孩子气的他，茫然地望着我，震惊得说不出话来。

要能这样子出一口气，那才痛快！

不过，我已经告别了娇气和任性，于是，只礼貌地对纽森先生说："好的，谢谢您！"

心底里，我其实并没有放弃最后一丝希望，所以，第二天早上，还是忍不住提前就到了体育馆。可维都先生连望都不望我一眼，直到乒乓球强化训练开始之后，才透过窗口望着我和史密斯"嘻嘻"地笑了个够。

温燕妮一下班回来就大声欢呼："我被选进活动中心的排球队了！维都先生还聘请了我的好朋友露茜，安排她清洁狱警专用厕。狱警专用厕一点儿也不脏！"

我不禁嘟起了嘴巴：今天早上，他分明已经看到我了，但除了取笑之外，根本就没有聘请的意思！

温燕妮同情地望我一眼，然后狡黠一笑："不过你放心，我已经推荐了你！"

本以为早已麻木，但我的神经一下子又醒了过来："他怎么说？"

"他说有空缺的时候会尽量安排！"

通渠也好，通厕也好，联邦监狱里有的是彪形大汉，太粗重的活，总不会只安排给我一个人吧？那就听天由命啦！

又是一个星期四的早上，当我探头望向体育馆的办公室时，一眼就望见了维都先生那双圆溜溜的深灰色眼睛，那双眼睛机械地眨了眨，霎时发出亮亮的光。

紧接着，他从办公室里面走出来，大声对坐在服务窗口的温燕妮说："把收到的工作申请表全部给我！"

直觉告诉我，这并非巧合，不假思索地，我脱口问道："请问现在有空缺吗？"

"你问得正是时候，刚好有。"他一本正经地回答。

哎哟，真不敢相信自己还有这样的好运气！

"老板，您终于请我的朋友了！谢谢您，我的好老板！"温燕妮惊喜地嚷道，同时把大叠的工作申请表交给他。

我微笑着跟他走进办公室。

他从抽屉里拿出一份表格，习惯性地问："你叫什么名字？"

但当我们的视线相遇时，他嫩白的脸蛋"唰"地便红了。

我恭恭敬敬地回答："我叫林芳，L－I－N 林，F－A－N－G 芳，号码是 16880－112。"

"最近三个月你受过任何处分吗？"

"没有。"

"我们目前有一个周末清洁门窗的空缺，请你现在的老板先在这份表格上签名同意放人，明天再拿回来给我签名，最后还得请纽森先生审批。"

我双手接过他递给我的工作转换表，一转身，却看到史密斯正握着乒乓球拍站在我的身后微笑。

第二天一大早，我双手捧着希尔先生签了名的工作转换表来到体育馆，却在办公室的门口戛然止住了脚步，脸上洋溢着的笑容也一下子僵住了——

办公室里只有纽森先生！看到我，他的脸上马上又绽放出阳光般灿烂的笑容。

咦，维都先生不是叫我今天把表格带回来给他签名吗？难道他又临阵退缩，故意躲避……

"维、维都先生不在吗？"我痛心地问。

"他今天不在，明天也休息，星期天才回来。"纽森先生热情地说。

果然如此！

"找他有重要的事情吗？"纽森先生突然盯着我的眼睛，关切地问。

我这才恐惧地意识到，自己走进来之后，竟然没有跟大老板打一声招呼，就迫不及待地问起了小老板，而此刻，我脸上的表情更是多么的失望和颓丧……

我正欲强挤出笑容来，纽森先生已经蹙紧眉头把身子往后仰了仰，把目光也挪开——

透过生动的眼神和丰富的脸部表情，我清楚地看到了正在他脑海中勾勒的那幅画面：

首先出现的，是维都先生少女杀手般健美的身躯和可爱的笑脸，紧接着，是一个纯情而娇俏的我，轻轻向他偎依过去……突然间，全监狱所有的警察和犯人，包括我和维都先生，都在哈哈大笑——人家简直就像金童玉女一样般配，甜蜜和爱意全都写在彼此的眼神里，整座监狱就只有你一个人蒙在鼓里，你还自作多情……

不是这样的，不是这样的！我真想大声申辩，然而，此刻出现在我脸上的慌乱表情，只会告诉他，我已经看穿了他的心事……

我正试图稳住自己的情绪，他也警惕地镇住了脸上的所有表情。眼睛望着鼻尖，他一本正经地问："你找他有什么事情吗？又是关于工作吗？"

每次问起他，总以找工作为借口！

我急忙拿出希尔先生签了名的工作转换表递给他，同时尽量清楚地解释道："维、维都先生叫我今天把表格带回来给他签名，想不到，他并不上班……"

纽森先生凝神听着，然后一本正经地说："督察办公室今天一大早就把他抽调了过去，他明天也休息，星期天才回来。既然他还没有签名，那我也不好先签，还是麻烦你星期天早上再来一趟吧，到时候我们刚好一起值班。"

我心情沉重地点点头，心里非常明白，到时候只要我稍不经意地嘟一下嘴巴，那么，即使得到这份工作，以后每天上班的时候，都只会感到有针尖在脊背上扎。

星期天早上，来到体育馆的时候，我先从窗口往办公室里瞟了一眼——维都先生正在专心致志地工作，纽森先生则闲坐一旁。

再度稳定了一下情绪之后，我才微笑着走进去，礼貌地首先跟大老板打招呼："纽森先生，早上好！"

"你好，早上好！"被我的笑容感染，他马上又热情地说。

然后，我谨慎地走到维都先生跟前，恭恭敬敬地说："维都先生，早上好！"

他抬起头来，但没有抬起眼睑，声音也生硬得变调："什么事情？"

我的心猛地提起，等脸上本来大方得体的笑容慢慢凝固并且自然消失之后，我才用最平静的声音恭敬地回答："您让我把这份表格带回来给您签名。"

他伸手接过去，飞快地签上名字，并没有望我一眼，就站起身来，径直朝纽森先生走去。没有迎视纽森先生的目光，他把表格递给他，同时目不斜视地望向办公室门外——也许发现了什么急须处理的事情，他突然踉跄着往外走，一不小心，却把办公桌旁一只垃圾桶给踢翻了。

狼狈地将它扶起来之后，他匆匆走了出去。

纽森先生慢慢合拢起愕然张大的嘴巴，开始认真审阅手中的表格，最后一本正经地说："哦，维都先生忘了填写日期。"

这不重要吧？

但他非要小题大做不可："还是麻烦你去找一下他吧，假如我填写的日期比他早就不合程序了。"

我只好接回表格，心情沉重地走出办公室，却见维都先生正在体育馆里跟女孩子们谈笑风生。我硬着头皮走过去，说："维都先生，纽森先生说您忘了填写日期。"

没有看我一眼，他接过表格，飞快地填上日期。

我这才如释重负。

回到办公室之后，纽森先生又重新检查了一遍，才在表格上签上名字，填上日期，并把它递还给我。

我双手接过来，愕然地问："请问我什么时候正式上班？"

纽森先生也愕然地问："维都先生没有跟你说清楚吗？"

我摇摇头。

他这才一本正经地说："你先把这份表格交到工作统筹处，只有他们才能够在电脑上转换工作。从现在开始，你每天都得留意报到名册，看哪一天把你正式转过来。"

"如果转过来了，我马上就上班吗？"我问。

"是的，你就必须过来上班了。"

"但、但维都先生说我上周末……"

纽森先生的脸色再度沉了沉，但马上又一本正经地说："如果他安排你上周末的话，你星期五才正式上班。不过，假如报到名册通知你过来，你还是要先过来办一下手续。"

"好的，谢谢您！"我真诚地说。

他只抿了一下嘴巴，再没有说什么，但我清楚地听到了他的弦外之音：不用谢，不是我聘请你的，我只是公事公办地履行了一下手续。

刚步出体育馆，头顶上空就突然响起轰隆隆的闷雷声，我不由自主地战栗了一下，但心底里，我依然坚信：总有一天，我会以实际行动征服这里的每一个人，包括所有的警察和犯人。维都先生一番好意给了我这份工作，我绝对不会允许自己成为任何人用来攻击他的工具和借口！

报到名册果然要求我在星期二早上六点半钟到活动中心报到。

当我提前到达的时候，纽森先生正在跟两名犯人说话，他连眼睛的余光都不望我一下，等犯人们都离开之后，才急忙从抽屉里拿出两份表格，客套地请我填写。

不断有犯人热情地跟他问好，也有不少犯人向他询问情况和反映问题，他总是笑容灿烂地一一作答，即使遇到无能为力的事情，也只遗憾地耸耸肩，并不像其他狱警那样随便呵斥犯人。

当我礼貌地把表格送回去时，他并没有抬起头来，但也礼貌地说了声"谢谢"。

这时候，温燕妮像只喜鹊般飞了进来："纽森先生，林芳是我最好的朋友，她也热爱劳动，工作上也是最最认真负责的！"

"很好很好！"纽森先生连声说道，但始终没有抬起头来。

我抓紧时机问道："请问现在有什么事情需要帮忙吗?"

他却一本正经地回答："既然你是上周末的，那你现在可以回去了，星期五早上准时过来上班就行了。"

这在我听来，像是一道逐客令。

我刚退出门口，就见丽莎捧着一大把东西走了进去，那张苦瓜脸上霎时绽放出山花般烂漫的笑容，正如干枯的老藤上突然又开出一朵艳丽的鲜花："纽森先生，您需要的东西我全都准备好了！"

"很好，谢谢你！"纽森先生的笑容同样灿烂。

天色还没有发亮，青草尖上缀满露珠，远处的体育馆，正若隐若现笼罩在神秘的浓雾之中，我和温燕妮已经并肩走在上班的路上。

"活动中心可是全监狱犯人都最向往的地方，我现在是窗口秘书，犯人们都得听我的，你就放心吧，我绝对不会允许任何人欺负你！"温燕妮神气地说，但随即，她又沉下脸来，"不过，露茜让我警告你，你要想和我们在一起，就必须跟史密斯和李曼断交。史密斯总跟维都先生对着干，李曼呢，最爱跟琼斯小姐嚼舌！"

对，第一次看到我和史密斯打乒乓球，还有，当我和李曼互相交换眼神时，维都先生眼睛里喷出来的，确实是惊悸的火花……

我急忙说道："我保证不跟她们谈论你们的事情。"

一踏进办公室，温燕妮就兴奋地嚷道："维都先生，早上好！您说我是不是工作最积极、最认真、最负责?"

维都先生"噗"一声笑了。

温燕妮连忙又说："林芳是我最好的朋友，她在工作上也最积极认真，请老板以后多多关照她！"

维都先生却板起了脸孔："我从不特别关照任何人。"

"维都先生，我知道您会关照她的，您看她，又娇小，又可爱……"温燕妮边说着，边抛过去一个娇媚的眼神，但维都先生依然无动于衷，她连忙惊叫道："哎哟，我得回服务窗口去了！"

当她一阵风般飘走之后，办公室里霎时就静了下来。

见老板低头不语，我首先打破沉默："我叫林芳，今天第一天上班，请问我现在该做些什么？"

"你负责清洁这里所有的门窗。"他这才抬起头来，一本正经地回答。

为了确保不出丝毫差错，我又恭恭敬敬地问："请问我该什么时候清洁？每天清洁多少遍？"

愣了愣之后，他回答道："脏了的时候就清洁。"

联邦监狱里各种清洁用品一应俱全，每项工作又有一套规范的程序，于是我继续问道："请问我用什么来清洁？怎样清洁？"

"嘿，你不是说自己最擅长搞卫生吗？难道你并不懂得清洁门窗？"他却突然瞪大眼睛喝问。

"但用具都在哪儿嘛？"我委屈地说。

他又突然坐正了身子，绷紧脸孔目不斜视地盯着电脑屏幕。

我这才意识到，自己刚才说话的时候，声音比温燕妮还要娇气，而随着一阵"沙沙"的脚步声，有人走进体育馆来了。

两名女孩子扭动着腰肢走进办公室，热情地向他问好，然后虚心地向他请教健美之道。他再不望我一眼，只讪笑着向她们解释，什么食物会产生多少卡路里，什么运动最适合去掉身体某部位的脂肪……

我干脆走到服务窗口，把挟在腋下的一本书放在服务桌上，然后问温燕妮："你知道我该怎样清洁门窗吗？"

温燕妮把我带回办公室，指着门后一堆清洁用品说："那瓶绿色的就是玻璃清洁剂，抹布也在这儿。"

清洁完办公室里最后一扇玻璃窗，看到侧边的书桌上有些咖啡迹，我正伸手去擦，维都先生却急忙嚷道："嘿，我什么时候安排你擦桌子了？"

我愕然地扭过头去，发现此时此刻并没有女孩子围着他，而他的腮帮正鼓得通红……

放心吧，擦桌子并非我的嗜好！

"还想拿这个月的最佳员工奖呢……"自我解嘲地嘟囔了一句之后，我悻悻地退出了办公室。

"维都先生，早上好！"丽莎擦着我的肩膀走进去，像老藤又重新开了花，那张苦瓜脸上又霎时绽放出最最甜蜜的笑容来。

"早上好。"维都先生只含糊地嘟哝了一声，并没有抬起头来。

活动中心的门窗并不多，到了六点半钟，也就是我们一般工作人员的上班时间，我已经把全部门窗清洁干净了。此时坐在服务窗口的，是史密斯，当我要回书本时，她却板着脸孔问："这是你的吗？"

我理直气壮地回答："当然是，你要不信的话，可以问温燕妮。"

她威严地说："我相信是你的，不过，以后再不能搁在这儿了。我并不负责帮人看管东西。如果大家都随便把东西搁这儿，这儿根本就放不下，我也不可能记住哪件东西是谁的！"

我还没跟她划清界限，她就不认我这个朋友了！不过仔细一想，她说得不无道理，于是我连忙说道："知道了，下次不会了。"

我捧着书本走进手工房，只见温燕妮正在做纸花，我连忙走过去帮忙。

一名老婆子满脸笑容地走来，大声称赞温燕妮的纸花做得漂亮，然后悄声跟她要些花纸。温燕妮慌忙嚷道："不行，老板会骂的！"

"趁老板不在，赶紧给我吧！"老婆子压低声音，但加重了语气。

"不行不行，老板说谁都不能给！"温燕妮紧张地尖叫。

老婆子只好悻悻地走开。

很快，丽莎、露茜和其他女孩子都围过来了。

"哎哟，红色的花纸没了！林芳，你去跟老板再要一些，顺便多要一把剪刀。"温燕妮对我说。

我回到办公室，恭恭敬敬地对老板说："我们还要一些红色的花纸和一把剪刀。"

"清洁门窗也需要花纸和剪刀吗？"维都先生却不解地皱起了眉头。

我连忙解释道："是用来做花。"

"我什么时候安排你做花了？"他更愕然地睁圆了眼睛。

"做花这件事，没有专门分派给谁吧？不是每个人都应该帮忙吗？"我委屈地反问。

"要你帮忙的时候，自然会叫你！"说着，他走出办公室，走向手工房，大声问道："你们还需要什么？"

唉，这又不能干那又不能碰，那我怎么可能有机会表现和证明自己呢？

我垂头丧气地回到手工房，独坐一角翻开书本。温燕妮奇怪地问："林芳，你不帮忙了吗？"

"我的手很笨。"我嘟哝道。

露茜轻蔑地冷笑一声。

七点半钟的时候，史密斯叫我一起去跳健美操。我确实跃跃欲试，因为上课并不是上台表演，跳不好也不至于成为别人的负担。所以，尽管温燕妮和露茜都直翻白眼，我还是跟着史密斯来到了体育馆。

开始的时候，确实有点手忙脚乱，但事实上，并不如想象的难，只是，累得太快了！很多次，我都想中途放弃，还全亏史密斯一个劲地给我加油，我才咬紧牙根硬撑了下来。

午饭之后，刚踏进体育馆，就看到犯人们在搬东西。我连忙走过去，也捧起一箱饮料，跟着别人走上楼梯，走进仓库。

"进来干什么？"突然响起一声晴天霹雳，把小小的仓库也震得抖了抖。紧接着，传来露茜夸张的笑声。

我茫然地甩甩头，只见一名精瘦的白人狱警正龇牙咧嘴怒目圆睁着我，其他犯人则掩着嘴巴笑，只有维都先生仍若无其事地继续往储物架上放东西。

"今天是我第一天上班……"我吃吃地说，不知道是否回答了他的问题。

温燕妮连忙跑来接过我手上的饮料："勒威先生，她叫林芳，是我最好的朋友！"

勒威先生马上又怪叫起来："很好，这里是把手臂练粗的好地方！"

退出门口时，我才留意到木门上钉着一块小牌子：

仓储重地，未经许可，犯人不得入内。

刚下楼梯，便看到一名老婆子也正要搬东西，却被丽莎一把推开："谁说你可以碰的！"

活动中心的不少工作人员果然只是袖手旁观，而李曼正独自坐在服务窗口，我连忙走过去，试探着问："李曼，你不帮忙搬东西吗？"

"我们这些老婆子没资格！"李曼悻悻地说，但马上又补充道，"不过你可以去，因为老板们都喜欢跟年轻漂亮的女孩子一起干活。"

我笑道:"少做点事不更省心吗?"

李曼却激动地说:"但不干活就碰不到东西,老板也不会为你撑腰!以前,只有那些高级的活儿大家会抢着干,而自从帅哥小老板来了之后,女孩子们为了接近他,就连粗活脏活,也一窝蜂地扑过去抢,把大老板和傻老板都乐坏了——对了,就算说中文,也不要轻易提及任何人的名字,免得别人知道我们在议论谁——每天一上班,年轻漂亮的女孩子便围着老板们转,既陪玩又抢着干活,乐得大老板天天笑不拢嘴。本来,女老板才是最有魄力、素质最高的,她在名校毕业,念的是心理学,还是学校篮球队的主力队员。她也擅长运动,也喜欢打球教球,最喜欢招工派工,但大老板偏偏把那些最重要的工作全交给新来的小老板!就因为她是女的,大老板一定要她负责手工课,但其实,她对手工一窍不通,也毫无兴趣,所以什么都得靠我。她也确实待我好,什么都跟我说……"

温燕妮说得对,坐在我身边的,果然是一颗定时炸弹!

这时候,两位年轻老板在一大群女孩子的簇拥下回到了办公室,门一开,犯人们便蜂拥进去,我也赶紧进去拿清洁用具。

工作完之后,我又回到手工房读书,坐在我对面的丽莎,不时用恶毒的目光瞪我一眼。坐在我旁边的老婆子连忙问她是否需要帮忙,她说不用。女孩子们很快就围过去帮忙了,但她还是不时地狠狠瞪我一眼。

温燕妮周末不上班,所以,总会精心打扮一番之后,才到体育馆去。

星期六早上,当我独自来到体育馆时,办公室里独坐着维都先生。

"你是亚洲人吗?"我边擦窗边好奇地问。

"我的妈妈是中国人,爸爸是美国人。"

"你会说中文吗?"

"只会说'你好'和'谢谢'。"

"你的妈妈是中国人,你却不会说中文?"

"她也在美国出生,她的中文也说不好。"

"你就不打算学吗?"

"你教我吗?"

"反正我不收费。"

他却耸耸肩:"只可惜,我没有权利享受你的免费教育。"

"你去过中国吗?"我又好奇地问。

"还没有,不过,总有一天登上万里长城,这是我最大的心愿之一,我正在攒钱。"

有犯人进来了,我们的谈话只能到此为止。

我来到体育馆,正在清洁那里的玻璃窗,突然间,耳边炸开一个晴天霹雳:"哇,连希尔先生都保不住你,终于还是被踢出了饭堂!"

我回头一看,果然是大嗓门。

身为伙食部门的办公室秘书,其实就是希尔先生的助手,不仅可以对其他犯人发号施令,东吃西喝,还可以随便进出厨房和办公室,顺手把可以变卖的东西藏进内衣里。她当然不想失掉那份工作,而她一直以来都很给我面子,原来是因为她以为我可以左右她的命运……

我抿抿嘴巴,懒得分辩。

"哼,你们欠我的债还没还呢!"她又恶狠狠地说。

我这才理直气壮地反驳道:"我从来没有欠你什么债。"

她狠命地瞪着我:"等着瞧吧,我要你和那个疯疯癫癫的傻瓜一起死掉!"

维都先生刚好昂着头从我们身边经过,大嗓门急忙住嘴,但眼睛一转,她随即又大声说道:"维都先生,请尽快给我安排一份工作吧,我以前是饭堂的办公室秘书……"

"我们目前没有空缺。"维都先生腰杆僵硬地继续往前走,并没有回过头来。

八点半钟,我正在手工房里读书,维都先生突然进来宣布:"排球课开始了,活动中心的工作人员,不管以前有没上过,都可以继续上!"

九点半钟排球课结束的时候,我们也就下班了。

午饭之后,我刚走进体育馆,就与迎面而来的勒威先生碰个正着,他假装收不住脚步,趁势往我身上靠。

我急忙跳开。

他怒目圆瞪:"嘿,留神看路!袭击狱警,加刑五年!"

"是你踩到我的脚!"我生气地反驳。

"顶撞狱警,再关黑房两个月。"

我狠狠地瞪他一眼,识趣地咬紧嘴唇,快步走开。

而当我工作完毕又坐在手工房读书时,维都先生又突然高声宣布:"今晚放电影,活动中心的全体工作人员,立刻到体育馆搬椅子!"

我这才震惊地发现，手工房里其实只有我一个人！我慌忙赶到体育馆，只见不管女孩子还是老婆子，都已经干得热火朝天。

星期天早上，我一走进体育馆，就看到维都先生正在练习投篮，而办公室里，只坐着纽森先生。

无须同时面对两位老板，我也轻轻吁了一口气，并快步走进办公室，礼貌地说："纽森先生，早上好！"

纽森先生的双眼马上就泛出笑意，但就在我的双目注视之下，他突然又强行把那笑意硬压了回去，低头说了声"早上好"之后，又埋头工作了。

清洁完门窗之后，只见两位老板正在办公室里谈笑风生，周末不用上班的温燕妮和露茜都在里面热心帮忙，我也很想进去一显身手，但明知道两位老板都在刻意回避，我还要自讨没趣硬闯进去吗？

只好又回到手工房继续读自己的书。

过了一会儿，我上厕所时发现里面没有厕纸，于是跟史密斯要。她却说："厕纸都在办公室里，你去跟纽森先生要吧。"

此刻，办公室的木门却锁得严严的，我不禁自言自语道："纽森先生上哪儿去了？"

"哦，原来纽森先生才是你的干爹！"耳边又炸响了一个晴天霹雳。

我扭头一看，大嗓门正望着我狡黠地微笑。

真叫人哭笑不得！

这时候，一群女孩子捧着各种杂物簏拥着两位老板过来了，大嗓门诡秘地睨了我一眼之后，嘻嘻笑着走开了。

午饭之后，维都先生和纽森先生都在练习投篮，我在心里窃笑一下，便径直朝办公室走去。

琼斯小姐是位金发女郎，大概因为经常在阳光下运动，她的皮肤又黑又粗，短发卷曲而蓬乱，不过，一对深蓝色的眼睛仿佛猫头鹰般炯炯发光。

"琼斯小姐，下午好！"我礼貌地说。

"噗！"她突然笑了，然后，边审视我边问："你是新来的吗？"

"是的。"我连忙回答。

她的眼睛和嘴角又漾出笑意，似乎正拭目以待最精彩那一场戏的开演……

老婆子们都笑容灿烂地进来跟她打招呼，女孩子们也过来向她问好，她都只威严地一一点头。

当我把整个体育馆的门窗都清洁干净之后，大老板和女老板都坐在办公室里面，很多犯人都进去请示，说本职工作已经完成，请问还有什么需要帮忙。尽管琼斯小姐一个劲地摇头，我还是担心，假如我不去请示的话，是否显得最落后？

然而，当我的目光接触到纽森先生那张绷紧的面孔时，我根本就没有勇气开口，只好趁人多杂乱，悄悄把清洁用具放回门后。

"林芳，汉字真有意思，从现在开始，你就是我的中文老师！" 史密斯突然兴奋地叫住了我。

想起温燕妮的警告，我连忙支吾道："学中文可不是一件容易的事儿……"

"就因为它是世界上最难学的语言，我才要挑战它！" 她却充满自信。

我讪笑道："你不用摹肖像了吗？"

她也笑了："当然要，但不是所有犯人都付得起那 20 美元，所以我不是那么忙，我打算以后每天上班的时候都抽一小时学习中文。"

人家对我们中华民族的优秀文化如此感兴趣，我又有何话可说！

我们正学得兴起，琼斯小姐刚好经过，她的两个眼珠子震惊得一下子突了出来，并微笑着问我："你进来多久了？"

我连忙回答："三个多月了。"

"我就说你不可能来了很久，要不然，我怎么会没见过你呢！"

我连忙解释道："我以前在饭堂上晚班，晚上很少来……"

"哦！" 她似乎恍然明白了，做了一个鬼脸之后，便到体育馆去召集人马进行排球比赛。

三位老板组成一队，七名犯人组成另一队，很明显地，维都先生技高一筹，另外两位老板则旗鼓相当，犯人们简直被他们打得落花流水。

"你不打排球吗？" 我问史密斯。

"我才是这里的一号选手！" 她立刻激动地说："不过，我从不跟犯人一起打，她们实在笨得让我咬牙切齿，我一般只跟琼斯小姐搭档，挑战她们六七个人……"

幸亏，今天中午大家都没干什么重要事情，所以不显得我在偷懒，而今天晚上，只有琼斯小姐单独值班，正是我一展身手的大好机会。

晚饭之后，清洁完所有的门窗，我正要走进办公室，却听到琼斯小姐高声喝令："没事干的，全给我滚出去！"

手工房里，丽莎和两名女孩子正在剪东西，好几名老婆子在围观，因为只有三把剪子。

看到体育馆的地面上有些纸屑，而墙边正靠着一把扫帚，我连忙操起来打扫，却被一名黑人一把抢过去："嘿！这是我的！"

我急忙道歉："对不起，我不知道是你的。"

里里外外转了一圈，并没有找到可插手的事情，我只得垂头丧气回到手工房，重新翻开书本。但我始终没有读进去，感觉总有一双双眼睛盯着我，阴阳怪气地问："谁是你的干爹？你凭什么舒舒服服坐在这儿？你到底是在坐牢，还是在休养……"

八点半钟下班之后，呼吸着体育馆外新鲜的空气，我才全身心放松了下来——接下来一连四天，我都不用上班，终于可以安安心心读自己的书了！

又到了星期五的早晨，当温燕妮又一阵风般飘向服务窗口之后，办公室里又只剩下我和维都先生。

"您住得远吗？"我又首先打破沉默。

他却突然警惕地瞪着我："问这个干什么？"

我急忙解释道："随便问问而已，我只是想，你这么早就上班了，岂非一大早就得起来？"

他却满脸通红激动地嚷道："我看你是想伺机行刺我！不过，我住得很远，很远……"

我知道他在开玩笑，但也意识到自己确实闯了禁区，显然，狱警并不可以向犯人泄露自己的私人信息，正因为如此，我们只知道他姓维都，并不知道他叫什么名字。

我也是一名犯人，他一番好意给了我这份工作，不等于就把我当成了朋友，更不能指望他就完全信任我了，而假如他并不想向任何犯人泄露隐私，我只有百分百地尊重和无条件地服从。

午饭之后，维都先生走进手工房来，并没有望我一眼，就径直朝女孩子们走去。

丽莎望望我，再望望他，突然笑问道："林芳，你在读什么好书？

一个上午都没读完吗?"

我把书拿起来扬了扬,说:"是的,你看,这么厚!"

"温燕妮,你这儿为什么跟别人不一样?"维都先生指着温燕妮的杰作,奇怪地问。

"哎哟,是我搞错了!"温燕妮顿时满脸通红。

这时候,勒威先生也走了进来,围过去看女孩子们的杰作。

丽莎又不断地望望我,再望望他。

"在读什么黄色小说?"勒威先生果然一边吆喝,一边踉跄朝我走来。

我连忙把书递给他,免得他趁势碰到我。

他接过去,龇牙咧嘴地嚷道:"《学龄前儿童的素质培养》?你有小孩吗?"

"是的,我有一个四岁的女儿。"我连忙回答。

"什么?你16岁就生孩子?"

"当然不是,我差不多30岁才当妈妈。"

"你不可能比我年纪大!你一定在虚报年龄……"

"勒威先生,你大学念的是什么专业?"温燕妮突然娇气地问。

勒威先生愣了愣,然后红着脸说:"政治系。"

我"噗"一声笑了:"你还想当总统吗?"

他昂昂头:"说不定有一天我会参选。"

"维都先生,你和勒威先生是同学,你也念政治系吗?"温燕妮又娇声问道。

"不,我念体育系,所以擅长各种体育运动。"维都先生自豪地说。

露茜红着脸瞟他一眼:"听说你们念的只是五流大学……"

"管它是几流的,反正我们拿到了文凭!"勒威先生又龇牙咧嘴地咆哮。

我睨了他一眼:他也有一对绿色的大眼睛,两排长而浓密的睫毛,五官其实都挺端正,身材也高挑。不过,精瘦的他浑身长满长毛,毛发又是淡淡的金黄色,淡得接近银白,使他看上去活像一只老猴子。

只要把长发修一修,把满脸的胡茬刮干净,在联邦狱警当中,他也算得上帅哥的级别。

"你儿子多大了?"当我走进办公室时,纽森先生正在问露茜。

"快六岁了，但我跟他爸分手的时候，他只有一岁。"露茜也只是20出头，虽然明显地高出我好几公分，但在白人女孩子当中，身材也是相当娇小的。

"你这种知情不报的情况，最后被判了多少年？"纽森先生又问。

"他曾经把贩毒挣到的钱存进我们的联名账户，当时我并不知道他在贩毒，知道之后，我就跟他分手了。可他毕竟是我孩子的爸爸，我怎么可能去举报他呢？想不到，他反倒出卖了我，要不是他在庭上作证，法庭根本没有证据证明我是知情的。又因为我不认罪，所以又被扣上蒙骗司法的罪名，最后得了五年。而他，因为出卖了很多人，只被判了三年……"

"你的儿子现在在哪儿？"纽森先生的声音明显地变调了。

"在我妈那儿，也够难为她的，她也是单身母亲，年纪这么大了，又要工作又要照顾我儿子。就算我出去了，还有三年监管期和五万美元罚款，而且，有了这贩毒纪录，我这辈子恐怕再也找不到工作了……"露茜说不下去了。

而当我工作完毕回到手工房时，露茜正在为一件戏服绣珠子。

李曼来了，一进门就惊叹："哇，金色的珠子很难找，可以给我一些吗？"

"你去跟老板要吧。"露茜冷冷地说。

李曼立刻黑起面孔，径直朝我走来："人家温燕妮今天不上班，都在办公室里帮忙，你却闲坐在这儿！"

"老板没有叫我帮忙。"我支吾着说。

"你就坐在这儿等老板叫吗？我告诉你，在这儿要不会抢的话，是抢不到活儿干的！"

"那我干吗要抢？"我耸耸肩。

"你看，人家可以碰到那些珠子，我们就不行！而且，你看那小妞刚才得瑟的样子，简直跟温燕妮一个样！其实你长得比她俩都漂亮，要是会做的话，完全可以比她们更得宠，就可以好好地压压她们的嚣张气焰！"

"可我并不需要那些珠子。"我还是无动于衷。

李曼狠狠地瞪我一眼："你不需要可以给我啊！可以帮你的时候，我也会帮你的，这叫互相帮助！"

"对不起，这一次就算我无能为力了。"我再度耸耸肩。

李曼边摇头边在我身边坐下："你不在小老板面前卖力也就罢了，反正已经有太多女孩子围着他转，他看都不看一眼那些不干活的。傻老板也无所谓，除了吆喝几声之外，他在这儿并无实权，只负责维修体育器材，还全靠把小老板介绍进来，才沾了光，现在女孩子们都围着他俩一起转。但你好歹得给大老板面子啊！虽然，他似乎整天都坐在办公室里不知忙什么，但其实，他什么都看在眼里，记在心上，谁干活谁不干活，谁讨好他谁不讨好他，他一清二楚。想想看，他才40出头，就已经当了六年大老板，而且一直实权在握，小老板们的分工全由他一个人决定，每招聘或者炒掉一名犯人，都由他最后签名。他似乎完全放手给小老板们，但其实，只是把责任推给他们！小老板们出事了，他并没有责任；做出成绩来了，功劳又总落到他身上。在这儿上班确实轻松又好玩，全监狱的警察打破头皮都想挤进来，但真正能够混下来的，并不多。只有他，一干就是15年，一直屹立不倒，全凭此人狡猾又虚伪，阴险又奸诈，你要知道，他是犹太人……"

"我看他总是满脸笑容的呢！"我颤抖着声音说。

"那叫笑里藏刀！"

我猛地哆嗦了一下，我倒不担心他会对我怎么样，只担心稚嫩的维都先生，会成为他俎上的肉！

午饭之后，体育馆里静悄悄的。办公室里，大老板端坐在办公桌后，脸色铁青；小老板呢，蜷缩着身子坐在侧边，满脸通红；女老板则背靠着小老板的椅背，面对着大老板，神情肃穆。

没有犯人敢走近办公室。

我也打算先回避一下，但刚要往回退，就被纽森先生和琼斯小姐同时看到了。两人对望一眼之后，琼斯小姐厉声喝令："林芳，进来！"

我猛地哆嗦了一下，同时留意到，正蜷缩着身子的维都先生也猛然抬起头来，眼睛里再度喷出惊悸的火花……

一定是因为他偏爱我，所以大老板和女老板都生气了！我就说，宁愿多干活，辛苦一点，也不要招人非议遭人妒恨……

但此刻，我只有硬着头皮来到琼斯小姐跟前。

一双猫头鹰般锐利的眼睛盯紧了我，一字一句，她清清楚楚地问道："你是不是到处跟别人说，你得到这份工作，全因为纽森先生……"

我一下子愣住了。

琼斯小姐和纽森先生愕然地交换了一下眼色，但我马上就想到了大嗓门，于是急忙问道："您是指大嗓门吗？"

"对，就是她！"琼斯小姐连忙回答。

我急忙解释道："其实什么都不是，只是上星期天，厕所没纸了，纽森先生又不在办公室里，我随口说了一句，纽森先生上哪儿去了？结果大嗓门马上就说，哦，原来纽森先生是你的干爹……"

琼斯小姐"噗"一声笑了。

纽森先生拍着胸口直吐气："哦，原来如此！"

琼斯小姐马上收起笑容，严肃地对我说："好了，请不要再把这件事情放在心上，不过，如果大嗓门还敢胡言乱语，你第一时间来找我！"

点点头之后，我急忙到门后拿清洁用具。

办公室里的门窗都很干净，今天中午就不用清洁了吧？

我径直来到手工房，里面只坐着丽莎一个人，彼此没有打一声招呼，我便开始清洁这里的玻璃窗。

"吱"一声，木门被推开，维都先生走了进来。一见到我，他的双眼立刻就涌上深情的关注和真诚的担忧，颤动着下巴，他吃吃地嚷道："没事的，你不用担心、不用担心……"

我震惊地扭头望向丽莎——咦，她跑哪儿去了？

从一个大储物柜敞开着的铁门后，终于探出了她的小脑袋，那双浮肿的小眼睛一下子便喷出刺目的强光……

我和维都先生同时脸色煞白！

嘴里仍含糊地嚷着"不用担心"，他颤动着身子，踉跄地从侧门走了出去。

女孩子们陆续进来了。当木门又"咔嚓"被推开时，我扭头望过去，刚好就望准了纽森先生那对深蓝色的眼睛，一瞬之间，他的颈项和额角都像山椒般通红，而温燕妮偏要在这个时候热情地跟他打招呼……

强挤出一个我平生见过的最难堪的笑容，他慌乱地用手按着腰带上的大串钥匙，半低着头，斜侧过脸，飞快地从侧门跑了出去。

"又有人打架了！"温燕妮断言。

为了避开丽莎的目光，一回到囚室我就立刻爬上铁床，直到她出去吃晚饭，才匆匆下来。而当我也赶到饭堂时，大嗓门刚好排在打饭队伍的最后。稍微愣了愣，我还是挺起胸，一声不响站到她的身后。

她扭过头来了——

我们同时从眼神里擦出一丝俏皮的笑意，但我马上就意识到，再不应该挑衅她，于是急忙把笑意打住。她也似乎突然想到了什么，急忙把头转回去。之后，我们都再没有望对方一眼。

打完饭刚坐下，温燕妮就跑过来告诉我，大嗓门又向她追债了。

"你的债还没还清？"我震惊地问。

"我这个月的购物额又用完了。"

"才过了一个星期，怎么又用完了？"

"我、我还欠了其他债，当初我能够搬回你们房间，也是因为答应了给打呼噜的胖子50美元，她才肯和我一起去找布朗太太……"

"什么？丽莎根本不让她夜里睡，就算不给她钱，她也恨不能马上搬走！"我真想一巴掌把她打醒。

"上次我提前从黑房出来，也是因为督察办公室逼我写了检讨，要我保证不再重犯，否则严肃处理，还把检讨书寄给我老爸。现在，我老爸再不肯寄钱给别人了……"

事情再不能恶化下去了，我只好咬咬牙："这一笔债，我就先替你还了，不过，你再不能乱花钱了。这100美元我也只是借给你的，以后必须还我！"

晚上，当琼斯小姐单独值班的时候，丽莎一直在办公室里忙个不停。

确实，老板们只重用自己信得过的犯人，李曼正是琼斯小姐的心腹，丽莎比她更卖力，是在跟她争宠吗？

不，丽莎在这里的地位绝对比李曼高——是否可以凭此推断，她在这儿的靠山，也远比李曼的有实力？

她凭什么取悦老板呢？不可能是她的外貌，最有可能，是她的嘴巴……

夜深了，我依然辗转反侧，一闭上眼睛就看到纽森先生山椒般通红的颈项……

琼斯小姐的声音又在我的耳边回响："你是不是到处跟别人说，你得到这份工作，全因为纽森先生……"

这分明是纽森先生在借她的嘴巴质问我！

为了炫耀魅力和吓唬别人，女犯人们都爱吹嘘自己跟某位狱警关系特殊。毕竟，狱警是监狱里的皇帝，狱警想刁难犯人，实在轻而易举。

联邦监狱里成文和不成文的规矩太多，真要严格执行起来，恐怕绝大部分犯人都得进黑房。大家之所以没有全部进去，一是因为黑房的数量有限，二是因为狱警们并没有那么尽职尽责，要是没有突发事件，他们宁愿游手好闲，也不愿无故得罪某一犯人，免得犯人们伺机报复。

在聘用我的过程中，纽森先生确实不曾干涉过维都先生的工作，但又确实给过我鼓励和暗示——在一般犯人看来，那就是"情有独钟"！纽森先生对我半点儿都不了解，他凭什么相信，我就一定不会到处吹嘘？说不定，我甚至会把故事编得越发扣人心弦：活动中心的大老板和帅哥老板爱上了同一名女犯人，并在争夺战中把醋瓶踢得粉碎……

正因为如此，自从我上班之后，他已经谨慎得近乎夸张——想不到，还是出事了！

他也许更加无法理解，别人为什么不议论维都先生，偏偏议论他？他会否怀疑，我和维都先生为了掩饰私底下不正常的关系，故意往外散布谣言，分散别人的注意力……

可怜的维都先生，单纯得像一张白纸，从此之后，会不会成为他俎上的肉，任由宰割之后，还不知道是怎么回事儿！

维都先生对我并无所求，只出于一番好意帮助了我，我怎么可以连累他？不行，我无论如何都要跟纽森先生解释清楚！

但怎么解释呢？假如我否认自己喜欢维都先生，他一定觉得我欠缺真诚，而假如我承认，却又是维都先生最最忌怕的……

对了，为什么要扯上维都先生呢？尽管纽森先生心里一直猜疑，但他毕竟没有公开指责过，还一直装出若无其事的样子，我为什么还要告诉他，我其实已经看穿了他的心事？

所以，我只应该告诉他，我并不认为他偏爱我，也不会向任何人吹嘘……

然而，他甚至不曾指责过我这一点，假如平白无故地解释，不也只能说明，我认为他正在心里指责……

唉，这事情也实在太敏感、太难解释了，弄不好的话，还真会弄巧成拙！

绞尽了脑汁，一夜无眠，在黎明的前夕，才总算找到较为合适的措辞。而第二天早上，当我走进体育馆时，纽森先生正在给露茜分派工作，一见到我，两颊又立刻烧红。

不敢放慢脚步，我大步朝田径场外走去，飞跑了两圈之后，才回到体育馆，惊喜地发现，办公室里只有纽森先生一个人！

不顾一切地，我闯了进去。

他的头却越垂越低，脸越烧越红。

我已经闯了进来，我别无选择，只得硬着头皮说道："纽森先生……"

明知道不可回避了，他这才抬起头来，脸上的表情尴尬得让人不忍直视。

为了迅速消除他的顾虑，也为了抓紧难得与他独处的这一刻，我开门见山地说："纽森先生，很抱歉，很抱歉发生了那么荒唐的事情……"

他垂下眼睑，客套地打断我："你没有做错什么，无须向我道歉。"

但我要说的话还没有说完，于是继续说道："我相信，谁都知道大嗓门最爱胡言乱语，都知道她的无稽之谈荒谬绝伦，所以，我深信，任何人都没有把它当一回事儿……"

他开始凝神竖起耳朵，并且礼貌地说："你放心，我并不担心……"但话一出口，他似乎突然意识到，我来找他，正是因为担心他，于是，发自内心的微笑终于从他眼睛的深处跑了出来，他连忙改口道："好了，我并不担心，你也不要担心，好吗？"

嘿，原来只是这么简单，我也发自内心地笑了："好的，谢谢您！"

安安心心地休息了两天之后，我又准时到体育馆接受史密斯军人式的乒乓球强化训练。

维都先生不时投给我一个关切的眼神，而我呢，尽量把甜甜的笑容挂到脸上，希望借此告诉他：我一切都很好，请不要担心。

不过，他的眼神里始终藏着关切。

第二天一大早，当温燕妮又一阵风般飘向服务窗口之后，办公室里霎时又静了下来。

我边清洁办公室的木门，边偷窥一眼小老板，只见他腰杆笔挺地端坐在办公椅上，目不斜视地盯着电脑屏幕，腮帮和颈项的肌肉都绷得发紧……

难道，上星期天你又失态了，所以又要板起面孔跟我划清界限？

放心吧，得到这份工作之后，我对你再无所求！

把木门的正面擦干净之后，我一声不响地转到它的背后，刚擦了几下，却听到他热情地说："嗨，早上好！"

我好奇地从门后探出头来，刚好就望准了纽森先生那双愕然圆睁的眼睛。

我禁不住心虚地笑笑，并大声跟他打招呼："纽森先生，早上好！"

"嘿，早上好！"他立刻用夸张的语气高声打趣。

纽森先生，你这是什么逻辑？我在干什么嘛？我在工作啊！

"今天早上的交通是不是很糟糕？"维都先生急忙问道，声音明显有些变调。

"对，你也见到那起特大车祸了？"纽森先生连忙转向他，若无其事地说。

"还好，我没有遇上，但刚刚经过，就听到收音机里的报道……"

办公室里的玻璃窗并不脏，今天早上就算了吧，反正纽森先生并不知道我还没有清洁，而维都先生呢，并不介意我马上消失吧？

当我最后把清洁用具送回办公室时，里面只坐着维都先生，而当我们的目光相遇时，我们都只有低头苦笑……

都怪你，明知道他今早上班，也不提前打声招呼！

然而，他可以说什么呢——"喂，明天早上纽森先生也值班，请你不要一大早就跑来好不好？"

但我什么时候跟他约定，我一定会一大早就跑来？而且，任何犯人都可以一大早跑来，为什么偏偏我不行？

又或者，他可以说："今天早上纽森先生也上班，办公室的门窗你就不用清洁了！"

这是什么话嘛？清洁门窗是我的工作，为什么因为纽森先生也上班就该省掉？

当我哭笑不得地推开手工房的木门时，刚好又与纽森先生碰个正着，他立刻又用夸张的语气打趣："嗨，你好吗？"

我很想申辩，但申辩什么呢？又或者，我可以装出一脸大惑不解的表情，但那太虚伪了，于是，我只好讪笑一下，也礼貌地说："嗨，你好！"

这算是默认吗？

午饭之后，罕有地，三位男老板同时上班。

我正在清洁体育馆的大门，突然看到条形小窗口外面出现了丽莎的面孔，她正在使劲地朝我挥手。

监狱大院每天中午十二点半准时关闭，每隔五十分钟又会开放十分钟。大院关闭时，狱中所有建筑物全部上锁，丽莎现在才回来，是因为她刚才奉命到教学楼复印资料。

我不敢怠慢，转身便朝办公室走去，却看到大老板和小老板都在里面，我急忙转向服务窗口："史密斯，请你叫老板帮丽莎开开门吧，她正站在门口！"

史密斯瞪我一眼："你没看到我正在忙吗？你自己就站在门口，为什么不叫？"

"是啊，你自己为什么不叫呢？"纽森先生也突然捏着嗓门戏谑地说。

我知道，再婆婆妈妈下去，不仅更加让人生疑，而且让人生厌，于是，只好硬着头皮走进办公室。

纽森先生连忙捡起一支笔，低下头专心致志地工作起来。

哎哟，这小老板也实在不争气，到了这个时候，还不敢面对现实，竟然面对着墙壁垂下头缩紧肩。

我只好硬着头皮叫了声"老板"，尽管，连我自己都不清楚在叫哪一位老板。

然而，小老板依然背对门口，颈项越烧越红；大老板呢，依然埋头工作，头越垂越低。

"老板，丽莎正在门外等候，请帮她开开门吧！"把话说完之后，我赌气地一扭头，眼前却突然一亮——

勒威先生抱着维修工具回来了！

我连忙惊喜地迎过去："勒威先生，丽莎正在门外等候，请帮她开开门吧！"

勒威先生瞪我一眼："活该，就让她等吧！"

不过，放下工具之后，他还是朝门口走去了。

意识到一大早上班最让人生疑，也不见得可以帮上什么忙，所以，第二天早上六点半钟，我才准时走进体育馆。维都先生望一眼墙上的挂钟，轻轻吁掉一口气。

当我正在手工房读书的时候，突然间，木门"嘭"一声被推开，维都先生英姿飒爽地走了进来。

跟往常一样，我连忙垂下眼睑，但跟往常不一样，维都先生径直朝我走来，大声喝问："你在读什么……"

不过，只有头威没有尾势，开了个响头之后，他就说不下去了。

"她总爱读什么教育啊心理啊那些书！"温燕妮抢着替我作答。

丽莎轻蔑地白她一眼，然后诡秘地望着我微笑。

为了掩饰脸上的难堪表情，维都先生继续喃喃说道："永远也读不完吗？"

"她只爱读书，是个书呆子！"温燕妮又激动地说。

"为什么从来不见你读？"维都先生面对温燕妮，马上就恢复了往常的自信和潇洒。

"老板呀，我不读书，是因为我整天都在工作啊！"温燕妮娇声回答。

"我看是因为你并不认识多少单词……"手工房里的气氛，一下子又变得轻松而活泼。

他从不敢在纽森先生面前正视我，原来因为，他无法在别人面前坦然地跟我说话！

谢谢你明知道险象环生，还是煞费苦心把我安排了进来。但如果你无法在别人面前坦然地跟我说话，我们又怎么可能长期在一起工作，我又怎么可能混得下去呢？

午饭后，办公室里只坐着维都先生，他正全神贯注盯紧电脑屏幕。

拿了清洁用具之后，我走到侧边的玻璃窗前，心想，只要我们多说话，彼此习惯了，那么，即使在别人面前，他应该也可以坦然自若……

我扭过头去，正想开口，才突然发现，和他并肩坐在一起的，还有我们的女老板琼斯小姐！

从正面看不到她，是因为桌面上的电脑和维都先生高大的身躯，刚好挡住了她。此刻，那双猫头鹰般锐利的眼睛，就像两颗高压电灯泡，正凶猛地向我扫射过来！

谢天谢地，温燕妮进来了，她娇声问道："维都先生，胶水用完了，可以再给我们一瓶吗？"

"星期三明明还剩半瓶，怎么又用完了？"琼斯小姐厉声喝过去。

"我也不知道，不过，瓶子已经空了。"温燕妮嘟哝道。

"谁敢乱送给犯人，将以偷窃行为处理！"

"琼斯小姐，我没有……"温燕妮用求助的目光望向维都先生，可维都先生一言不发；她又转向琼斯小姐，琼斯小姐依然满目凶光。她只得嘟着嘴巴退了出去。

当我最后回到手工房时，温燕妮正在抱怨："没有胶水，怎么把这些图案粘上去？"

"就是嘛……"露茜话音刚落，手工房的木门"吱"一声被推开了。

两名女孩子慌忙住嘴。

进来的是维都先生。

温燕妮哀求道："维都先生，请您悄悄给我们一点胶水吧，明天中午我们就得布置场地了！"

"明天早上你们再跟纽森先生要吧。"维都先生同情地说，然后转身朝田径场外走去。

当木门再次被推开时，进来的是琼斯小姐。温燕妮和露茜马上嘟起嘴巴，同时垂下眼睑专心致志于手上的活计，但琼斯小姐并不理会她们，只站到她们的身后，用一双会喷火的眼睛盯紧了我——

带着微笑，那双眼睛仿佛骄傲地说：相信我，不管你是多么狡猾的小狐狸，都不可能逃脱我的眼睛，我不仅眼观六路，耳听八方，而且到处藏有耳目……

初春的阳光照在身上暖洋洋的。午饭之后，我想到田径场外走走，经过办公室时，只见纽森先生正在低头读资料，琼斯小姐则在埋头写东西。

纽森先生突然抬起头来，而他一见到我，眼神里自然而然流露出来的，竟是深深的愧疚和自责……

他一定已经意识到，他实在不该拿那样敏感的事情随便开涮！

尽管我拒绝与他"通电"，他还是望准了我的眼睛，真诚地就要张开嘴巴——

我知道，从那张嘴巴里吐出来的，很可能只是一句简单的问候语，但在此时此刻吐出，琼斯小姐高度敏感的神经一定可以嗅出，它的背后藏着丰富内涵……

我不希望他被同事误解，于是，在他发出声音之前，急忙朝琼斯小姐的方向望了望。

猛然间意识到琼斯小姐的存在，他的嘴巴张大之后，就再也合不起来了！

琼斯小姐并没有抬起头来，但黝黑的脸皮明显地拉紧了。

我一阵风般快步朝田径场外走去，然而，明媚的春光也无法驱去我心中的阴霾，我的心绪更乱了。

一开始的时候，纽森先生确实曾经热情地鼓励我到活动中心来工作。李曼经常说，老板们最喜欢跟年轻漂亮的女孩子一起干活，而凭我的观察，更准确的说法是，老板们都喜欢跟听话而且比较单纯的女孩子共事。好几名身材和相貌都远胜于温燕妮和露茜的女孩子，虽然总在寻找机会接近两位老板，但始终没有被聘用。

然而，上班之后，我还从没帮过纽森先生什么忙，却无事也生非，动辄就给他惹麻烦。心底里，他肯定认为维都先生才是罪魁祸首，却一直逍遥法外，由他挡去所有暗箭明枪。他会否因此深生妒恨，表面上仍礼待维都先生，暗地里，却不择手段要将他踢走……

联邦监狱的绝大部分岗位，不是忙得要死就是闲得要命，只有在活动中心当教练最让人垂涎。联邦监狱虽然定期岗位轮换，但活动中心的教练必须具备专业的运动素质，属专业人士，所以并不参与轮换。与外面的职业相比，狱警的素质要求并不特别高，待遇也不丰厚，狱警并非是一份让人羡慕的职业，维都先生喜爱他目前的工作，显然只因为它轻松又好玩。

假如他因为一番好意帮助了我，从此却被踢到一个枯燥乏味的岗位上，那太不值得了。毕竟，我在这里只有两年时间，而他，很可能得待上 25 个年头！联邦狱警在上岗前都要接受一系列专业培训，狱方为了留住他们，合约都一签就是 25 年。提前毁约者，将拿不到一分钱退休金。

无论如何，必须还维都先生一个清白！

然而，我很清楚，即使付出全部的真诚，都不一定可以换来纽森先生的信任；而一切辩解，在他听来，都只是狡辩。但我无论如何得豁出去试一试，假如真的弄巧成拙，我就辞职吧，而且，每逢纽森先生值班的时候，都不再踏进体育馆一步……

又是一个不眠之夜，脑汁都绞尽了，依然想不出十分妥当的措辞。但第二天早上，我还是硬着头皮来到了体育馆，却见纽森先生正在跟丽莎说话，我只得快步朝田径场外走去。

整个早上，我进出体育馆多次，但始终没有找到机会跟他单独说话。

第二天早上，囚房的大门刚打开，我就径直朝体育馆走去。刚走近办公室，就听到琼斯小姐激动的说话声，幸亏她是背对着门口的。纽森先生一眼瞥见我，简直面如土色……

我快步走向田径场，飞跑了两圈之后，才在花圃旁边一张石凳子上颓然坐下。而当我黯然神伤地托起腮帮的时候，眼前却突然一亮：从体育馆侧门走出来的那个魁梧的身躯，不正是纽森先生吗？

老远看到我，他便连忙低下头，径直朝花圃旁边的工具房走去。

田径场上的犯人并不少，但此刻，孤单的工具房周围却没有一个人！

这机会实在难得，在如此开阔的露天地带，没有人会怀疑我们在干什么见不得人的勾当，而当我们单独说话时，又不会有第三者贸然闯入……

毫不犹豫地，我站起身来，径直朝他走去。

他的脸烧得更红，头也垂得更低，但他也知道没法回避，所以，在到达工具房之前，还是停住了脚步。

已经站在他面前，再没有选择的余地了，我只得开口说道："纽森先生，我有几句话想跟您说。"

"请说吧。"他客套地说，并没有抬起头来。

我也不敢正视他，只望着孤单的工具房，一鼓作气地说："我只想跟您说，我确实很感激维都先生给了我这份工作，我在这儿还有差不多两年的时间，我很希望利用这段时间多读点书……"

他理解地点点头，并没有说什么，然后又竖起耳朵，凝神静听。

我继续说道："不过，维都先生并不跟我说话，我想，那是为了避免麻烦。我很感激他给了我这份工作，我不想给他添麻烦，所以我们并不说话，希望您能够理解。"

他红着脸讪笑了一下，依然没有说什么，又侧起耳朵等我继续说下去。

该说的已经说了，再说多只会错多，于是我想归纳性地告诉他，我争取到活动中心来，并不是为了接近维都先生，但如此露骨的话，一下子又说不出口，于是只含糊地说："我每天上班只读自己的书，没有做其他事情，希望不至于产生什么问题……"

认真地考虑了好一会儿之后，他才慎重地说："如果他只给你安排目前的工作，那我看不出来有什么问题。"

哎哟，他果然早就察觉到，我从不帮忙干活！看来，以后还真得积极寻找机会主动表现才行……

他也许并没有准确理解我说话的原意，但他已经说了没问题，我也就没有必要再辩解和澄清了，于是连忙说道："谢谢您的理解，太谢谢了！"

他又红着脸讪笑了一下，便转身朝工具房走去。

我的脸还在烧，我的心还在跳，要说的已经说了，心里却依然不踏实——他没有责怪我，但他心里到底怎么想，我其实并没有把握。

在田径场上慢跑了两圈之后，我才慢步走回体育馆，纽森先生和露茜刚好捧着一个大箱子从楼梯口走出来，我连忙抓紧时机问道："需要帮忙吗？"

纽森先生愣了愣，突然一把抱起箱子，大步朝办公室走去："不用不用，别小瞧我这把老骨头，还挺管用呢！"

露茜轻蔑地睨了我一眼，然后也快步朝办公室走去。

嘿，难道我很喜欢搬箱子？难道我是为了寻找机会接近你？更何况，帮不帮忙，我每月的工资都不会超过10美元！跟加州州立监狱因为人满为患而急于把犯人赶走不同，联邦监狱在减刑上并没有多少伸缩性：刑期一年以上的，如果服刑期间没有再受处分，即可获得服刑时间百分之十五的减刑，但很难再有进一步减刑的空间。

每次试图表现，都无人赞赏，还让自己脆弱的心灵受伤，那我为什么还要自讨没趣呢？

犯人们抢着干活，还不是为了讨好老板？既然大老板和小老板都表了态，为我开了绿灯，那么，我何必还要多管闲事呢？

嘿，还有比这更好的吗？不用干活，不需要听别人抱怨，也没有人质问我为什么胶水这么快就用完了，为什么剪刀又不见了……

我忍不住掩着嘴巴"嘻嘻"窃笑起来。

星期四早上，史密斯要向心理医生报到，我们的乒乓球强化训练只得改期。一连好几个晚上没睡好了，我干脆一觉睡到天亮，醒来之后还赖在床上，整个早上哪儿都不去。

第二天上班的时候，办公室里已经相当热闹了，我一声不响拿了用具，便开始清洁门窗。维都先生不时用关注的眼神偷窥我一眼，但根本没有机会跟我说话。而当办公室里除了我和他之外就只剩丽莎的时候，室内的空气一下子就凝固了！

我正欲退出，丽莎却突然说道："维都先生，林芳这两天不舒服，我来帮她清洁门窗吧！"

"你不舒服吗？"维都先生紧张地望向我。

"没有。"我双颊立刻辣辣地红起来，同时猛然意识到，丽莎最近都没跟我要过东西……

丽莎连忙又说："她这几天气色都不好，昨天早上一直在睡，昨晚九点钟又上床了。"

"如果你不舒服的话，可以先回去休息。"维都先生红着脸对我说。

我连忙说："没有！我很好，真的很好！"

维都先生投过来一个不信任的眼神，但没有再说什么。

把所有门窗都清洁干净之后，我又回到手工房。

突然之间，木门"吱"一声被推开，紧接着，探进来维都先生圆圆的脑袋——

咦，为什么如此安静？我茫然四顾，突然震惊地发现，此时此刻，手工房里只有我一个人！

其他人呢？都跑哪儿去了？他们怎么知道，我正有万语千言要单独跟他说……

"嘭"一声，木门却又猛然关上，维都先生圆圆的脑袋也随之消失！

"啪"一声，我也把书本合上，把头埋在桌面上——是啊，谁又知道，在某一玻璃窗外，又或者某一隐蔽的角落，不会又有一双好奇的眼睛在发光？

如果只有完全的回避才能使你安心，那么，我只有百分百地尊重和无条件地服从！

午饭后，两位年轻的老板在体育馆里比拼乒乓球。勒威先生败下阵来之后，维都先生笑着说："算了，还是来一场双打吧。莫维亚，过去帮帮勒威先生！丽莎，你会打乒乓球吗？"

丽莎红着脸说："维都先生，我很少打乒乓球……"

"没关系，有我呢！"维都先生拍拍胸膛。

和丽莎并肩站在一起的温燕妮，立刻嘟起了嘴巴。

丽莎上场之后，我的嘴巴也禁不住嘟了起来——她的水平还不如我呢！

第二天早上，我正在办公室里专心地工作，却突然听到维都先生亲切地说："嗨，你好吗？"

环顾左右，我才震惊地发现，不知什么时候，办公室里就只剩下我们两个人，而他语带关切，表明那不只是一句礼貌的问候，于是我连忙回答："很好，很好，非常好！"

"真的吗？"他疑惑地盯着我的眼睛问。

"真的，一切都非常好！"我眼睛里惊喜的火花果然很有说服力，会心的笑意终于从他眼睛的深处跑了出来。

本有一肚子话要跟他说，可又不知从何说起，现在，什么都不用说了，我默默地继续擦窗，却感到办公室里的空气，一下子就变得温馨而美丽……

正要走进体育馆，却刚好遇上纽森先生从里面出来，我连忙向他问好，他却突然侧过脸，把手放到嘴边，做了一个"嘘——不用了，请省掉吧"的手势。重新整理了一下脸上的表情之后，他又昂起头，一本正经地继续往前走。

哎哟，在这个充满吆喝和谩骂的地方，他那阳光般灿烂的笑容确实曾经让我孤寂的心灵感到无比温暖——当然，我就知道，跟他说了那番话之后，就不要再指望还能见到他那发自内心的笑容了，只是没想到，连礼貌地跟他打声招呼的权利都被剥夺了！

当然，如果他也选择完全回避，那么，我也只有百分百地尊重和无条件地服从。

对了，其他犯人满脸笑容地跟他打招呼，还不是为了讨好他以保住自己的工作？如果我无须向他问好，又不用恭候身旁，仍能保住这份工作，清洁完门窗之后，就可以自由自在地做自己的事情了，那么，身为犯人，我还可以有甚欲何求呢？

我忍不住又"嘻嘻"窃笑起来。

是啊，解决了大老板的问题之后，女老板的问题也迎刃而解了——如果我从不单独跟任何一位老板在一起，她有可能逮住我什么吗？

午饭之后，我轻快地走在上班的路上，抬头望望天空——嘿，还不跟外面世界的一样蔚蓝？再侧耳听听小鸟们的歌唱——哎哟，也和外面世界的同样动听……

绕过园艺部，前面就是体育馆了，但在大门口的两侧，怎么会同时出现两袭熟悉的深蓝色？

身材修长的维都先生正站在右侧，边说话边指点右边的花圃，比他矮一点粗两圈的纽森先生呢，则站在左侧，边聆听边点头。

见我走来，维都先生的嘴巴慢慢地就停止了蠕动，目光开始专注于稍远处的一棵老树；纽森先生呢，则开始低头寻思，怎样才能更好地改造左边那块稍为逊色的花地。

总不能堂而皇之地从两位老板之间穿过，跟谁都不打一声招呼吧？我偷窥一眼小老板，他那目不斜视的专注表情分明在警告我：请你不要招惹我！

我只得转向大老板，然而，他的脸皮不但突然绷紧，而且，脸色正由红转黑！

那就对不起了，维都先生，谁叫您只是小老板呢？

我径直朝他走去。

如一尊雕塑，他动也不动，眼睛也不眨一眨。

"老板，下午好！"我礼貌地说。

他的眼睫毛动了动，但深灰色的眼珠子依然盯着老树……

唉，就知道你不争气，算了算了，不为难你了。

我急忙低头快步走进体育馆，背后，却传来纽森先生一声风趣的戏谑："嘿，你没有听到刚才那女孩子跟你打招呼吗？"

"是吗？谁？"维都先生这才从白日梦中惊醒。

我一走进办公室，琼斯小姐就问我："你看到纽森先生和维都先生了吗？"

"他、他们都站在门口！"我急忙回答。

"请帮我把他们叫进来。"她威严地说。

看到我又走回来，两位老板又赶紧把目光专注于某一个点上。

不过，我已经有经验了，于是径直走到维都先生跟前，恭恭敬敬地说："维都先生，琼斯小姐请你们两位老板回办公室一下。"

"是吗？"他终于扭过头来，赌气地说。

正低着头绷紧脸孔的纽森先生，忍不住"噗"一声笑了。

后来，当我在手工房读书时，琼斯小姐和维都先生并肩走了进来。

稍稍研究了一下女孩子们的杰作之后，琼斯小姐边提出修正意见，边好奇地望望我，再望望那些坐在一起干活的女孩子。

温燕妮急忙向我挤挤眼："林芳，你很想帮忙吗？"

我正在为难，丽莎却突然开口了："林芳，你还是读你的书吧，我们正人多手脚乱呢！"

我感激地向她笑笑，又低头继续读我的书。

"丽莎，帮忙点一下人数。"离开之前，维都先生对丽莎说。

"好的，好的！"丽莎受宠若惊地站起来，因为，点名的工作向来是由温燕妮负责的。

从此之后，丽莎每次看到我，脸上的笑容都美丽得像老藤又重新开了花。

一天晚饭后，当我经过服务窗口时，被李曼叫住了："林芳，要不要看看我的旧照片？"

照片里的她，腰围只有现在的一半，我不禁笑道："看来联邦监狱没有亏待你，倒把你养得白白胖胖的。"

"说实在的，我这辈子，什么苦头没尝过，这里算得了什么……"她开始滔滔不绝地诉说自己沧桑的经历：

在战乱的年代，她目睹自己的父母被枪杀。死里逃生，终于和弟弟一起逃出越南，坐上开往北美的破船。在太平洋上漂荡了一个多月，船上超过一半的难民，包括她的弟弟，都活活饿死了。登陆美国之后，她无亲无故，不懂半句英文，好不容易才在一家美容店找到一份修剪指甲的工作。一分钱一分钱地积攒，十年之后，她终于拥有了自己的美容屋。每天从早干到晚，生意还算不错，日子也终于好起来了。但好景不长，一位常来做美容的阔太太，不断向她灌输贩毒挣钱最容易的思想。抵挡不住诱惑，她终于沾上了贩毒。然而，那位阔太太其实是联邦政府的污点证人，被抓获之后，FBI故意放她出来诱捕更多毒贩，正因为如此，她才故意拖李曼下水。

"因为我没有任何人可以出卖，所以一判就是十年。美国政府又说我利用自己的房子和美容屋进行贩毒，把我用血汗钱挣来的房产也一并没收。不过，我在这里已经蹲了五年，说实在的，只要能保住这份工作，我并不担心留在这里的日子，反正每天吃饱穿暖，工作也不辛苦，虽然工资不高，但每月还能挣上几十美元外快。我最担心的，还是出狱之后，那时我也快60岁了，孤身一人，无亲无故，身无分文，甚至没有一处可以栖身的地方……"说着,她禁不住抹起眼泪来。

对面办公室的琼斯小姐突然好奇地探头望向我们,诡秘地一笑之后,又把视线转移开。

"我还不算最惨,"李曼继续说道,"我们这里的管家婆,虽然有子有女,但全被别人收养了,谁都不再认她做妈,既不给她写信,也不接她的电话。她和她那黑帮头子老公,都被判了无期徒刑。而身为黑帮头子的婆娘,她早霸道惯了,刚进来时,每天跟别人抢,争看电视、争用微波炉、争霸桌椅……天天大吵大闹,喊打喊杀。黑房进了又出,出了又进,还在里面自杀过多次,可惜每次都被人发现,始终死不去!督察办公室已经向她发出最后通牒:只要再闹一次,再进一次黑房,就立刻将她送往监管最严的联邦惩戒监狱。那儿没有体育馆,不许购物,每天只吃世界上最难咽的东西,并且 24 小时都被监视着,不许自杀——那不是真正的求生不得求死不能吗?后来终于被她找到这份工作,而且爱上了。她在运动方面还行,这些手工活,也一学就会。为了保住这份工作,她什么都抢着干,天天上班,一干就是十几年,闭上眼睛都知道该怎么干。老板也对她比较客气了,还经常跟她一起玩,她看上去也就高人一等,又可以欺欺霸霸了!别人都以为她很有后台,都不敢与她争,她也就再不需要跟别人抢了。不过,我跟你说,那只是狐假虎威,根本没有哪一位老板真正喜欢她!试问,大老板和小老板会看得上她吗?女老板又最喜欢我,那么,谁是她的后台呢?傻老板?其实傻老板也不傻!这里虽然是监狱,但吃饱穿暖,夏有空调冬有暖气,想玩女人也要多少有多少,唯一得不到的,是男人!所以,男人的汗臭就是这里最高级的香水,即使是傻老板,只要他一点头,要多少女人也就有多少,根本用不着捡一根枯枝。更何况,他在这儿并无实权,被他看上了,也只是被他抓去帮忙修理健身器材而已……"

接下来好几天,我一踏进体育馆,首先看到的,都是李曼。她那双锐利的小眼睛也一直跟着我转,并且,她再不轻易在我面前谈论起任何一位老板了。

我倒不担心,即使琼斯小姐再派出一个团队,都不可能逮住我什么!不上班的时候,每次进出体育馆,我都不跟任何一位老板打招呼。上班的时候,清洁完门窗,我不是读书就是做运动。我一直坚持上排球课,跳健美操,接受史密斯的乒乓球强化训练,此外,我还选修了篮球、桌球、网球和瑜伽等各种课程。

　　我从不与女孩子们争庞，她们都不理会我；我也从不凌驾于老婆子们的头上，她们也对我熟视无睹。很多"同事"从来都不跟我说话，我也从来不望她们一眼；有些人则每次见面都热情地跟我打招呼，我也总是礼貌地向她们问好。并不引人瞩目，从没有被表扬过，也没有被批评过，但生活在拥有一千多名女犯人的联邦监狱里，我竟如生活在一个与世隔绝的度假胜地般轻松自由。

维都先生

一年多时间转眼就过去了，一天晚上，我正在教史密斯学中文，大嗓门突然从服务窗口丢进来一张纸："你先看看，下班之后再来找我。"

一眼瞥见上面有维都先生的名字，我急忙问道："那是什么？"

"是状告书，我们要告维都歧视黑人！大嗓门去年就申请工作了，他总说没有空缺，却又不断招聘女孩子。我的球技也分明胜过莫维亚，可他就是不让我当教练！"史密斯激动地说。

我笑道："每天都有很多人找工作，自然就有很多人被拒绝，这也告得进去吗？"

史密斯诡秘地一笑："所以，我还要告他一个致命的！"

"什么致命的？"我又急忙追问。

"性骚扰！"

"他、他骚扰谁了？"

"我！"

"什么？你？他性骚扰你？"

"对了，当时你也在场。上次他走进这个门口的时候，不是碰到我了吗？"

确实，上星期五早上，她背靠门框站着，维都先生要进来，她故意不让。维都先生大声喝令："让开，我要进去！"

她却用挑衅的语气说："我是这里的秘书，有权站在这儿，除非你用上一个'请'字。"

维都先生气得满脸通红，鼓起腮帮大步跨了进去，左臂不小心碰了一下她的肩膀，他急忙用右手在自己的左臂上使劲拍打，脸上同时露出最最嫌恶的表情……

这就是性骚扰？

"你会当我的证人吧？"见我沉默不语，她追问。

我只得含糊回答："假如狱方找我问话，我会如实告之。"

第二天早上，温燕妮上班之后，丽莎罕见地还没有起床。而且，她

— 138 —

的气喘得越来越急,双颊也少有地烧得通红。我走近时,她却突然一骨碌爬起:"糟糕,我要迟到了!"

她正式的工作,其实是周末清洁办公室,我连忙提醒她:"你是上周末的,今天是星期一,可以不去。"

"不,我手头上还有东西,纽森先生一定等急了!"说着,她匆匆抹了把脸,梳了梳头,便一阵风般刮了出去。

七点半钟,她垂头丧气地回来了:"纽森先生非要我回来不可!"

"我陪你去看医生吧?"我说。

"我已经交过求诊申请表了。你不知道,如果报到名册上没有名字,我们是不可以到医疗室去的!"

"我有一些感冒药和退热片,你先拿去用吧。"说着,我拿起她的空杯子,到微波炉室去打热水。

回来时,她却在放声痛哭:"为什么?为什么不管我怎样努力,全世界的人还是鄙弃我?"

一眼瞥见我,她的双目更喷出凶光:"你凭什么得到男人的真情?就凭你那一张看上去天真无邪的面孔?"

我可以说什么呢?说多只会错多,于是,唯有狠命咬紧嘴唇!

她一下子伏到枕头上,呜呜痛哭起来。

她的哭声变得断断续续了,我才把开水和药递过去:"先吃药吧。"

吞下去之后,她很快就睡着了,直到午饭时间才醒来。我邀她一起到饭堂吃饭,她说不饿,我送了她一包饼干,就独自上饭堂了。

第二天,她的气色好多了,再三谢过我之后,又准时上班了。

星期四早上,刚走出囚房的大门,就听到高音喇叭通知我立刻到督察办公室报到。

难道,狱方还真把史密斯的荒唐指控当一回事儿,召我去作证?

督察办公室里,只坐着马丁督察,他是一名高大的中年白人。见我进来,他愣了愣:"你就是林芳吗?"

"是的。"我谨慎地回答。

"你是中国人吗?"

"是。"我又点点头。

"你身上有什么东西吗?"

"没有。"我连忙回答。

不过,他还是认真地搜查了我一遍,然后说:"请跟我来。"

我疑惑地跟着他，但很快就知道自己正朝什么地方走去了——

我正朝着黑房走去。

所谓黑房，是指独立禁闭室，也就是监狱里的监狱，位于督察办公室后面，高高的围墙将它与监狱大院的其他部分完全隔离开。黑房不但不黑，而且日夜灯火通明，以便狱警随时看清里面的一切。

我脑海中马上浮现出丽莎眼睛里的凶光……

然而，我到底违反了哪一条规定？出卖维都先生，对她又有什么好处……

我正百思不得其解时，马丁督察已经在一间黑房前停下脚步，边开门边对我说："这个人也是中国人，进来之后还没有说过一句话，大概不懂英文，但在搞清楚她的情况之前，我们又不能将她放进监狱大院……"

"需要我当翻译吗？"我惊喜地问。

"是的。"马丁督察微笑着点点头。

那人叫俞平，其实也懂英文，只因为被判了 20 年而痛不欲生，懒得说话。

我连忙向她解释，如果狱方没有了解清楚她的健康、心理、宗教和饮食状况，是不会把她放进监狱大院去的。她却说："死就死吧，最好现在就死……"

我向马丁督察解释过情况之后，他把我带回办公室，微笑着问："你的中英文都非常流利吗？"

"还可以。"我回答。

"我们督察办公室正在招聘一名秘书，你会说两种语言，是一大优势，可以优先考虑。"

这里只有四个中国人，全都会说英文，我会说两种语言，能有什么优势呢？最重要的是，我对自己的工作毫无怨言，于是，不假思索便回答道："算了，我现在的工作也不错！"

"你在哪儿上班？"他好奇地问。

"在活动中心。"

他的笑容一下子僵住，好一会儿之后，才吃吃地问："刚、刚才那人给你什么东西了吗？"

"没有。"我摇摇头。

不过，他还是认真地又搜查了我一遍。

回到囚房，史密斯劈口便骂道："你跑哪儿去了？"

我连忙道歉："对不起，督察办公室把我召去了。"

"召去作证吗？"她惊喜地问。

"不，当翻译而已。对了，你的状告书交了吗？"

"早交了，但我就知道，警察们都串通一气！明天，我要亲手交给监狱长……"

我正在微波炉室打热水，温燕妮微笑着走进来，轻声对正在煮东西的女孩子说："先给我两分钟煮碗面条吧？我明天就向维都先生推荐你！"

"这儿不是活动中心，你的男人不是这儿的皇帝，别以为你也可以在这儿横行霸道！"另一名犯人立刻跳起来指着温燕妮怒骂。

温燕妮也正要跳起来回骂，却被我一把拉住："温燕妮，你少给我到处招摇撞骗！"

温燕妮一把将我推开："我的事情不用你管！"

"你打着老板的旗号到处招摇撞骗，我就得管！"我激动地说。

"你凭什么管我？你得到这份清闲的工作，还不是全靠我向老板推荐了你？"

"温燕妮，我从来没有叫你推荐，别以为我因此就欠了你的……"我气得声音发颤。

"既然你不领情，明天我就叫老板换你去洗厕所！"温燕妮尖声威吓。

我耸耸肩："随你的便！"

"你知道你为什么不得宠吗？因为你们这些大陆来的人，最土气，不会化妆，不会打扮，老板们从来就没有留意过你，从不找你做事，不跟你玩，不跟你说笑，所以你就妒忌了！我就知道，你们全都妒恨我……"说着，她呜呜地痛哭起来。

"温燕妮，你并不值得任何人妒恨！"我只冷冷地抛下一句。

第二天早上，维都先生正在欣赏温燕妮和露茜的杰作，丽莎进来禀告，她已经点过名，只有负责洗厕所的犯人因为要到教学楼报到而缺席。

温燕妮"噗"一声笑了："老板，林芳这个人从来不帮忙干活，大家都对她很有意见，您就罚她洗洗厕所吧！"

维都先生霎时烧红了脸，我怕他难做，连忙说："好吧，今天就由我来洗吧!"

温燕妮得意忘形地向我扮了个鬼脸,"嘻嘻"的笑声夸张得刺耳。

丽莎的小眼睛骨碌地转向她,又转向我,再转向维都先生……

维都先生瞪了温燕妮一眼,突然憋红着脸说:"温燕妮,你不是向来自称最爱劳动最积极吗?我看还是由你来洗吧!"

见老板生气,温燕妮一下子就慌了,丽莎已抢先说道:"老板,我来洗吧!"

维都先生连忙感激地说:"谢谢你,丽莎!"

露茜也不甘落后:"老板,我洗厕所最有经验,我也帮忙!"

维都先生也感激地说:"好的,谢谢你!"

温燕妮慌忙嚷道:"老板,还是我来吧,我一个人就行了……"

维都先生讪笑一下:"还是你们三个一起吧。"

"我……"我为难地欲言又止。

维都先生马上说道:"你只擅长擦窗,把门窗擦干净就行了,其他事情,不用你管。"

露茜轻蔑地白我一眼,然后高高地挺起胸,与温燕妮和丽莎并肩走了出去。维都先生也马上跟了出去。

排球课快结束的时候,维都先生又建议来一场比赛。

排球沿着优美的弧线飞过来,我急忙伸手去挡,却听到旁边的温燕妮高喊:"是我的!"

而当她冲过来时,不仅踩到了我的脚,还把球撞飞了。

排球再次朝我飞来。

"让我来!"露茜尖叫着冲过来,却也没有把球挡好。

排球又一次飞过来,比前两次都飞得高,明知够不着,我急忙闪开身子,温燕妮和露茜已经撞在一起,并同声骂道:"林芳,除了当绊脚石,你还有什么用!"

维都先生急忙喊停,并大声宣布:"大家请注意,上课的时候犯错误是难免的。我再次宣布,任何人哪怕只是对其他学员翻翻白眼,我都请她马上出去!"

温燕妮立刻嘟起嘴巴:"算了,我弄伤了手腕,不打了!"

露茜也赌气地说:"我也扭了一下脚,我也不打了!"

两人委屈的目光却又同时投向维都先生,但维都先生并不理会她们，温燕妮和露茜只好一扭头，赌气地朝田径场外走去。

第二天早上，维都先生正在体育馆巡视，一名犯人突然抱歉地对他说："维都先生，对不起，今天中午我得到戒毒中心报到。"

"哎呀，一名队员刚回家，两名队员又进了黑房，我们正需要你呢！"维都先生焦急地说。

"我也很想参加比赛……"那名犯人耸耸肩。

"既然你有报到，我们只好另想办法了！"维都先生终于无奈地说，但随即，俏皮的火花便在他的眼睛里闪动……

"林芳，"他边说着，边抛过来一个带笑的目光，不过，还没到达我这里，那目光就突然在半空打住！愣了愣，调整了一下脸上的表情之后，他才生硬地说："过来！"

正在踩运动健身车的我，只得犹疑地走过去。

他板着脸孔说："今天中午的排球赛，我们活动中心队缺了一人，只好由你顶上。中午十二点钟，准时回来练球，比赛在十二点半正式开始。"

哎哟，我这水平怎么打比赛？不过，我很清楚，他并非故意刁难，也不是在开玩笑——在活动中心工作的，不见得都是排球女将，很多人都没摸过排球，而我已经连续上课一年多，虽然跟排球队员还有很大差距，但要再选一人，也确实轮到我了。

没有办法，中午十二点钟，我只得准时踏进体育馆。

赛场旁边摆着一张书桌，维都先生正坐在书桌旁不经意地观看犯人们练球。温燕妮和露茜则围在他身边，摆弄着桌面上的东西。

一眼看到我，维都先生的眼睛里立刻跃出俏皮的火花，低头看看手腕上的表，他随即颤动着双肩"嘻嘻"窃笑起来……

不过，那可爱的笑容很快就戛然打住，而当他再次抬起头来时，脸上又是一本正经的表情。

围在他身边的温燕妮和露茜，震惊地看看他，再望望我，脸色同时变白……

我一走近服务窗口，史密斯就叫住了我："林芳，我今天要打比赛，你来顶替服务窗口！"

谢天谢地，还有一号种子史密斯，我不用上场献丑了！

比赛刚开始，温燕妮和露茜就因为状态不佳而连连失手，气得史密斯破口大骂。活动中心队的情绪马上一落千丈，越打越糟糕，最后只得了第四名。史密斯直骂其他队员全是笨猪，其他队员则认为是她的恶劣态度破坏了大家的情绪。双方越骂越凶，直到琼斯小姐一声怒喝："谁要再怪一声谁，我马上把她炒掉！"大家这才住了嘴。

"你这只小狐狸精，什么都不干，竟然没有人对你有意见！而我不管怎样做，始终都要挨骂！不帮犯人，被犯人骂；帮了犯人，被老板骂。讨好了这个老板，讨好不了那个老板。我宁愿回去种花，也不要再当什么鬼秘书了……"温燕妮一下班回来就痛哭失声。

原来，一名犯人借口丢失证件，借了扑克牌之后一直不还。后来查实，她留下的姓名和注册号码全是假的，而当温燕妮被琼斯小姐痛骂的时候，纽森先生竟然不帮忙说一句话。

但第二天早上五点钟，温燕妮还是按时起来梳洗了，被吵醒的丽莎悻悻骂道："值得这么早就起来哗哗啦啦吗？"

温燕妮悲愤地说："你们放心，我以后都不用起这么早了，我今天就向维都先生辞职！"

八点半钟，我忧心忡忡地走进体育馆，紧张地探头望向办公室，却一下子就望准了纽森先生那双深蓝色的眼睛！我猛地打了个突，对方的眼睛也霎时发出深邃而炫目的光……

我急忙扭头望向服务窗口，但坐在那儿的，是紧绷着苦瓜脸的丽莎！当我走过去时，那株老藤并没有开花。我颤抖着声音问："温燕妮呢？"

她冷冷地回答："不知道。"

我再度扭头望向纽森先生，他正罕见地板着脸孔给身边的露茜吩咐工作。而露茜呢，狠狠地瞪我一眼，那是我平生见过的最最妒恨的眼神……

这时候，史密斯一瘸一拐地走来，脸上却洋溢着胜利的微笑："我扭伤了脚踝，要先回去休息，今天的乒乓球课暂时取消！"

我紧张地四处搜寻，但寻遍整个体育馆，都没有看到维都先生和温燕妮的身影！

犯人们都三五成群凑在一起窃窃私语，我马上就想起，大嗓门被关黑房那一天，饭堂里也弥漫着这样一种神秘兮兮的气氛……

我垂头丧气走回囚室，看到两名狱警正在清理温燕妮的东西——也就是说，她确实又进黑房了！

很想找史密斯打听一下情况，但要我猫哭老鼠假装慰问她，我做不到。

午饭一开放，我就迫不及待赶往饭堂，李曼一见到我果然又激动地说："温燕妮和维都终于出事了！"

"出什么事了？"我急忙问道。

她愕然地望着我："你真的不知道吗？"

我摇摇头："真的不知道。"

"全监狱都传开了，今天一大早，温燕妮和维都在楼上的仓库偷偷接吻时，被当场逮住了……"

"什么？"我即将送进嘴巴的那块肉一下子就掉到了地上。

"他俩那些事情，早就不是秘密了，督察办公室也早就盯上他们，昨晚就已经做好了埋伏。今天一大早，果然就出事了！他们说，维都被反锁着双手由四名警察押往男子监狱的时候，满脸都是泪；而温燕妮被押往黑房时，衣服上的扣子还没扣好……"

当我摇摇晃晃走出饭堂时，又听到前面一名警察低声对同伴说："你不是一直盼着转到活动中心吗？"

他的同伴回答："但听说，很多人已经对那个位置虎视眈眈……"

这不是太荒唐、太荒谬了吗？

然而，生活已经教会了我，现实偏偏可以这般残酷！我林芳在一夜之间成为军火走私商，锒铛入狱，不也同样荒唐、同样荒谬吗？

第二天早上，体育馆里静悄悄的，我屏着呼吸从窗口往办公室里窥望，一眼就瞥见了琼斯小姐那头蓬乱的短发……

犯人们依然聚在一起窃窃私语，史密斯带伤上班，并兴奋地告诉我，温燕妮已经被送往监管最严的联邦惩戒监狱，而美国政府同意只判维都先生一年，他马上就在认罪协议书上签了字。

午饭之后，办公室里只坐着勒威先生，见我进来，他一反常态地既不龇牙，也不咧嘴，只皱紧眉头狐疑地望着我，一言不发。

我也知道，此刻的我，面容憔悴、失魂落魄，但又怎么样？我提不起神来假装潇洒，也没有心情关注自己的形象……

真希望可以一觉睡死过去，但两天两夜始终都无法合上双眼。星期六早上，尽管一点儿也不饿，我还是强迫自己到饭堂喝了一杯牛奶，然后又硬着头皮朝体育馆走去。

明亮的灯光充满诱惑地从办公室的窗口射出，我谨慎地探头往里窥望，却没有看到任何人。

经过门口的时候，才发现木门其实是紧闭着的。再往前走，又经过一扇窗口，我忍不住又往里瞟了一眼，可还是没看到任何人。

老板办公时，常常会被电脑屏幕挡着，但我知道，只要站到侧面的窗口外，就可以清楚地看到电脑背后的一切……

怀着一颗强烈的好奇心，我悄悄走近那扇窗口，偷偷往里窥望——

可以确定了，办公室里根本就没有人。

正要往回退，却听到"咔嚓"一声，旁边的狱警专用厕里面传出钥匙碰撞的声音。

我猛地吓了一跳——幸亏周围没有人，否则，别人一定认为我做贼心虚。

紧接着，又是"咔嚓"一声，狱警专用厕的门正被用力推开——

哎呀，会是谁呢？又是琼斯小姐？还是纽森先生……

不管是谁，都来不及躲避了，只有冷静面对了！

尽管做足了心理准备，但当木门终于被推开时，我还是高声惊叫了出来……

"怎么回事儿？"维都先生震惊地望着我，激动地就要冲过来。

不，千万不要靠近我，尤其在此时此刻！

狭窄的走廊里虽然并没有其他人，但犯人随时可能出现！当机立断地，我扭头便冲出田径场外……

维都先生跟在后面，压低声音问："到底发生了什么事情？"

在踏上田径跑道之前，我停了下来。在距离我大约两米远的地方，他也停住了脚步。趁着周围没有人，我没有转过身去，便急忙说道："你知道吗，温燕妮被关黑房了？"

"我刚休假回来，什么都不知道！但就算她被关黑房了，又怎么样，值得你如此激动吗？"

泪水霎时涌出我的眼眶："他们说，你俩被同时逮住了……"

"呃？"一声之后，背后只有沉默。

好一会儿之后，他才生气地质问："但难道，你也相信吗？"

"他们说，亲眼看到你戴着手铐，被押往男子监狱……"

"呃"一声之后，又只剩下沉默。

远处的犯人开始走近了，背后也传来了他远去的脚步声。生怕引起别人的注意，我并不敢伸手擦脸上的泪水，便匆忙踏上田径跑道，头也不回地往前飞奔。

当我终于擦干眼泪回到体育馆时，丽莎一见到我，昏黄的小眼睛里一下子便飞出惊叹的强光，快要枯萎的老藤上，随即又开出一朵艳丽的鲜花来。

午饭之后，维都先生正鼓着腮帮满脸委屈地坐在办公室里，勒威先生坐在他的侧边，一对绿色的眼睛气得突了出来。

本来安排了明天放电影，但刚才听别人说，改为今晚了。我并不希望搬椅子的时候缺了我一个，于是边擦窗边趁机问勒威先生："请问今晚放电影吗？"

他龇开牙，咧开嘴，正要呓喝，但金色眉毛下一对绿色的眼睛亮了亮，他立刻又咬紧嘴唇，一言不发。维都先生好奇地望他一眼，但还是跟往常一样，双唇紧闭。

我也奇怪地扭头望向他，他却正好望着我，眼睛和嘴角都荡出俏皮的笑意。我连忙解释道："刚才听别人说，明天晚上的电影改为今晚放，是真的吗？"

他再度怒目圆睁，又正要呓喝，但那双绿眼睛突然之间又狡黠地亮了亮，他再次咬紧嘴唇，同时把目光投向维都先生——

维都先生慌忙垂下头缩紧肩，但勒威先生盯准了他，俏皮地说："问维都先生吧！"

"谁说改期了？胡说八道！"那嘶声怒吼听起来完全是勒威先生的呓喝，却出自维都先生的嘴巴。而此刻的勒威先生，正把一对绿眼睛瞪成两只圆灯笼，金黄色胡荏包围着的嘴巴圆圆地嗺着，所有的胡髭都横飞起来……

办公室里静悄悄的，维都先生正在无聊地翻看杂志，我边擦窗边悄声问："你知道她为什么进去吗？"

"不知道。"他闷声回答。

"有人找你问话吗？"

"没有。"

"那么，这大概跟你没什么关系……"

"跟我毫无关系！"他激动地说。

他的话音刚落，高音喇叭突然响起，要求露茜马上到督察办公室报到!

我俩正面面相觑,露茜已经出现在办公室门口,含泪说道:"老板,我过去了,您保重吧!"

哎呀,把两名女孩子"抓"走,还怕"查"不出足够的证据吗?

不过,午饭之后,露茜又出现在办公室里,见我进来,她急忙咬紧嘴唇。但维都先生继续追问:"他们还问了些什么?"

她只好低声回答:"谁是干什么的?谁最早上班,最晚下班?有没有老板碰过我,送过我东西?老板有没有碰过谁……"

"好吧,从现在开始,办公室里的事务再不用你帮忙了。"维都先生打断她道。

露茜抹着眼泪退了出去。

这时候,一名腰围是我好几倍的拉丁裔犯人怯怯地走进来,恭恭敬敬地问:"维都先生,请问现在有空缺了吗?"

维都先生沉思了片刻,终于抿抿嘴巴:"只有对面那个窗口位置,上班时间是星期一至五早上六点钟到九点半,中午十一点半到下午两点半,午饭可以提前跟残疾人一起吃,你要做吗?"

拉丁裔犯人震惊地张大了嘴巴:"可我高中没有毕业,能当窗口秘书吗?"

"你会说英语吗?你当然会,你的英语说得很好!"

"会是会,但我的嘴巴很笨……"

"你叫什么名字?"

"格林道。"

"你现在在哪儿上班?"

"维都先生,我想先问一下,上班不忙的时候,我可以织毛衣吗?"

"织毛衣、读书、写信……什么都行!"

"那太好了!"格林道咧开嘴巴笑了。

我和李曼正在田径场外散步,突然看到一名又高又瘦的黑人指着俞平的鼻尖怒骂:"不是你,还有谁?"

俞平急得直跺脚,眼泪鼻涕都出来了,可就是说不出一句话。

我们连忙走过去,问到底发生了什么事情。

"她偷了我的杯子,还想抵赖!"黑人义愤填膺。

"我没有……"俞平哭着分辩。

"她答应帮我看杯子，结果，我上完厕所回来，她还坐在这儿，杯子却不翼而飞，你们说，不是她偷的，是谁？"黑人理直气壮地质问。

俞平连忙申辩："那黑人也是又高又瘦，都穿同样的囚服，我本来就不认识你，她大大方方地过来拿杯子，我敢说什么……"

"请问，你付了她多少钱帮你看杯子？"李曼问黑人。

"什么？看看杯子也要收费？"

"既然没给钱，那她为什么要帮你看？"李曼生气地问。

"是她自己答应的，她要不答应，我会把杯子带进厕所去！"黑人毫不示弱。

我冷冷地说："一个杯子并不值多少钱，就当我们送你一个吧，午饭之后你到服务窗口来拿就是了。我们也会好好教育这位中国姊妹，叫她以后再不要多管闲事！"

人群散去之后，李曼用讥讽的口吻对俞平说："你还想在这儿学雷锋做好事逞英雄吗？"

"这哪叫学雷锋？她那么凶，我敢不答应吗？本来想，看看杯子，没有什么，谁知道又节外生枝……"

俞平接着向我们哭诉，她和丈夫本来开一间贸易公司，专门代理医疗器材。不过，一些墨西哥人却用他们的烧杯来制毒，结果，美国政府以协助制毒的罪名起诉他们，并提出，如果认罪并协助捉拿制毒分子，只判两三年。不过，她的丈夫始终不肯在认罪协议书上签字，因为上面白纸黑字写明：他俩是在明知道墨西哥人用来制毒的情况下出售那些烧杯的。虽然政府从来拿不出墨西哥人曾亲口向他俩承认的证据，但在政府的施压下，陪审团一致裁定他们的罪名成立。又因为他们卖过几十次，所以，罪名共有几十项，夫妻俩最后分别被判有期徒刑20年，各罚款100万美元。

他们哪来那么多钱？所以，没收全部财产之后，还欠政府100多万美元。

他们本来在念大学的儿子，因为曾经帮过忙，也被美国政府判处有期徒刑5年。

她的丈夫被送往阿拉斯加的联邦监狱之后，已经在狱中自杀身亡。

到体育馆来做运动的犯人依然不少，但再也听不到往常的欢声笑语，督察办公室仍不时传召犯人过去问话。露茜已经被自动转到维修部门去了，李曼禁不住激动地说："我就说，那么多好工作，为什么偏偏安排她洗厕所？还不是为了方便和老板一起躲进里面！但她也太天真了，嚣张什么，大老板这般狡猾，难道会对她动真情吗？到了关键时刻，还不是一声不吭，反正也玩过了，正好一脚踢走！"

连洗厕所都要遭非议，我实在无话可说。

一天早上，维都先生正在办公室里无聊地翻着报纸，我拿了清洁用具之后，正朝一扇玻璃窗走去，他却突然紧张地嚷道："很干净，全都很干净！"

我愕然地扭头望向他。

他的脸蛋"唰"地通红，但还是压低声音说："所有的门窗都很干净，你赶快给我出去！"

望着仿佛惊弓之鸟的他，我失声笑了，这还是我第一次当面取笑他。

他连忙垂下头，再不好意思说什么。

不过，我也立刻就控制住自己，顺从地转过身，坦然地走出办公室。

是啊，我有什么资格取笑他？要不是他那荒唐的回避保护了我，今天关在黑房里的，还不是我吗？

就在这一刻，高音喇叭突然通知我马上到督察办公室报到！

但我就不相信，任何人可以拿出任何证据来！于是，我昂着头，大步朝督察办公室走去。

威严地坐在那里的，是一名女督察。我报上姓名之后，她说了声"跟我来"，便把我带进卫生间，要求我提供尿液的样品。

我匆匆赶回体育馆，维都先生正站在大门口向外张望。经过他身边时，我轻声说道："验尿而已。"

他嘟哝道："也许是例行查毒。"

也许是查孕，我在心里说。

但不管怎么样，我都不担心。

不过，接下来好几天，维都先生都不敢再跟我说一句话，甚至不敢往我的方向望一眼。

当然，其他犯人也没有多望我一眼，所以，我还可以坦然地继续读自己的书。

路过园艺部的时候，只见里面的玫瑰花正含苞待放，娇艳欲滴。我不禁停下来仔细欣赏，身后却突然传来一个男子的声音："我们的玫瑰花并不比公园里的逊色吧？"

我扭头一看，是一名矮个子的拉丁裔狱警，他的胸章上刻着：

路易斯先生　园艺部

"确实比公园的还美！"我由衷地赞叹。

"你喜欢种花吗？"他又微笑着问。

我笑道："非常喜欢，我从小就跟父母一起种花，我的父母都是花农。"

"那为什么不转到我们园艺部来呢？"

"你们现在招人吗？"

他笑道："我们长期都招人，要不要现在就到我的办公室去填表？"

为什么不呢？假如我离开活动中心，维都先生一定会比现在睡得更安稳。反正，要读的书早已读完了，我现在只悠闲地读些自己很喜欢而以前又没有时间读的书。事实上，种种花，劳动劳动，是有益身心健康的。

晚饭的时候，李曼却告诉我，维都先生已经辞职了。

什么？比我快了一步！

李曼继续神秘地说："狱方同意，只要他自愿辞职，就不再追究他和温燕妮的事情。结果，他二话没说，卷起包裹就走了。"

星期四早上，一踏进体育馆，就听到琼斯小姐在呵斥犯人，我的心一下子就凉了。

不过，第二天早上，惊喜地，我又看到维都先生正在跟莫维亚谈笑风生！

看来，谣言确实不可轻信。

我们跳完健美操的时候，维都先生更是英姿飒爽地走来，笑着对史密斯说："史密斯，你不是一直要挑战我的乒乓球吗？今天不上课，就让我和你决一雌雄吧！"

"真的吗？"史密斯愕然地望着他。

"如果你今天赢了，从下周开始，所有球课由你来当教练！"维都先生爽朗地说。

看热闹的机会来了，犯人们的情绪马上就高涨起来，大家一边叫好一边七手八脚将乒乓球桌从墙角拉出。

为了达成夙愿，史密斯从一开始就全力以赴，而维都先生呢，当然不想成为女犯人的手下败将。犯人们的喝彩声更一浪高过一浪，简直要把屋顶掀翻。

维都先生毕竟技高一筹，史密斯很快就败下阵来，只好嘟着嘴巴说："我很久没打过比赛了，我是说，平时只跟林芳打，那根本不算比赛！"

"那好，三局两胜吧！"维都先生大方地说。

再度败下阵来之后，史密斯只得讪笑道："我今天状态不好，等我状态好的时候，你还敢随时接受我的挑战吗？"

维都先生却摇摇头："不行，你只有今天！算了，再给你一个双打的机会吧，莫维亚，过来！"

史密斯急忙四处张望——她的朋友本来就不多，愿意跟她打球的人更加寥寥无几，因为谁都忍受不了她的盛气凌人，只有我，从不认为自己是她的对手，才甘愿拜她为师。最后，她的目光也只有落到我的身上来："林芳，我们试试吧。"

维都先生"噗"一声笑了："那还用打吗？算了，我把莫维亚让给你吧！"

史密斯连忙推推我："林芳，赶快过去！"

我微笑着跑到球桌的对面。

莫维亚笑着对史密斯说："其实当不当教练我都无所谓，今天，就助你一臂之力吧！"

围观者的情绪更加高涨了，连田径场外的犯人都闻声赶来。

"不用紧张。"维都先生轻声鼓励我。

我微微一笑：我一点儿都不紧张。

史密斯先发球。球来得很猛，但我已经习惯了她的快球，所以还是勉强挡了回去。而当莫维亚把球挡过来时，维都先生立刻将它削回她的跟前。史密斯急忙扑过去，但为时已晚……

连我都感到震惊，比分一直紧咬着，第一局结束，我们仅以两分之差败北。

第二局开始之后，我更加自信了，毕竟，赢球并非可望而不可即！我握紧球拍，全神贯注盯准球，力求不从我的手上失分太多，一挡完球，又迅速闪开，好让维都先生淋漓尽致地发挥。

在一片"加油"的呐喊声中，我和维都先生越战越勇，终于在连续持平之后险胜。

史密斯恼羞成怒，第三局一开始，扣球便连连失手，我和维都先生轻而易举地便获得了最后的胜利。

在一片震耳欲聋的喝彩声中，我笑弯了腰。史密斯怒目圆睁："林芳，你这个忘恩负义的家伙，是谁教会你打乒乓球的?"

我只好说："教练，谢谢了!"

史密斯立刻冲维都先生嚷道："你看，林芳进步这么快，全凭我训练有方!"

维都先生今天的心情确实好，竟然爽快地说："那好吧，从下周开始，你就是所有球课的教练。"

我并不在乎史密斯当不当教练，也不在乎自己是否赢球，但我今天确实很高兴，因为，终于又从维都先生的脸上看到了那久违的可爱笑容，而他更敢于在一百多名犯人面前跟我打球，说明那折磨人的调查显然因为没有证据而宣告结束……

女孩子们也立刻就敏感地发觉到这一点，又开始有事没事寻找一切机会接近他。

不过，盼了一整天，温燕妮始终还是没有露面。

第二天早上六点零五分，当我出现在办公室门口时，维都先生猛地打了一个突，但他眼神里的恐慌随即又转化成震惊和疑惑……

我更加下定了决心：放心吧，我以后都不会再踏进这个门口来了，你也就再不必提心吊胆，动辄被吓成惊弓之鸟!

"她快出来了吗?"我压低声音问。

"谁?"他反问。

我狠狠地瞪他一眼。

他这才红着脸嘟囔道："不知道，我什么都不知道……"

我立刻从口袋里掏出工作转换表，双手递过去："请签名!"

他愕然地望着我："你为什么要辞职?你在这儿不是很好吗?"

"我不想给你添压力。"

"你是否留在这儿，对我毫无影响。"

犯人随时都会出现，我急忙解释道："你放心，我本来就喜欢种花!"

他压低声音说:"不要以为其他地方就没有问题。"

我更急了:"即使转了工,我也可以回来做运动……"

"对不起,我不同意你转工,所以不会在上面签名。"他的语气却十分坚定。

"为什么?"我追问。

他望望四周,然后压低声音说:"反正我不会签。当然,我走了之后,你可以找接替我的人签……"

"你走了之后?"我震惊地问。

他抿抿嘴巴:"不瞒你说,我已经递交了辞职申请书。星期四琼斯小姐跟我换了班,所以,下星期一我还得帮她替班,那将是我在这儿的最后一天……"

"你、你为什么要辞职?"我不解地问。

他痛苦地垂下头:"因为当我坐在这儿的时候,心里会直起鸡皮疙瘩,我真担心,有一天,我的神经会突然绷断……"

有脚步声走近了,我的心一酸,便急忙退出了办公室。

来到田径场外,在花圃旁边的一张石凳子上,我颓然坐下。

唉,只要你勇敢面对,别人毫无证据,又能奈你何?为什么偏偏要在众人议论的这个时候辞职,那不等于默认么?

当然,你不是犯人,本来就无须被困于此,外面海阔天高,固然比这里精彩……

扪心自问,我真的忍心你在这儿一待就是25个年头吗?你就像放在茅厕里的一块甜蛋糕,任由苍蝇虫蛆引诱挑衅,还要遭人妒恨,被人攻击……

那么,趁年轻,赶快找一份适合自己的工作,确实是最最明智的选择。

星期一晚饭后,当维都先生和犯人们在一起打排球时,我静静地坐到旁边的运动健身车上,边踩边观看。

"林芳,过来跟我们一起玩吧!"丽莎笑着招呼我。

我望望维都先生,见他没有反对的意思,便尝试着走下场。

我的排球确实进步多了,由于维都先生的球传得漂亮,我竟然连续两次扣球得分,还赢得全场一片惊叹声。轻而易举地战胜了对方之后,维都先生自言自语道："算了，还有很多事情需要处理，还是到此为止吧。"

我知道，我接下来不一定还有机会跟他单独说话，我更不希望当他最后离开这儿的时候，因为看到我不舍的目光而徒增伤感。而他感伤地离开，一定又会成为犯人们的笑料和谈资……

于是，我也默默退出，没有抬头望他，只在他身边轻声说："我先回去了，祝你好运！"

"会的，我会有好运的……"

在泪水涌出之前，我匆匆离开了体育馆。

夜幕正在降临，监狱大院里的路灯全亮了。在明亮灯光的映照下，中央草坪的青草显得更加嫩绿，更加恬静。在草坪旁边的一张石凳子上，我轻轻坐了下来。

擦掉了眼角的泪水之后，我会心地笑了——今晚，维都先生将永远离开这儿，我当然应该替他高兴。尽管，我们今生今世也许无缘再相逢，而直到现在，我还不知道他叫什么名字，只知道他姓维都。但我知道，将来如果有一天，在美丽海滩的一角，又或者在宜人的树荫下，我突然又想起了他，我的心里将不会有酸痛，也不会有遗憾，只会泛起甜美的思忆……

但愿我留给他的，也是这样一丝美好的回忆。

服刑期满

"昨天晚上，维都真的走了。但很奇怪，昨晚下班之前，他还跟莫维亚她们谈笑风生，我还以为他大难不死，又要重出江湖呢！而且，你知道吗，温燕妮也被放出来了……"午饭的时候，李曼又滔滔不绝地对我说。

"真的吗？"我震惊地问。

"当然是真的，连大老板都证实了！"

"你刚才说，温燕妮也被放出来了？"

"今天早上，我亲眼看到她走回你们 A 座囚房——她没去找你吗？"

"没有。"我摇摇头，同时急切地用眼睛四处搜寻。

"她还有脸出来见人吗？"李曼挖苦道。

"可也得吃饭呀！"我痛心地说。

一回到囚房，我就四处寻找温燕妮。但囚室的门一般都是虚掩着的，而我又不敢挨个儿从门上的小窗口往里窥望，最后只得硬着头皮去找值班警察，说我手头上有些温燕妮的东西要归还，请告诉我她被关在哪儿。

终于找到她时，她正躺在床上独自落泪，一眼看到我，更生气地别过脸去。

"为什么不去吃饭？"我轻声问。

"我不饿！"她赌气地说。

我真诚地说："你受了很多冤屈，我也替你难过，但相信你是清楚的，这一切的发生，并不是因为我……"

"你放心，我没有出卖你！"她激动地转过身来。

"不过，你还在生我的气……"

"我只是气自己太傻，太天真！我甚至到现在都没搞清楚，你到底都在什么时候去找他？怎么从来不见你们说话？"

"我并不去找他，也很少跟他说话，有时候说了，可能你没留意……"

"你放心，我温燕妮从不出卖朋友，我要肯出卖他，他早进男子监狱了！"

"温燕妮，你胡说什么？你有什么证据可以出卖他？"我生气地质问。

"我不需要证据……"温燕妮泪如泉涌。

"法庭上只讲证据，你有什么证据证明，他曾经对我做过任何不该做的事情？"

"我没有。不过，只要我承认他碰过我，他就得进男子监狱！马丁督察说，我不需要证据，只要承认就行了，就会有很多犯人愿意帮我出庭作证，狱方就会帮我减刑……"

"但是，你没有承认？"我颤抖着声音说。

"我温燕妮是什么人，对那个没心肝的男朋友，都肝胆相照……"

我紧紧地握着她那双冰冷的手，泪如泉涌。

温燕妮也泣不成声："他们在我身上用尽了各种手段！开始的时候，马丁督察威吓我，说如果我不承认，他们可以多关我几年。后来又诱惑我，说只要我承认，他们不但不追究我的责任，还会帮我减刑……维都先生为什么要离开？他应该知道，除了几十封无稽的状告信之外，狱方根本就没有证据，难道，他不信任我吗？"

望着那张在突然之间密密麻麻地长满了青春痘的面孔，我无限痛惜地说："他从一开始就重用你，说明他非常信任你。辞职是他自己的选择，说明他很可能已经找到了一份更好的工作，你也就再不用为他担心了。我想，你肯定已经饿坏了，回我们的房间去吧，我柜子的大门，今天就为你完全敞开！"

温燕妮终于破涕为笑了，她欠我的 100 美元始终没有归还，所以，每次跟我借东西，总被我一口拒绝。

等她狼吞虎咽吃了个饱之后，我才对她说："我在教学楼报了一门课，叫'当妈妈的学问'，你要不要跟我一起去上课？"

温燕妮再度泪如泉涌。

"想妈妈了？"我问。

"我、我想女儿了……"她失声痛哭。

愣了好一会儿之后，我才结结巴巴问道："那个甩掉你的男朋友，就是她的父亲？"

"我也搞不清楚她的父亲是谁，当时我才 15 岁……"

很久很久，我都不敢再望她一眼。她也一直低着头，再没有说一句话。最后，还是我先开口："你妈为什么不带她来看你？"

"我哪有妈啊？我吸毒之后，老爸才告诉我，我妈是因为吸毒猝死的！老爸后来又有了很多女人，但她们都不是我的妈……"

"你、你的女儿，现在在哪儿？"

"你放心，我爸请了两个保姆专门照顾她！"

"为什么从没听你提起过她？你经常给她打电话吗？"

"我哪敢？一听到她的哭声，我就慌乱得手足无措，羞愧得无地自容……"

我不禁生气地训斥她："你这样不闻不问，她不也等于没有妈！你一定要振作起来，勇敢地面对现实，你还是和我一起去上课吧！"

温燕妮泣不成声："自从吸毒之后，我根本就无法集中精神读书，坐在人多的课室里，马上就手心冰凉，头晕目眩，冷汗直冒……"

星期五早上上班的时候，办公室里已经相当热闹了，趁着人多杂乱，我赶紧进去清洁门窗。不时有犯人进来问纽森先生有没有空缺，又或者各类球课什么时候再开班，他都一迭声地说："问琼斯小姐吧，招工和球课现在都由她负责了。"

当我最后又来到手工房时，丽莎也捧着一大把东西进来了，不过，再没有女孩子围过去，她的苦瓜脸也比任何时候都干枯，并且，她又不时地狠狠瞪我一眼。

我试探着问："丽莎，要帮忙吗？"

她喜出望外："当然要，我现在简直忙昏了头！"

上班一年多了，我确实还不曾帮过什么忙，现在维都先生已经离开，我也就无须再避嫌了。以前抢着干活的女孩子，不少已经被自动转出活动中心，更多女孩子在仓促找到新工作之后，主动辞职了。她忙不过来，是不争的事实，以后，我就尽量多帮点忙吧。

我刚在她身边坐下，她又笑着说："我就知道你有一双巧手，只是深藏不露！"

当手工房的木门"吱"一声被推开时，进来的是纽森先生。他的脸色一下子变白，仓皇地伸手捂住嘴巴，剧烈地咳嗽起来。

我慌忙丢下手中的东西，借口要上趟洗手间。

等了十多分钟，才轮到我。从厕所出来之后，我再不敢回手工房了。经过办公室门口时，却突然看到丽莎就在里面，正准备搬起地上一个大箱子。一看到我，她的双眼马上喷出凶光，并嘶声怒骂："林芳，还不过来帮忙？难道还要老板亲自动手吗！"

纽森先生确实已经站了起来，但愣了愣之后，却突然笑道："我看林芳的手臂不够粗吧？丽莎，赶快出去帮我找两名大力士进来！"

丽莎顿时大惊失色，然后踉跄冲出门外……

她也许猛然想起，在维都先生吃吃地嚷"没事的，你不用担心"之前，她也不曾目睹我们说过一句话，而我和纽森先生，也是从来不说话的！

午饭之后，李曼眉飞色舞地对我说："现在，不仅大老板对我笑容满面，连傻老板都对我客客气气了。有什么办法，尽管大老板很不情愿，但还是把教练和招聘的工作都交给了琼斯小姐，傻老板也就只能够负责手工课了！他懂个屁，什么都得靠我……"

"什么？他现在负责手工课了？"我忍不住"噗"一声笑了。

"谁叫他的球技最差劲！对了，今天马丁督察过来巡视，他要做做样子，大家都必须签到，你签了吗？"

"还没有呢。"说着，我匆匆朝办公室走去，一进门，就大声问道："老板，今天要签到吗？"

勒威先生一本正经地拿起点名册，目不斜视地递给我。我连忙接过来，刚签上名字，马丁督察就微笑着问："林芳，你在这儿工作多久了？"

"一年多了。"

"你喜欢这儿吗？"

我耸耸肩："还好，没有什么可抱怨的。"

"在这儿上班确实好，轻松没有压力，又可以尽情地玩！"马丁督察边感叹，边迈开长腿走了出去。

勒威先生长长地吁出一口气。

我偷偷望他一眼，他也正偷偷望我，当我们的目光相遇时，我们都"噗"一声笑了。然后，我开始清洁我的门窗，他则站起身来，走到靠近门口那个大箱子旁，正要将它搬起。那箱子很大，我正犹豫着是否该过去帮忙，他已经大惊失色地喝令："赶快给我滚开！你手无缚鸡之力，别指望擦破一点皮就说是工伤，就来告我！"

我甩甩头，茫然望向门外——马丁督察早已消失得无影无踪。不过，勒威先生还是急忙放下箱子，大声喊道："李曼，你身壮力健，赶快过来帮忙！"

星期天午饭后，办公室里熙熙攘攘的，犯人们正争相向琼斯小姐请示和汇报工作。我从门后拿了清洁剂，又拿了那块唯一剩下的脏巴巴的抹布，打算先到水槽间冲洗一下。

刚打开水笼头，便听到身后有人高声吆喝："滚开，赶快给我滚开！"

回头一看，是清洁手工房那个姓卢匹斯的老婆子，正握紧脏拖把匆匆走来。

"共事"一年多了，我跟她还从没说过一句话，她在这儿的地位并不比我高，凭什么吆喝我？于是，我只平静地说："洗完之后我自然会离开。"

她立刻眼冒金星，紧握地拖狠命地直喘气。

洗完抹布之后，我正要拿起放在一旁的玻璃清洁剂，背后却又传来一声吆喝："喂，我正需要那东西，赶快给我！"

我回头一看，是负责清洁狱警专用厕的老婆子。我一把抓过瓶子，理直气壮地说："我也正需要它，是我先拿到的，为什么要给你？"

愣了愣之后，那人放软了口气："我是怕琼斯小姐嫌我动作慢，你可以先借我喷喷吗？喷完之后我马上还你……"

其实，我有一整个中午的时间清洁我的门窗，于是，我边把瓶子递过去，边又不甘示弱地说："你得赶快喷，我也不想琼斯小姐嫌我动作慢！"

那人果然很快就把瓶子还给我了，而当我大步朝办公室走去时，另一名老婆子又破口骂道："喂，走廊没干，又被你踩脏了！"

我简直莫名其妙："什么时候有新规定，走廊没干不许在上面踩？别人不都踩了吗？"

那人理直气壮地说："人家都在干活！"

我也理直气壮地说："我也正在干活！"然后，继续大步往前走，并不理会她在背后唠叨什么。

此刻，办公室里只坐着纽森先生，我径直走到玻璃窗前，一声不响地擦拭起来。室内的空气，却骤然凝固、变冷，沉重地向我压过来。匆匆擦掉门窗上明显的污渍，我便仓皇逃了出来。

体育馆里，老婆子们正熙熙攘攘地簇拥着琼斯小姐，琼斯小姐则意气风发地到处指点，似乎恨不能一下子揭去体育馆的旧貌，立刻帮它换上新颜。

怪不得，我在一夜之间便成为众矢之的——虽然纽森先生还是名义上的大老板，但实权已经转到琼斯小姐手上。风向一变，大家的脸色也霎时就变了！

我正在擦拭服务窗口，莫维亚突然走进来对史密斯说："你还想当教练吗？我并不介意和你一起去找琼斯小姐，反正我真的不在乎！"

跟维都先生玩得最多的，无疑是莫维亚，不过，她不仅留着男式平头，而且有公开的女朋友，所以从来没有绯闻缠身。她的话音刚落，琼斯小姐便在一群老婆子的簇拥下英姿飒爽地走了进来。

听完她俩的解释之后，琼斯小姐威严地点点头："好吧，既然你俩都没有意见。"

当我最后又回到手工房时，里面却空无一人！

糟糕，今晚放电影吗？大家都去搬椅子了吗？

我急忙回到体育馆，只见犯人们正簇拥着琼斯小姐和纽森先生，正在重新布置那里的健身器材。而纽森先生一眼看到我，脸色又霎时变白……

纽森先生跟维都先生的情况确实不一样，他已经在这儿洒下了十几年的青春！联邦狱警虽然起薪低，但薪酬每年递增，估计他目前的待遇已经相当不错。很多美国家庭都只靠丈夫一人撑起经济重担，说不定他也如此。更何况，美国经济近年很不景气，到处都在裁员，要重新找一份好工作，谈何容易！所以，纽森先生的唯一选择，就是留在这儿再撑十年八年，等拿到那笔可观的退休金，便可以安享晚年了。事实上，只要不出事，这份工作确实轻松自由，而且是只铁饭碗。当然，维都先生离开之后，他也失去了挡箭牌，赤裸裸地被暴露于光天化日之下，一千多双狱警和犯人的眼睛，正对他虎视眈眈，他只要稍出差错，便成为众矢之的……

但愿有一天你可以顺利拿到退休金，而我，在这里只剩下几个月的时间，再怎么样，咬咬牙就撑过去了，就算真的撑不住，还可以转去种花，但无论如何，我绝对不会在中途绊你一脚……

一扭头，我毫不犹豫地走回手工房。

可就在这一刹那，琼斯小姐望望我，再望望他，脸色也霎时变白！

即使得罪了琼斯小姐，也不能够连累无辜，我继续大步往前走，并不理会她双眼中正喷出的火花……

虽然狱警们打破头皮都想挤进体育馆，但听说狱方坚决不同意再安排另一名帅哥进馆，因此在找到合适人选之前，星期四和星期五两个早上只得闭馆。

星期六一大早，史密斯就兴奋地对丽莎说："我八点半钟要上排球课，到时候你来顶替服务窗口！"

丽莎瞪我一眼，悻悻地说："我正忙得不可开交，你找那些没事干的人吧。"

史密斯笑道："你是指林芳吗？可她也得上排球课啊！"

这时候，纽森先生刚好经过，丽莎急忙改口道："好的，林芳，你去上课吧，我来顶替服务窗口！"

要在这儿扎稳脚跟，当然不能得罪任何一位老板，尤其是大老板。

纽森先生马上奖给她一个格外灿烂的笑容。

排球课开始后，史密斯刚宣布完上课的纪律，很多学员当场就要求退课了。而那些从没摸过排球的初学者，动作笨拙得简直让史密斯咬牙切齿。体育馆里再没有往常的爆笑声和喝彩声，只剩下一片抱怨声和喝骂声。

我继续采取回避的策略，一上班就埋头工作，根本不去留意别人的目光；工作完毕，抱着书本便往田径场外跑。不过，星期天中午，我一踏进办公室，琼斯小姐就要求我顶替服务窗口，因为史密斯要上乒乓球课。

纽森先生霎时黑起脸孔，但琼斯小姐睨了他一眼之后，只响亮地从鼻孔里"哼"出一声。

也难怪琼斯小姐如此不客气，纽森先生也太过分了，我上班已经一年多，除了"审判"我那一次，他还从没当着她的面跟我说过一句话！

然而，尽管心里强烈不满，纽森先生还是没有明确地出面干涉琼斯小姐，他显然还在努力奉行其不干涉小老板们工作的一贯原则。

乒乓球课刚结束，守在一旁的格林道立刻走向琼斯小姐："希尔先生已经同意我回饭堂烤面包了，我宁愿和面包一起被烤，也不要留在这儿遭人毒骂，还要随传随到。琼斯小姐，求求您允许我回饭堂去吧！"

"好的，卢匹斯，你来顶上！"琼斯小姐爽快地说。

"琼斯小姐，谢谢您的器重！"卢匹斯欣喜若狂。

星期五中午，我刚走进服务处，就响起一声晴天霹雳："给我滚出去！琼斯小姐说过，一切闲杂人员再不许进这儿来！"

我茫然地甩甩头，等终于看清楚新任窗口秘书卢匹斯那双圆瞪的怒目时，才恍然明白了一切。我立刻昂起头，不卑不亢地说："可我不是闲杂人员，我刚刚清洁完办公室的门窗，现在该清洁这儿了。"然后，我走到服务窗口前，一丝不苟地清洁起来。

清洁完所有的门窗之后，我捧着书本正要朝田径场外走，却发现苍天正在落泪……

管它呢，我厚起脸皮，转身又朝手工房走去。

老婆子们正围着丽莎转，我一声不响地坐到一旁，继续读我的书。

"啪"一声，手工房的木门被猛然推开，卢匹斯大步走进来，高声喝令："你们听着，立刻把自己的东西收拾好，琼斯小姐说今天提前闭馆！"

大家刚收拾完毕，琼斯小姐就阔步走了进来。她命令犯人们排成一队，并让卢匹斯带齐自己的东西站到队伍的最前列。然后，她从卢匹斯开始搜查，并一下子就从她的身上搜出不少只属于活动中心的东西。

"怪不得最近东西丢得这么快！"琼斯小姐边骂边继续逐个搜查，又从另外两名老婆子身上搜到了不属于她们的东西。

"琼斯小姐，放过我们这一次吧！"她们同声哀求。

"对于手脚不干净的人，我什么时候手软过！"说完，琼斯小姐立刻将她们移送督察办公室。

星期天中午，当史密斯又去上乒乓球课的时候，琼斯小姐又让我顶替服务窗口。

忙乎了一阵子之后，我正准备翻开书，却突然看到一名汉子狠狠地朝史密斯唾了一口。史密斯哪肯罢休，立刻跳起来回唾两口，两人旋即扭打在一起。

纽森先生和琼斯小姐闻声冲出办公室，其他部门的警察也纷纷赶来，立刻将史密斯和汉子押走。

根据联邦监狱的规定，不管是打人者还是被打者，凡涉及打架的，一律先关进黑房，再进行调查处理。

晚饭之后，我正在田径场外一盏路灯下读书，丽莎气势汹汹地跑来："琼斯小姐正到处找你呢，你却躲到这儿来！"

糟糕，琼斯小姐肯定又找我顶替服务窗口了！

我慌忙赶回办公室，琼斯小姐却没有气急败坏，只微笑着说："从明天开始，你转为早班，正式接替窗口秘书的工作。"

琼斯小姐，你这是开什么玩笑？

见我欲言又止，她爽快地说："好吧，既然你明天一大早就上班，现在可以先回去了。"

言不由衷地说了声"谢谢"，我垂头丧气地退出办公室，却猛然发现，犯人们的眼睛，此刻都盯紧了我！

什么，以为我当场被炒？我立刻昂起头，挺起胸，大步迈出体育馆的大门。

美国加州的冬天，固然还可以奢侈地享受到阳光，但在黎明前夕，同样寒风刺骨，浓雾厚重。

星期一早上六点钟，我裹紧棉衣准时出现在体育馆门口，却发现大门依然紧闭，好几名犯人正瑟缩着身子抱怨：

"肯定是昨晚喝多了！"

"不，是昨晚他的老婆特凶猛……"

哈哈的笑声之后，有人感叹："还是维都好，每天一大早就开门，我总是第一个到，从没见过什么不正常的事情。"

"我最喜欢上他的课！"

"他从不刁难犯人……"

"可惜，为了那个女孩子早日出黑房，他宁愿自己辞职……"

六点十五分，犯人们正提议联名状告体育馆的老板迟到，体育馆的大门却从里面打开了。

也就是说，纽森先生并没有迟到，只是，他没有按时开门。

难道因为他担心我一大早就贸然闯进……

不管是不是，我以后都打算在六点十五分准时上班。

窗口秘书迟到了，犯人借不到东西，肯定会骂。但以前史密斯来晚了，有人借东西时，维都先生总会代劳。相信纽森先生也不介意稍微辛苦一下。

没有跟老板打一声招呼，我径直来到服务窗口。坐下之后，却没有新官上任的感觉。毕竟，我不仅帮史密斯替过班，而且经常在这儿教她学中文，有时候又来找李曼说话，对这里的情况，确实了如指掌。

像李曼一样，我先把铅笔藏好，然后把那段半寸长的拿出来。李曼经常说，完好的铅笔转眼就消失，但半寸长的却可以用一两个星期。所以，她经常故意把铅笔折断。

很多犯人从来收不到亲友汇款，每月只靠不到十美元的工资过日子。而狱中出售的东西也非常有限，就连图钉和回形针，犯人都不可能通过正常渠道获得。正因为如此，大家才对窗口秘书另眼相看。她们以为服务窗口什么都有，但其实，除了体育器材和纸牌游戏供出借之外，这里什么都没有。所有文具和手工材料，都锁在狱警办公室和手工房的抽屉里。

我读过不少教育和心理方面的专著，知道所谓对孩子严格要求，并不是指毒打和怒骂，而是指明确地给他们划清楚界限，每当他们逾越时，都及时制止。只要能持之以恒，那么不必大动肝火，只需稍微暗示，孩子便懂得在红线前止步。

狱中的犯人，正像一大群没有自觉性的孩子，要让他们听话，当然也必须把界限划清楚。

然而，当犯人们都愕然地用全新的目光审视我时，我心里还是直起鸡皮疙瘩，但我避开她们的目光，努力显出坦然自若的样子。

一名犯人从窗口递进来一个杯子："喂，帮忙看管一下！"

我的心揪了揪，但我很清楚，答案只有一个，于是鼓起勇气回答："对不起，这里不帮忙看管东西。"

有人走近，悄声问我："喂，可以给一点透明胶纸吗？"

我耸耸肩："对不起，这里没有透明胶纸。"

一名老婆子满脸笑容地走来："借支铅笔用用。"

我连忙回答："对不起，这里并不出借铅笔。"

一名汉子高声吆喝："喂，给我一副扑克牌！"

我的心猛地提起，但还是不忘提醒自己，不要急于唯命是从！

而当我茫然地抬起头来时，对方却本能地怯了怯，并急忙扭头望向狱警办公室。

纽森先生正绷紧脸孔埋头工作，并没有望我们一眼，但当那人回过头来时，声调还是本能地降低了："我要借一副扑克牌。"

我这才急忙拉开抽屉，把扑克牌递过去。

午饭之后，李曼笑着对我说："你终于如愿以偿了!"

"什么如愿以偿?"我莫名其妙。

"你不是一直很想坐到这儿来吗?"她愕然地反问。

终于想起来了，一开始的时候，我确实对这个位置很垂涎!

李曼又笑道："手脚干净是琼斯小姐选人的首要原则，虽然我偶尔也拿一点东西自用，但从不转卖。不像其他人，一有机会就偷，偷出去就转卖! 我看琼斯小姐选中你，就因为我经常对她说，我们中国人最老实，不偷不抢不闹事……"

李曼，我知道你很想听到一声"谢谢"，但很抱歉，我实在说不出口!

这时候，纽森先生一声不响地出现在服务窗口外面，手里拿着一沓新的工作申请表，不过，李曼正低头翻找抽屉里的东西，并没有留意到他。

"咳! 咳!"纽森先生干咳两声，同时把表格递进服务窗口来。

我急忙伸手去接，但纽森先生紧捏着那沓表格不放，我只好又赶紧把手缩回来。

李曼也抬起头来了，她急忙站起身，双手接过表格，连声说对不起，然后又对我说："既然你喜欢读书，那你守在这儿吧，我去问问琼斯小姐还有什么需要帮忙。"

"好的，谢谢，谢谢你!"我这才连声说道。

无数次拒绝了别人礼貌的请求，又无视了所有粗暴的呵斥，心底里，我其实很不踏实，谁又知道，人家会不会千方百计伺机报复?

不过，谢天谢地，一个月过去了，我依然安然无恙。一天早上，活动中心终于来了一位新老板，是个非常年轻的黑人，她的脸上长满了青春的花蕾。

我刚在服务窗口坐下，纽森先生就和她一前一后走了进来。等纽森先生经过之后，我才抬起头来，微笑着迎住她的目光。她却猛地打了一个突，我连忙礼貌地向她问好，她也随即微笑着向我点头。

她的胸前挂着一块小牌子：

贝克小姐　活动中心实习教练

整个早上，纽森先生都忙着给她介绍情况，经过服务窗口多次，始终无暇望我一眼。而新老板呢，每次都对我笑笑，尽管笑容很僵硬。

一个星期之后，新老板开始独自值班了。当犯人们涌进办公室要这要那时，她慌忙向我招手："呃，你叫什么名字？赶快过来一下，剪树枝的剪子在哪儿？"

我刚跑过去，丽莎已经打开靠墙的一个柜子，笑容灿烂得如阳春三月的鲜花："老板，修剪花草的工具全都在这儿！"

热闹了一阵子之后，犯人们终于散去。新老板正在擦拭额角上的汗珠，大嗓门突然满脸笑容地走进去，滔滔地跟她侃谈起来。新老板的脸色终于放缓了，还被逗得哈哈大笑。

当大嗓门出来的时候，手里玩弄着两支蜡笔。

很快，其他犯人也满脸笑容地走进去，出来的时候手里都攥着一点小东西，但最后一名犯人径直朝我走来："你的老板叫你给我一支圆珠笔！"

"对不起，这里没有圆珠笔。"我急忙回答。

"是你老板说的……"

"可她并没有给过我任何东西。"我硬着头皮回答。

没拿到东西的犯人继续涌过来，我心里一团慌，但也知道新老板是帮不上忙的，唯有板着脸孔一个劲地说不。

碰了壁之后，犯人们又涌回办公室，新老板慌忙用双手抱着头硬挤出来。而当犯人们也跟出来之后，她立刻将木门锁上，然后头也不回地朝田径场外冲出去……

犯人们都在她的身后哈哈大笑——当然，大家都很清楚，新上任的狱警往往低声下气，但用不了多久，便都学会高声吆喝。

当新老板终于回来时，她的鼻子和眼睛都有些红肿。她再不回办公室了，而是径直朝服务处走来。

在靠墙的一把椅子上坐下之后，她腼腆地对我笑笑："对不起，我忘了你叫什么名字？"

"我叫林芳。"我连忙合上书本。

"你在这儿工作多久了？"

"一年多了。"

丽莎紧张地从手工房里探出头来，看到我俩正在亲切交谈，她急忙尖声叫道："贝克小姐，请您快来看看，您更喜欢哪一款花边？"

第二天早上，当犯人们又涌进办公室的时候，贝克小姐一直蜷缩着身子，还全靠丽莎自告奋勇当上临时总指挥，一方面不厌其烦地告诉她东西都放在哪儿，另一方面又怒声呵斥那些乱要东西的犯人。

刚刚清静下来，贝克小姐就急忙锁上办公室，快步来到服务处。正捧着东西朝手工房走去的丽莎立刻停住脚步，也在服务处的另一张书桌旁坐了下来。

"你在读什么书?"贝克小姐微笑着问我。

我还没开口，丽莎已抢先说道："她什么书都读，一上班就读，一直读到下班，永远读不完! 我真服了她，可以整天埋在书本里。我就不行了，不干活我的手就发痒，睡也睡不着，闲坐着也心烦意乱，所以我必须天天上班，从早一直干到晚……"

贝克小姐好奇地转向她："你在这儿工作多久了?"

丽莎笑道："十年了，只有一次，我病得厉害，被纽森先生赶了回去!"

贝克小姐正愕然地圆睁着眼睛，两名犯人已经出现在服务窗口，要求借一副网球拍。我把最后一副递过去，她俩却不满地要求换一副。我只好说："对不起，这是最后一副了。"

她俩立刻生气地说："就不信你没有把好的藏起来，除非你把全部柜子的门都打开，让我们仔细检查!"

犯人要敢在琼斯小姐面前说这样的话，早被骂得狗血淋头，但贝克小姐只是紧张地蜷缩在一角。我只得挺起胸来，清楚地告诉她们："所有球拍都挂在这儿，我从不把它们藏起来。什么时候我违反了规定，你们随时可以告发我，但我不会在每一个人借东西的时候，都把全部柜门打开。这是最后一副了，你们要吗?"

交换了一下眼神之后，两人终于说："算了，就这一副吧。"

丽莎的小眼睛霎时发出惊叹的强光，随后，便若有所思地不断点头。正注视着她的贝克小姐，脸色马上阴了下来，但她很快又若无其事地问："丽莎，你什么时候回家?"

"贝克小姐，这儿就是我的家，我永远都不可能离开这儿了……"丽莎的眼圈一下子就红了。

贝克小姐慌忙说道："对不起，我并不清楚你的情况……"

"贝克小姐，我这是罪有应得啊!"丽莎抹着眼泪哭诉，五岁的时候，她就目睹父亲被黑帮分子枪杀;七岁的时候，她遭继父强奸;而在八岁生日那一天，亲生母亲无情地将她逐出家门。从此之后，她四处流浪，吃过垃圾桶里的剩饭，偷过商店里的东西，被人打得头破血流，后来，认识了一群比她大的人，跟着他们打砸抢什么都干……

丽莎泣不成声说不下去了，贝克小姐也掏出纸巾拭泪，连我的眼眶都湿润了。这时候，一名犯人从窗口探头进来："我忘了带证件，可以借一副扑克牌吗？玩完之后，我们保证归还！"

我连忙说道："既然你跟朋友一起玩，你可以叫你的朋友过来借。"

那人讪笑一下："那我去问问她有没有带证件。"

她刚离开，一名老婆子便直冲过来："快给我一张止血贴！"

我遗憾地告诉她："对不起，这里没有止血贴。"

"我是剪树枝的时候弄伤的！"

上次温燕妮弄伤手，勒威先生也只对她说："我们这里从来没有止血贴，要不然，多少都不够派！伤得严重的话，可以上医疗室……"

这名老婆子平时总爱在琼斯小姐面前卖力，因而自认为身份特殊，我只得向她解释："活动中心根本就没有止血贴，你要不信的话，可以等琼斯小姐回来的时候问她。"

她狠狠地瞪我一眼，然后边骂边走开。

这时候，大嗓门满脸笑容地走进来，热情地跟贝克小姐打招呼，然后滔滔地说："贝克小姐，您也知道我们黑人最受歧视最遭压迫，但您知道吗，这里不仅歧视黑皮肤的犯人，而且从不让黑皮肤的警察进馆！您还是这儿第一位黑人老板，以后，就全靠您为我们争气了……"

第二天一大早，大嗓门就和她的女朋友一起到服务窗口来借桌球和球杆。

活动中心只有一张桌球台，爱打桌球的犯人又很多，所以犯人必须先到服务窗口借东西，而且，如果有人等候，每人每次只能打一小时。

很快就有两名拉丁裔犯人等着打下一场。一小时过后，我正想走去提醒大嗓门，却突然听到贝克小姐在服务窗口外面自言自语："咦，怎么没有人清洁走廊？"

走廊上确实印满了脏巴巴的脚印，而负责清洁走廊的犯人，此刻正在网球场上打网球。

"走廊这么脏，谁来清洁一下？"贝克小姐瞟我一眼之后，突然提高了声调。

心底里，我已经对纽森先生许下承诺：凡是老板们明确交给我的工作，我都一定认真完成，但不会主动帮忙，尽量避免跟任何老板接触。更何况，假如有人失职，当老板的，首先就应该搞清楚责任人是谁，并作出相应处理，而不是通过奖懒罚勤来解决问题……

我正在犹豫，丽莎却已自告奋勇地走来："贝克小姐，我来吧！"

"谢谢你，你确实是最棒的！"贝克小姐狠狠瞪我一眼，然后扭头走回办公室。

我抿抿嘴巴，继续朝大嗓门走去，并提醒她："时间到了！"

"我们还没打完！"她却继续瞄准下一球，不屑地说。

我加重语气说道："每人限打一小时，这是规定，下次你们等的时候，也是一样的。"

"但我们今天非决出胜负不可！"

任何联邦犯人其实都无权管教另一名犯人，我也只是一名普通犯人，所以，即使她不听从指挥，我也只能够把情况反映给警察。于是，我警告道："如果你还不停下来，我只得去找老板了！"

大嗓门哈哈笑道："去吧，现在连你的干爹都自身难保，他还敢出来保你吗？"

我不禁汗毛倒竖——假如今天真的是纽森先生值班，我该怎么办？

不过，今天不是他值班，所以，我还可以义正词严地发出最后通牒："我现在就去找老板！"

大嗓门的最后一杆已经打砸了，她干脆丢下球杆，爽快地说："好吧，我陪你一起去！"

我一扭头，气冲冲大步朝办公室走去。

她也迈开长腿，快步赶上来。

当我们一起走进办公室的时候，贝克小姐愕然地抬起头来。我正要开口，大嗓门已抢先嚷道："贝克小姐，我们的桌球比赛还没结束，她就不让我们打了！"

贝克小姐很可能还不清楚这里的所有规矩，我急忙向她解释："贝克小姐，我们规定……"

第一次，贝克小姐显示出老板的威严，厉声呵斥道："你俩一起说话，我谁都没听清，你俩都先给我闭嘴！"

大嗓门还想嚷嚷，但贝克小姐竖起手掌制止住她，然后转向我："好的，你可以先说。"

我连忙解释道："我们规定，假如有人等候，每人每次只能打一小时，但时间到了，她俩还不肯离开……"

"明白了！"贝克小姐打断我，然后转向大嗓门，"你又有何话可说？"

大嗓门连忙赔笑道："贝克小姐，相信您也可以体谅比赛分不出胜负时的痛苦心情。其实，再过几分钟我们就可以分出高下了，贝克小姐，就请您开恩一次，让我们把比赛打完吧！"

贝克小姐睨我一眼，然后微笑着对她说："好吧，这一次，我就允许你们把比赛打完，但下一次，你们一定要把时间控制好。"

然而，一旦开了先例，以后谁都会赖着不走，等候的人又会吵个不停，不难想象，双方随时可能大打出手！正因为活动中心的规矩一向严明，所以尽管抱怨声不少，但打架的情况鲜有发生。不过，规矩一旦破坏了，就容易出乱子，于是，我连忙对贝克小姐说："但如果……"

"不用说了，这件事就到此为止。我是老板，我说了算！"贝克小姐威严地打断我。

大嗓门和她的女友立刻耀武扬威地在我面前挥舞拳头，然后欢呼着朝桌球台跑去。

联邦监狱里确实是老板说了算的，仅仅因为顶撞狱警，犯人就得进黑房。我只有咬紧嘴唇，在众人目光的注视下，垂头丧气地走回服务窗口。

而办公室里的贝克小姐，还在赌气地噘起嘴巴！

过去几天，我以连自己都感到震惊的勇气，战斗在战场的最前沿，帮她挡掉各种暗箭明枪，为没有魄力也没有经验的她，省掉了多少麻烦，她不但不感激，还心生妒恨……

此刻，我还真希望那两名拉丁裔犯人肯出来闹一闹——但很奇怪，不知在什么时候，她俩已经销声匿迹……

"我要借一对哑铃。"服务窗口外面却突然传来一个不卑不亢的声音。

我抬头一看，是露茜。

接过哑铃之后，她又尖酸地说："祝你好运！"

"谢谢，不过……"

见我欲言又止，她马上停住脚步，显然很想听听我到底还有何话可说。

环顾一下左右之后，我决定亲口向她吐出那番一直很想跟她说的话："我只想对你说，我对你们从来没有恶念，我们从来都井水不犯河水。这一切的发生，并不是因为我！我这样说，并不为得到你的谅解，因为我并不认为自己欠你们什么。我只是衷心地希望，你的心境能够尽快恢复平静，更加希望，你能够勇敢地抬起头来，充实自己的生活，不要被闲言闲语压倒！"

露茜悲怆地说："心底里，我也明白，所以才不断提醒自己，不要对你采取行动。不过，既然大家都是女人，你应该可以理解女人的心态……"

我连忙感激地说："我理解，完全理解，谢谢你，谢谢你没有采取行动！"

"他为什么要离开？"她突然又盯紧我的眼睛问。

"因为他不喜欢这儿。"我回答。

"你也快出去了吧？出去之后，请帮我转告他，我依然衷心地祝福他……"

"对不起，我和你一样，这辈子都不可能再见到他……"

"你放心，不管我多么恨你，但我绝对不会出卖他！"她立刻激动地说。

我连忙回答："我知道，谢谢你！但我确实没有他的电话，也没有他的地址，我和你一样，都只是在心底里祝福他！"

"男人啊男人……"露茜凄怆地感叹着，快步朝田径场外走去。

中午勒威先生上班的时候，并没有任何人提起早上的事情。而周末我不用上班，为了保持心境的平静，我连体育馆的大门都懒得踏进一步。

不过，星期一早上六点十五分，我还得硬着头皮回到服务窗口。刚坐下，却见纽森先生径直朝我走来……

紧张地环顾了一下左右，他才压低声音对我说："督察办公室通知你马上过去一趟……"

他的声音颤抖得完全变了调。

也难怪的，几个月前，向温燕妮传达同一通知的，也是他！

我咬一咬牙，大步朝仍笼罩在浓厚晨雾中的督察办公室走去。

里面静悄悄的，只坐着马丁督察一个人。

请我坐下之后，他急忙起身去倒咖啡。

擦着我的肩膀，他把热腾腾的咖啡放在我的面前，亲切地说："先喝口热咖啡吧！"

督察亲自为犯人倒咖啡，要是换了别人，一定会感动得热泪盈眶！不过，我很清楚，硬将维都先生从活动中心逼走的，正是面前这位风度翩翩的督察！所以，我无动于衷，甚至没有说一声谢谢，只拭目以待他又要耍什么花招。

在自己的办公椅上坐下之后，他微笑着说："星期五早上贝克小姐滥用职权的行为，两名拉丁裔犯人已经向我们告发了。不过，要正式入档，我们还得听听你的说法，并且，谈话过程将被录音。好吧，先喝口热咖啡放松放松，稍稍考虑一下之后，再开始吧。"

既然要这般严肃处理，那我并没有选择的余地，只得把事情的经过详细地对着录音机说了一遍。

关掉录音机之后，马丁督察又微笑着说："很好，你的说法和另外两名犯人的说法完全吻合，非常感谢你！要不要再加点咖啡？"

我连忙回答："不用，我不喜欢喝咖啡。"

"那好，你还有什么事情要跟我说吗？"他望着我的眼睛，亲切地问。

我摇摇头。

"如果你有什么需要和请求，随时可以来找我！"

我再次坚决地摇摇头。

午饭之后，琼斯小姐一见到我，就把我召进办公室，盛情夸赞我星期五早上做得好，然后微笑着说："今天中午我们有多个比赛项目，我要到田径场外主持足球赛，纽森先生要主持拔河赛，所以，体育馆里进行的拼图比赛，就由你来负责了。"

突然间，传来纽森先生一阵夸张的咳嗽声，紧接着，他的办公椅也响亮地发出咿咿呀呀的转动声。我和琼斯小姐都愕然地扭头望过去，只见他正动作夸张地从座椅上撑起身子，然后怒气冲冲地往外走，一不小心，踢翻了办公桌旁一只垃圾桶，他也懒得扶起来。

琼斯小姐生气地说："不用管他！拼图比赛一点钟准时开始，两点钟结束。假如都拼不完的话，看谁拼得最多，前三名都有奖品。"

今天，大部分犯人都到田径场外看比赛了，体育馆里特别冷清，到了一点钟，只有三名犯人参加拼图比赛，比赛也只得按时进行。

最后，三名犯人都嚷着要奖品。我只得告诉她们，我手头上并没有奖品。正吵着，纽森先生刚好就回来了，得知只有三人参赛，他立刻阴沉着脸说："活动中心早有规定，各项比赛如果参赛人数不超过三名，我们只奖励冠军。"

没有拿奖的两名犯人生气地对我说："早知道没奖品，我们还不如去看球赛！我们本来就不喜欢拼图，是以为最后一名都可以拿奖，才参赛的！"

我抱歉地说："对不起，我开始的时候不知道有那个规定。"

"你去求求他吧，请他悄悄把奖品给我们就是了，反正，他早已准备好了三份！"她俩压低声音恳求我。

我为难地说："还是请你们自己去求他吧……"

她俩却生气地说："我们去求有什么用，他又不听我们的！"

我连忙说："他也不会听我的。"

两名犯人狠狠地瞪我一眼，然后各抛下一句：

"我看他是故意把奖品留给你！"

"嚣张什么，你等着瞧吧！"

我能够嚣张什么？明天，我还得面对贝克小姐呢！

无论如何，我并不打算在她面前吐气扬眉，只不断提醒自己：一定要低调低调再低调，没必要在这个地方争那么一口气，只求平安熬过最后这不到三个月的时间。

不过，第二天早上，依然由纽森先生单独值班。而当我"低调"地坐回服务窗口时，所有犯人却望我而生畏，整个早上，我甚至没有提高一下声调，大家便都对我唯唯诺诺，似乎我是一名懂得施展魔法的恶巫，只要口中念念有词，就可以将任何一个目标击倒。

午饭之后，李曼一见到我，一对三角眼顿时便瞪成了两只圆灯笼："我真是有眼无珠，认识你这么久，竟然不知道你身怀绝技，连老板都可以扳倒！"

"你在说什么？"我不解地问。

她的双眼再度放光："我真服了你，你到底是真间谍，还是假间谍？我现在实在搞不清楚，你到底是真的一无所知，还是深藏不露？"

我焦急地说："好了好了，无论如何，都请你告诉我，你到底又听到了什么!"

"全监狱都知道了，星期五早上，你跟大嗓门和新老板吵了一架，然后，你向大老板一哭诉，他立刻就把大嗓门送走，把新老板也炒掉……"

"什么?"我简直目瞪口呆。

李曼哭笑不得:"你看，你总是这副天真无邪的样子……"

原来，虽然昨晚大嗓门已经在囚室木门的条形小窗口上挂了"请勿打扰"的牌子（尽管狱方明文规定，那个小窗口任何时候都不得遮挡，但犯人上厕所时，一般都在那儿挂点东西，男狱警们为了避免麻烦，通常都自觉走开），但昨晚值班的女警察故意推门进室，将大嗓门和她的女友当场捉奸在床。

联邦监狱严禁一切性行为，严格来说，犯人之间不得有任何身体部位的接触，即使拉拉手，都是违反规定的。又因为大嗓门和她的女友已经多次进出黑房，属于屡教不改，所以，今天早上已经分别被送往不同的联邦惩戒监狱。作为实习教练的贝克小姐，也已经被正式辞退。

李曼激动地说:"这里超过一半的犯人都有女朋友，人家抓了又放，放了又抓，都没有被运走。而你向大老板一哭闹，她俩就立刻被铲除，连新老板都要卷包裹……"

"我什么时候向大老板哭闹了?"我激动地反问。

"当然是在没有人看到的时候!"

"难道除了我之外，别人就不可以告状吗?人家就不可以去督察办公室，甚至找监狱长吗?"

"要是别人告状，狱方最多只会处理犯人，不会将老板也炒掉，毕竟，那不是什么大事……"

不管我如何解释，李曼始终不相信我不曾找过纽森先生。

只有我的心里最清楚，假如真有犯人胆敢公然向我发出挑战，纽森先生是不会站到我身边来的。

算了，还剩不到三个月我就出狱了，何必非要留在这儿让两颗同样脆弱的心灵同时承受一份毫无必要的压力……

晚上，我正在翻找路易斯先生给我的那份工作转换表，温燕妮突然羞答答地走来，忸怩地邀请我到监狱大院外面走走。

从黑房出来之后，她又被安排回去种花了。现在，每天下班之后，她都躲在囚室里睡觉，除了饭堂之外，哪儿都不去，因为她走到哪儿，男狱警们都躲避不及，女狱警们都嗤之以鼻，犯人们则在背后指指点点……

不过，她今天的心情特别好，一来到监狱大院，就迫不及待地对我说："你见过我们园艺部的新老板吗？他叫路易斯先生，他爱上我了！"

我警惕地停住脚步："温燕妮，你还不吸取教训，还要到处为自己散播谣言吗？"

"这一回是真的！他总是寻找一切机会接近我，今天还亲口对我说，他爱我！"

"温燕妮，你受的苦还不够，还要自取灭亡吗？"我真想一巴掌将她打醒。

她却噙着热泪说："假如维都先生真心爱我，那么，我为他所承受的一切，都是值得的！而今天，我终于遇上了真心爱我的男人，哪怕为他赴汤蹈火，我都在所不辞……"

"温燕妮，这个什么路易斯先生，既不高大也不英俊，真值得你为他付出一切吗？"我忍不住当头泼过去一瓢冷水。

"反正我不管，要知道，在这个世界上，从来没有人真正爱过我！一直以来，我都是多么的空虚和孤独，自从上了初中，就一直靠毒品麻醉自己……"

我紧紧地握着她的手："温燕妮，你就不可以重新做人吗？"

"本来，到了活动中心之后，我就打算重新做人……算了，不说那些了，反正我也学聪明了，我也会学你一样低调，再不告诉任何人——你是不会出卖我的，对不对？我也没有出卖你！"

我摇着头从口袋里拎出那份工作转换表，撕得粉碎。

一天晚饭的时候，又见到希尔先生，我不禁眼前一亮：希尔先生向来待我最好，说不定，他会允许我回到饭堂来……

"嗨，你好吗？"当我朝他走去的时候，他微笑着说。

"还好，"我笑着回答，"再过两个多月，我就回家了，我最怀念在饭堂工作的日子。请问，我还可以回来吗？"

他睨我一眼："你现在还在活动中心吗？"

我只得点点头。

他同情地笑了一下，然后问："你可以当厨师吗？"

"厨师？"我为难地说，"在家里炒两道菜还是可以的，但给一千多人做饭，而且是西式的，我没有学过厨艺，恐怕不能胜任。"

他立刻为难地耸耸肩："但你知道，临时性的岗位我们只安排给新犯人，如果你当不了厨师，那么，恐怕只剩一个职位是可以由我招聘的，就是办公室的秘书。你要当吗？"

我苦笑着直摇头。

我知道，要找一份好工作，我运气最好的地方，应该是督察办公室。不过，我是不会自投罗网的。所以，我很清楚，我只剩下最后一个选择，就是请琼斯小姐把我炒掉，那么，我的名字会自动回到工作统筹处，电脑将分派给我一份新的工作。

一天中午，吵吵嚷嚷热闹过之后，琼斯小姐把犯人们都赶出了办公室，趁纽森先生也不在，我急忙闯了进去。

琼斯小姐抬起头来，好奇地眨动着一双猫头鹰般炯炯发光的眼睛，我干脆直截了当说明来意："琼斯小姐，我是来向您辞职的。"

"有谁给你制造麻烦了吗？"她愕然地问。

我摇摇头。

她用欣赏的目光望着我："我就知道，你最懂得对付这里的犯人！"

我连忙苦笑着说："琼斯小姐，不是这样的……"

她却语气坚定地说："我相信我的眼光，我知道你有很强的工作责任心，而且能够始终坚持原则，只是那些荒诞无稽的人，为了避嫌而一直不敢重用你！但你知道，现在全监狱的目光都集中在我们活动中心，我们只能够比以前做得更好，而窗口秘书的人选最关键，可我现在就是找不到合适的人选！你也知道，稍微软弱一点，都应付不了这里的犯人，可那些够凶够辣的，手脚又不干净……"

我开始理解她的难处了，然而我也有自己难言的苦衷，于是只得提醒她："但再过两个多月，我就回家了……"

"这两个月对于我来说，非常重要！"

心底里，一个声音在自豪地说：林芳，是时候告诉大家了，你能够在这个位置上坐稳，靠的全是聪明才智！你不是一直想用实力征服这里的每一个人吗？机会终于来了……

然而，我真的需要在这里证明自己吗？我真的可以承受那一份压力吗？谁又能够保证，当纽森先生值班的时候，一定不会再有犯人公然向我发出挑战……而即使我不帮琼斯小姐，也只是没有帮她锦上添花，但继续帮忙，却有可能断送另一个人的职业生涯！

我最终还是选择了放弃："对不起，琼斯小姐，我留在这儿，只会给老板们添麻烦，您还是把我炒掉吧！"

琼斯小姐脸色骤变："我就知道，一直有人给你施加压力！不过，身正不怕影斜，只要你继续坚持原则、认真做好自己的工作就行了。不用怕他，我全力支持你！"

"但是，琼斯小姐，别人并不议论您，只会议论他……"

琼斯小姐震惊地望着我："你到底要帮我，还是听他的？"

我咬一咬牙："琼斯小姐，我只是不想连累无辜，您还是把我炒掉吧！"

"但你知道吗？把你炒掉之后，谁也不知道电脑会给你安排一份什么工作。"琼斯小姐的语气终于软了下来。

"我明白。"我点点头。

长长地叹了一口气之后，她终于摇着头说："算了，我确实可以理解你的难处，还是让丽莎上吧！本来，她是不应该长时间待在那儿的，她还要处理其他很多事情，而我也正打算逐步减少她的工作量，削弱她在这儿的影响力……"

"谢谢您！"我低声说，却是发自内心的。

"不过，我不会因为有人施压就无缘无故将你炒掉，既然你也快回家了，你还是留下来吧，我们总有一份工作适合你吧？我就做一次好人，随你挑一份喜欢的……"

我感激地望她一眼——我确实不能够假设其他地方就没有问题，而假如可以选择的话，那么，我的工作最好可以独立完成，不需要跟老板有任何接触，最好也不要太高级……

瞟一眼桌面上的工作明细表，我马上就找到了答案："请安排我换垃圾袋吧！"

琼斯小姐睨我一眼："我只想提醒你，这里的垃圾袋质量非常好，并不便宜，不要随便浪费，假如垃圾不到半桶，不要换。"

晚饭之后，我和俞平一起到服务窗口请教李曼，为什么她的工资只有别人的一半。

"因为你的罚款没有缴清，政府要扣掉你一半的工资。就算以后出狱了，政府还会盯紧你的一切收入……"李曼正说着，琼斯小姐突然走过来，笑着说："这就是你们的'中国帮'吗？"

李曼连忙笑道："琼斯小姐，什么中国帮？你也知道我们中国人最老实，不偷不抢不闹事……"

琼斯小姐却很感兴趣地问起了俞平的情况，最后竟然问："你想和李曼一起工作，到这儿来当窗口秘书吗？"

俞平慌忙回答："我哪儿胜任……"

琼斯小姐笑着说："没有关系，有这两位大师栽培，你很快就会成才的！尤其是你，林芳，换垃圾袋不需要多少时间，更加应该多帮忙！"

琼斯小姐最后硬性规定俞平每周都必须上篮球课和排球课。

星期一早上六点半钟，我踏进办公室之后，却一下子愣住了：哎呀，当时怎么没有想到，垃圾袋可是监狱里的抢手货……

联邦监狱的垃圾袋足有一米多长，质量非常好，在这个既不免费提供也不有偿出售塑料袋的地方，用途非常广泛。所以，活动中心的垃圾袋一直藏在老板办公桌的抽屉里。

也就是说，我现在不得不开口跟纽森先生要东西了！

不过，在我开口之前，他急忙伸手指指木门的背后。

我走过去一看，里面果然多了一卷垃圾袋。

宁愿冒着垃圾袋有可能被人偷走的危险，他也不肯亲手交给我任何东西。

把垃圾袋拿起来之后，我却犹豫了：总不能把整卷都抱出去吧？

我连忙放回去，边自言自语道："先看看需要几个。"

包括田径场外，活动中心共有垃圾桶十二个，但只有三个超过半桶，两个接近半桶。

为了充数，我决定把那两小桶也换了。

拿了垃圾袋之后，我径直朝最满那桶垃圾走去。当我将垃圾袋用力往上提起时，才发现它其实并没有那么重。因为用力过猛，身体突然失去平衡，我稍微往后趔趄了一下。

体育馆里所有犯人的目光，却一下子集中在我的身上！

自我嘲地讪笑了一下，我轻轻把垃圾袋放下，摇两摇，让垃圾稍微沉下去之后，才在袋口处打上一个漂亮的结，再扬开一个新垃圾袋，端端庄庄地放进空桶里，然后提起地上的垃圾袋，轻快地朝大门口走去。

我的工作只是把垃圾袋放到大门外，有人会定时将监狱大院的垃圾全部运走。

我最后回到服务窗口，耐心地告诉俞平各种东西都摆放在哪儿，应该怎样进行登记，怎样应对犯人各种乱七八糟的问题……

午饭之后，只有两桶垃圾超过一半，其余的还不到小半桶。

早上那两小桶真不该拿去充数，现在，我只得硬着头皮走进办公室，很不好意思地对琼斯小姐说："只有两桶超过一半。"

琼斯小姐抬起头来，抿紧嘴巴睨了我一眼之后，正要启齿，却又一下子打住了——

我也留意到了，门口和窗外，所有犯人的眼睛，都盯紧了她那正要张开的嘴巴……

她急忙低下头，半闭上眼睛。而当那突然之间变得蒙眬的双眼再度睁开时，她的眼神里竟然流露出一丝罕见的温柔。捏着嗓门，她用娇细的声音说："两桶是很正常的，一般都只有两三桶……"

门口和窗外，所有的面孔都大惊失色！

琼斯小姐，谢谢您手下留情！否则，我这位"垃圾小姐"很可能会在转瞬之间便被踩成肉酱！

第二天早上，当我走进体育馆的时候，迎接我的，是一张张金灿灿的笑脸。一些曾经对我不敬的老婆子，甚至颤抖着身子向我点头鞠躬。

别人这般礼待我，我也只有对别人还以点头微笑，尽管心里直起鸡皮疙瘩。

李曼突然神情凝重地走来，咬着我的耳朵说："林芳，出来一下，我有非常重要的事情要跟你说！"

把我拉到田径场外一个远离他人的地方，她才满脸通红地说："奇怪，别人为什么瞎传，说琼斯小姐和你是同志……"

"哈哈哈！"我捧腹大笑。

李曼的眉头拧得更紧："这从何说起呢？她从不跟你一起玩，也没跟你说过几句话！她虽然没有男朋友，但一直抱怨，那是因为男人们只看重外表，不懂得欣赏她的内涵……"

我笑问道："这里是女子联邦监狱，传言都是可以相信的吗？"

她再度锁紧眉头："只是，这样的事情，真不知道该不该告诉她？"

我连忙说道："这么重要的事情，当然应该第一时间向她汇报！"

午饭之后，检查完所有的垃圾桶，我刚走进办公室，正在埋头写东西的琼斯小姐突然抬起头来。当我们的视线相遇时，我们都想忍住不笑，但"噗"一声，却又同时爆发了。

坐在一旁读资料的纽森先生立刻站起身来，走到依然忍俊不禁的琼斯小姐身边，拍拍她的肩膀，扬扬手中的资料，无限感激地说："谢谢你，太精彩了！"

琼斯小姐睨他一眼："没关系，不用谢。"

我根本没有望一眼也在办公室里帮忙的丽莎和其他老婆子，因为我再也不在乎她们的脸上是什么表情。

"琼斯小姐，我回来啦！"史密斯一阵风般卷了进来。

"咦，这么快就出来了？"琼斯小姐喜出望外。

"是对方不服从教练的指挥，又先动手，所以，她还得再蹲两个月！"史密斯神气地说。

"我们正盼着你回来呢。"琼斯小姐也笑了。

史密斯惊喜地说："我还可以当回教练？太好了……"

"不，"琼斯小姐连忙打断她，"莫维亚已经当回教练了，但你还可以当回窗口秘书。"

"琼斯小姐，先动手的不是我……"史密斯委屈地分辩。

"窗口秘书这工作你到底还要不要？不要的话，我再不聘请你回来了！"琼斯小姐的语气却非常坚决，丝毫没有商量的余地。

史密斯不禁嘟起了嘴巴："当然要！只是，转了一圈，又回到老样子……"

当我换完垃圾袋回到服务窗口时，李曼正在培训俞平："这里的人都欺软怕硬，欺善怕恶，你越怕她们，她们越欺负你；你越强硬，她们越以为你有后台。既然你被判了 20 年，那就做出个样子来，吓唬吓唬别人吧……"

这时候，纽森先生大步走了进来，脸上绽放着阳光般灿烂的笑容："俞平，你是投篮高手吗？我们正要进行投篮比赛呢！"

俞平慌忙回答："纽森先生，我不会……"

"那你一定要参赛，你是琼斯小姐那一队的，我得去找丽莎帮忙。"纽森先生说着，扭动着轻快的舞步，继续朝手工房走去。

"谁是我这一队的？"琼斯小姐阔步跨了进来。

纽森先生回过头来，又扭了几下身子，才俏皮地说："俞平是你那一队的，她是投篮高手！"

琼斯小姐睨他一眼，倔强地说："我迟早会把她培养成投篮高手！"

当我下班经过园艺部的时候，突然看到两名警察正押着双手被反锁的路易斯先生从里面走出来，后面跟着一名披头散发的女孩子，也戴着手铐，已经哭成泪人一个。

泪水霎时涌出了我的眼眶：温燕妮啊温燕妮，你为什么一定要飞蛾扑火？

"林芳，我们回去吧！"耳畔却突然传来一个悲伤得要断肠的声音。

我睁开泪眼，只见温燕妮正站在我面前抹眼泪。我一下子糊涂了，急忙扭头再望向那个披头散发的女孩子。

谢天谢地，她不是温燕妮！

"我永远都不会再相信男人了！"温燕妮饮泣着说。

我边抹眼泪边说："温燕妮，不管男人爱不爱我们，我们首先要学会爱自己。但相信我，当你真正爱上自己之后，一定会有男人真心爱你的！"

星期三晚上，我继续到教学楼上课。老师首先让大家自由发言，说说自己最渴望从母亲那儿得到什么。犯人们踊跃发言，都说她们最渴望得到的，是母亲的爱，尤其是在苦闷和彷徨的时候，可以投入母亲温暖的怀抱，得到母亲的支持和鼓励。

接下来，一名犯人自告奋勇朗诵了一首自己创作的诗歌。她在诗中详细描述了自己从小离家出走，沦落街头后当童工、遭强奸、染毒品、当妓女、加入黑帮并最终落入法网的凄惨经历。最后，她用嘶哑的声音念道：

我一生中最大的心愿
是希望有一天
能够偎依在母亲的怀抱里
一起数天上的星星

步出教学楼的时候，只见满天的繁星，那么明亮，那么纯净，就像菁菁的眼睛，正一闪一闪眨巴着，望着我动情地微笑……

天上的星星免费数，就不知道此刻天底下有多少父母，懂得珍惜那无价的温馨和甜蜜……

回到囚室，丽莎正在擦拭地板，见我进来，那干尸般僵硬的面孔昙

— 182 —

花一现之后，又恢复了它的常态。

不过，这一次，透过那张面孔，我清楚地看到了一颗从小就在爱的荒漠里痛苦挣扎的心灵……

那一颗心灵，难道不同样渴望被理解被承认？她不同样祈盼着可以投进一个宽大而温暖的怀抱……

而假如从她母亲肚子里跑出来的那个人，是我，难道我就可以保证，一定可以将命运驾驭得比她更好？

尽管不是我的初衷，但我在她生命里的出现，无疑只令那颗早已被扭曲、被炙烤得干裂的心灵，更加变态！为了老板一句言不由衷的赞美和一个并非发自内心的笑容，她卖命地工作，还要对自己最最妒恨的人，强挤出笑容来……

我的心一酸，不禁脱口说道："丽莎，你上班已经够辛苦了，囚室的卫生就让我来搞吧！"

"是吗？"她愕然地望着我。

"是的，你够辛苦了，早点休息吧！"

当我抢过她手上的抹布时，她揉揉眼睛，激动地说："哇，我实在受宠若惊……"

还剩一个多月，我就服刑期满了，一天，移民官员终于例行到监狱来找我问话。

他首先询问我的刑期和目前在美国的身份，又问我在美国有没有亲属，有没有房产，并指出，那些都是决定我去留的重要依据。

我连忙告诉他，我目前在美国并没有合法身份，因为我的工作签证已经过期，绿卡申请又没有获得批准。我的刑期是 30 个月，超过一年，属于必须遣返的范畴。我在美国的车子和房子早已卖掉，银行账号也注销了，目前并没有任何财产。虽然我的女儿是美国公民，但与我同案的丈夫两年前被遣返回国时，她也回中国去了。

最后，我笑道："你看，我在美国一无所有，根本不存在留下来的可能性。既然如此，我并不打算花钱请律师，也不要求上庭打官司，只希望第一时间就被遣送回国。"

移民官员也笑了："事实上，你在美国每多待一天，都要花掉我们很多经费。所以，如果你自愿接受遣返，我们一定会第一时间就把你送走！"

— 183 —

我连忙说:"谢谢!但你们好像还要订机票和办很多手续,你们可以提前把那些手续办好吗?"

"应该可以,但也必须在你刑满之后,才能够把你送回去。"

"那当然,我只是不想在移民监狱耽误太久……"

"一般不会超过两三个星期。"

"两三个星期?还是太长了吧,毕竟,那时候我已经服刑完毕……"

"那只是一般而言,当然,我回去之后,会进一步了解清楚你的情况,可以提前办的事情,一定提前办。我下星期还会到这儿来,我一定再来找你,到时候应该就会带来好消息!"

不过,还剩一个多星期我就刑满了,但移民官员始终没有再来找我。

体育馆连续数周闭馆两个早上之后,从今天开始,一切恢复正常。

一踏进体育馆,首先映入眼帘的,是那套熟悉的深蓝色运动制服,只见那个高大健美的身躯,正一跃而起,动作优美地投了一个三分球。

他没有再去捡球,而是一转身,英姿飒爽地朝我走来,满脸春风地说:"林芳,早上好!"

"早上好!"我也礼貌地说,同时仔细看刻在他胸章上的文字:

马丁先生　活动中心助理负责人

女孩子们立刻围向他,满脸笑容地跟他打招呼,七嘴八舌地夸赞他球技一流。

我连忙跑去检查垃圾桶。

检查完之后,办公室的大门已经敞开,我从门后拿出垃圾袋,看到老板办公桌旁的垃圾桶快满了,正要走过去,马丁先生却阻止我道:"林芳,那些脏东西,让别人去碰吧!你来帮我抄写这些资料好吗?"

我为难地说:"可是,马丁督……马丁先生,倒垃圾是我的工作,我可以倒完再抄吗?"

"什么?你在这儿负责倒垃圾?"他震惊地问。

我微笑着点点头。

"你想当办公室秘书吗?我马上就可以帮你转换……"

其实,活动中心向来并不设立"办公室秘书"这一正式职位,我连忙笑着回答："不用麻烦了，反正我还剩一个多星期就回家了，而且，我最喜欢目前这工作。"

"啊？这么快？"马丁先生霍地站了起来。

"不快了，我在这儿已经待了两年多！"

马丁先生颓然坐回椅子上。

"剩下的东西你打算怎么处理？"李曼悄声问我。

我已经把大部分东西给了俞平，于是笑着说："当然全都留给中国人，我还剩了些沐浴液和洗衣粉，都留给你吧。"

"唉，我现在忙得简直没有时间做自己的事情……"李曼正在感叹，身后却突然有人大声喝令："下次再让我抓到你在上班时间做自己的手工，我将把东西全部没收。如果发现你私自出售，还要把你关进黑房！"

马丁先生走远之后，李曼哀叹道："活动中心有难了！以后谁都别指望过上好日子，连琼斯小姐都说，煞星来了……"

确实，维都先生并不对任何人构成威胁，而马丁督察千方百计闯进来，显然不是来取代他的。身为助理负责人，马丁先生现在已经比琼斯小姐高出半级，新官上任，他显然还要再烧几把火，以便更好地朝活动中心总负责人的宝座挺进……

第二天早上，史密斯正在专心临摹照片，马丁先生又突然出现在她身后，微笑着惊叹："哇，如此惟妙惟肖，一幅可以卖多少钱？"

史密斯神气地说："如果摹照片的话，我只收 10 美元，但如果看着真人摹，我要收 20 美元……"

马丁先生一把抢过她的肖像画，一下子撕得粉碎："再要被我抓到，立刻关进黑房！"

史密斯瞠目结舌，一下子又无话可说，等马丁先生走远之后，才噘着嘴巴说："我这个人最喜欢接受挑战，既然他故意刁难，我作战的神经全都被挑起来了。你们拭目以待吧，我和他接下来这番决斗，一定会很精彩！"

"祝你好运！"我由衷地说。

明天，我将服刑期满。

午饭之后，纽森先生、马丁先生和琼斯小姐正聚在一起研究工作，当我来到办公室门口时，纽森先生立刻又垂下眼睑，绷紧面孔。

他也许担心，如果我在此时此刻礼貌地向他道别，客气地向他道谢，很容易就会引起马丁助理负责人对他的误解……

那就尊重你的意愿吧！

我大步朝田径场外走去，背后，传来三位老板激烈争论的声音。

我知道，活动中心接下来要上演的龙虎凤恶斗，一定会比以往任何时候都精彩，我是没有机会亲眼看见的了，但我当然没有半点遗憾。

晚饭之后，夜幕正在降临，路灯全亮了，把监狱大院映照得像大学校园一般美丽，但我没有半点留恋，也不想多看一眼，便径直朝体育馆快步走去。

见我走进办公室来，琼斯小姐眨动着一双猫头鹰般炯炯发亮的眼睛，感叹道："哇，你在这儿蹲了两年，简直就像上了两年大学一样！"

我感激地说："是的，谢谢您，谢谢你们，给了我一角相对平静的港湾，让我躲过了生命中一场意想不到的风暴。"

琼斯小姐摇着头说："只可惜，很多犯人都不懂得珍惜这个机会，还因为闲着没事干而整天制造纷争和矛盾。既然在如此复杂的环境下，你都能够抓紧时间学习，那么我相信，出去之后，你一定会更加珍惜生活。"

我真诚地说："是的，出去之后，确实有很多重要的事情在等着我，而我现在也确实比以往任何时候都自信和充实，身体也比任何时候都好。琼斯小姐，我也祝您好运，祝您身体健康，工作顺利！"

琼斯小姐苦笑着说："谢谢你，我现在确实需要好运气。"

我理解地最后望她一眼，并由衷地祝愿：但愿您不仅能够保住自己，更能战胜邪恶！

终被遣返

第二天早上，我终于离开都柏林联邦改造中心，被押到附近的移民局办事处。

曾经见过面的那位移民官员，一直避开我的目光，若无其事地请我在一些表格上签字。其中一份表格，要求我在愿意接受遣返和上庭打官司之间作出选择，我正要在"愿意接受遣返"一栏打钩的时候，他却急忙阻止道："我看你还是选择打官司吧！"

我激动地说："我现在归心似箭，并不打算上庭浪费时间！"

他红着脸讪笑道："其实，你选哪一项都一样，反正，我们已经决定送你去旧金山，由总局决定你的去留。"

我急得尖声大叫："我不要去旧金山，我要回中国！"

他睨我一眼："你知道吗？你让我们整整头疼了一个多月！我们研究来研究去，最后才决定把你送去旧金山……"

"你不是说过，如果我愿意接受遣返，你们会第一时间送我回国吗？"

"那是因为，当时我并不知道你其实是位重要人物！"

"我不是什么重要人物，我只是一名普通的中国公民，我已经服刑期满，你们当然得让我回去……"

他再度睨我一眼："谁叫你惹下那么多麻烦呢！"

我又激动地说："不是我要惹麻烦，只是麻烦找上了我！"

他耸耸肩："对不起，假如我把你送走，以后出事了，责任就落在我的身上。其他部门惹下的麻烦，为什么就该由我来承担责任呢？所以，我们已经决定了，把你送去旧金山，看他们怎么处理吧！"

不管怎么样，我还是在"愿意接受遣返"一栏打了个钩。

他紧张地盯着我的笔尖，然后，抿抿嘴巴，耸耸肩。

终于，我被送进了旧金山附近一所地方监狱。

这里共有三大关押区。每一关押区都有上下两层共十多个床区，可容纳 200 多名犯人。床区之间是互通的，没有任何东西分隔。关押区内只有犯人，没有警察。警察工作站设在三大关押区的中枢位置，警察们透过落地玻璃可以同时监控每一关押区的情况。

关押区内，除了床区和洗澡房之外，只有一个大堂供犯人吃饭和上课。这里既没有室外运动场，也没有室内运动设施，连微波炉都没有，不过，可以拨打由接听方付款的电话。我给李健平拨了个电话之后，他马上就通过西联汇款给我汇了 100 美元。

晚餐时，别人都有刀叉，我却没有。我正朝警察工作站走去，却猛然听到高音喇叭刺耳尖叫："走近玻璃门那个犯人立刻给我滚开！再重申一遍，未经允许，任何犯人不得走近玻璃门，否则妈的立刻给我进黑房！"

不能走近玻璃门，怎么向警察反映问题？我进来的时候，也没有拿到替换衣服，听其他犯人说，这里一星期才换洗一次衣服，可以同时拿到几套干净的，而她们昨天才换洗过——那我呢，整个星期都不换衣服吗？

第二天早上，玻璃门终于例行向犯人开放 20 分钟。非常幸运地，在它关闭之前，我有机会问警察，我什么时候可以回国。警察说他也不清楚，而且，这儿并非移民监狱，也没有进驻移民官员，不过，在该遣返的时候，自然会有人把我送走。至于刀叉，他说新犯人进来的时候应该可以拿到一副免费的，但最近断货，所以没有办法。当然，我完全可以自己掏钱购买一副质量更好的。至于替换衣服，就必须等到下星期了，当然，我也可以问问其他犯人，看谁愿意施舍我一套。

幸亏今天是购物的日子，所以，除了购买刀叉之外，我还多买了一些邮票和零食，跟别人换了一套衣服。

但假如，某犯人既没有钱，又没有人施舍他衣服，难道，他整整一个星期不换衣服都不生病吗？

我们经常上课，学习内容包括：如何建立信仰，增强自信自爱；人没有好坏之分，只有正确选择与错误选择的区别；我们应该怎样通过口头语言和身体语言更准确地表达自己的思想和感情，以减少人与人之间的摩擦和误解；如何放松身心，舒缓压力，减少怨愤；怎样正确地划定个人范围，每当他人强行闯进属于自己的禁区时，都应当理直气壮地说"不"，同时，每个人都应该自觉地不去侵犯他人的利益。尤其指出，很多人把自己的意愿强加给别人时，往往以为那是热心助人，还因为别人没有虚心接受而生气，他们没有意识到，那样做其实跨越了别人的红线，闯进了别人的禁区。

每逢周末，还邀请外面戒毒成功的人士进来介绍经验，鼓舞士气。

我这才发现，关在这儿的都是吸毒犯，她们在上课的时候都非常感动，非常激动，声泪俱下地争相发言，深刻地检讨自己。不过，正如授课老师所承认的，如果这里的警察继续以蛮横而粗暴的方式对待犯人，那么，不管老师的讲解多么精辟，犯人的自尊心和自信心始终是建立不起来的，语言表达能力也不可能得到提高，更不用说放松身心，减少怨愤……

确实，她们一下课就变得十分暴躁，常常因为一点小事而互相责骂，甚至大打出手。更何况，这里的伙食极端粗劣，每天都吃生椰菜丝、生胡萝卜丝、干面包，以及由不知什么合成材料做成的冻腌肉和黑肉饼。喝上一口白粥，吃上一根炒熟的青菜，已经是我当时最大的奢望。再加上，犯人们根本就没有机会运动和锻炼身体，也不需要劳动，所以都在不停地放屁。而当200多人这样挤在一起时，那种乌烟瘴气的场面是可想而知的！一旦场面太混乱，狱方又不知道谁在闹事，于是不管三七二十一，立刻封场——所有犯人必须回到自己的床上，不许说话。假如还有人继续说话，惹怒了警察，那么，很有可能一连封场两三天，连用餐都只能在床上解决。

幸亏，墙角的书架上还胡乱地堆放着一些书，我的日子才不至于太枯燥。最最折磨人的当然还是：我什么时候才能回国？什么时候才能回家？

一天下午，高音喇叭突然通知我，有客人来访。

当我被带进探访楼的一间独立会客室时，里面已经坐着两名身穿联邦特工制服的男子，其中一人，是我的老相识。

当我们的视线相遇时，麦克的目光本能地怯了怯，但他马上就讪笑道："好久不见了！"

"是啊，两年多了！"我尖酸地感叹。

他红着脸嗫嚅道："当初，我们确实帮你说了很多好话，承认你已经非常认真地配合了我们的工作。我们也确实尽了全力要起诉所有的人，但政府认为，起诉美国人卖东西给我们的友好国家，并没有什么意义。事实上，政府已经认识到，目前的管制确实阻碍了出口业务的发展，我们已经在着手改革相关法规。而假如只起诉那个台湾人和韩国人，却不起诉你的主管上司和大老板，又怎么都说不过去。所以，政府认为，其他人的情况都不如你典型，最后一定要你回监狱去，我们也没有办法。我们也付出了很多，也没有立到大功，而付出那么多之后又总得有个交代！事实上，"9·11"事件之后，联邦监狱全都爆满了，虽然在不断加建新监狱，但还是解不了燃眉之急，很多犯人都一直滞留在拘留所，有的还被寄押到地方监狱。你也知道，因为经费不足，现在加州的地方监狱乱得简直不成样子，而联邦政府虽然也负债累累，但联邦监狱的经费始终还是按人头划拨的，标准依然是每人每日 100 多美元。我们更把你安排进了条件最好的都柏林联邦改造中心，在一切可以通融的地方，我们确实已经尽了全力……"（注：2011 年 6 月底，为了实现 5 年内美国出口额翻番、创造 200 万个国内就业机会的目标，美国商务部终于发布了《战略贸易许可例外规定》，放宽对 44 个盟国的军用产品出口管制，四分之三原本必须办证的产品将被转移到更灵活的清单上。美国商务部部长骆家辉承认，申请获得许可证的程序会导致商业活动变慢，从而损害美国制造商的竞争力。不过，中国并不在此次放宽管制的 44 个国家之列。）

难怪，像我们这样一个家庭，以前每年都得交几万美元税金，却并没有资格享受什么社会福利，但美国政府还是入不敷出！原来，钱都大把大把地往"国家安全"上面撒了，只可惜，还是无法避免"9·11"惨剧的发生！最近几年，我们家不仅对美国社会没有任何贡献，还用掉了美国政府的巨额经费，这是不争的事实，但我还是忍不住要问："但你们现在为什么又把我送到这儿来？"

"因为移民监狱也爆满了，事实上，移民监狱的条件并不比这里好。"身穿移民局制服的年轻人连忙回答。

"那为什么要我戒毒？"我追问。

两人愕然地对望一眼之后，移民局的年轻人结结巴巴地说："可能是狱方搞错了，我们并没有要求他们，而我们只负责调查取证，并不参与监狱的管理。当然，我们可以帮你问问……"

"不用麻烦了，我并不介意别人给我免费上课。"我连忙说道。

麦克这才讪笑着说："根据认罪协议书，你必须如实回答我们的所有问题，而现在，我们还有一些问题……"

哈哈哈，我已经服刑完毕，那一纸协议对于我来说，还有什么意义！

不过，我并没有笑出声来，而且很想听听他到底还有何话可说，于是，只好奇地望着他，等待他启齿。

他压低声音问："事情发生之后，中国政府的人找过你吗？"

"没有。"我连忙回答。

两人又愕然地对望一眼，然后，麦克追问："真的没有通过任何渠道、任何方式跟你取得联系吗？"

我再度摇摇头。

"你想留在美国吗？"他又试探着问。

我激动地反问："我的丈夫和女儿都被你们逼走了，我一个人留在这儿，又有什么意思！"

麦克红着脸说："对不起，我们当初确实考虑得不够周到，但如果你愿意继续跟我们合作的话，你是可以留下来的。"

"合作什么？"我问。

"很简单，你只要申请政治庇护，就可以留下来。然后，我们会帮你改名换姓，再帮你安排一份新的工作……"

哈哈哈，给我安排一份约翰那样的工作吗？你们甚至懒得帮他保守秘密，就随便地出卖了他！

当然，跟他争辩并没有任何意义，现在最重要的，是早日回国！而我已经意识到，如果搞不好的话，还真有可能回不去。于是，我不住地提醒自己：我只能强调自己要回家，而不是回国……

"我现在只想回家，只想见到我的丈夫和女儿。"我急忙说道。

"但你跟我们合作过，我们担心，你回国之后，会受到中国政府的迫害……"

我抿抿嘴巴："他们应该知道，我并不掌握任何国家机密，不可能出卖了什么。如果我一个人留下来的话，将会一无所有。"

"对不起，对不起，都怪我们当初考虑不够周全……"麦克又连忙道歉。

我抿紧嘴巴，一言不发。

他又试探着问："那你回去之后，有什么打算？"

我急忙回答："现在我的脑子里除了丈夫和女儿之外，什么都没有。"

"除、除了军用品之外，你还接受过什么专门培训？"他又结结巴巴地问。

我激动地说："我甚至没有接受过什么军用品的专门培训，那些东西，谁都可以上网购买！"

"不是谁都懂得购买的，我就不懂！"移民局的年轻人急忙反驳。

麦克望望他，再望望我："不管怎么样，我们只想知道，除了军用品之外，你还接受过什么专门培训。"

我再次提醒自己，争辩并没有任何意义，于是，只得摇摇头："再没有什么了。"

麦克又问："你认识中国军方的人吗？"

"不认识。"

"你的亲友之中就没有一个当兵的吗？"

事实上，我的叔叔是当过兵的，但他的军种和职务并不涉及进口军用零件啊，更何况，他早就退役了，为避免无中生有，我也只是简单地回答："没有。"

"你们中国不是所有适龄青年都必须强制入伍吗？"移民局的年轻人不解地问。

"应该不是吧，没听说。"我摇摇头。

"那好像是台湾……"麦克喃喃地说，然后又问，"你认识中央政府的官员吗？"

"不认识。"我又连忙摇头。

"认识任何中国政府的官员吗？"

"乡村里的干部算不算？"我反问。

"跟你们家往来密切吗？"

"并不往来。"

长长地叹了一口气之后，麦克再次追问："你真的要回去吗？"

"我是中国公民，你们总得让我回去吧？"我激动地反问。

麦克抿着嘴巴说："反正，我们是支持你留下来的，你自己再考虑清楚吧。一旦你改变了主意，只要在法庭上告诉法官就行了，其余的一切，我们自然会帮你安排。"

回到关押区之后，不出所料又是无止境的等待。幸亏，我的脸皮早磨厚了，当被别人无故呵斥时，我再不惊慌，再不受伤，再不生气，只会露出一脸莫名其妙的惊讶表情，然后继续我行我素。这里其实只是拘留所，犯人一般都是被捕不久的，一旦判刑，她们很快就会被转移到正式的州立监狱。所以，我总自豪地告诉别人，我在联邦监狱已经蹲了两年多。面对我这名"久经沙场"的老将，新犯人们果然都望而生畏。

当然，假如真的冒犯了别人，哪怕只是无意碰了一下，我都立刻道歉。我还时刻提醒自己要学会"闭嘴"，因为，几乎所有犯人都非常热心"教导"别人，却从没有人喜欢被人"教导"。除非别人主动请教，否则，即使善意地向他人提点意见和建议，只要稍微不注意态度，都会自讨没趣，反遭别人一顿恶骂。我更发现，一个不友善的眼神，比一句恶骂更具杀伤力。所以，我还时刻提醒自己，只要人家没犯着我，就不要轻易对任何人、任何事流露出自己的态度和看法。

正因为如此，虽然身处200多名女犯人之中，我的日子还算过得平静，除了例行上课之外，我总是留在自己的床上读书，并不理会身边发生的一切闹剧。

不过，我还是好奇地问了授课老师，我从没碰过毒品，为什么要在这儿接受再教育？授课老师却震惊地说："是吗？既然如此，只要你申请，我马上就可以把你转到其他关押区，因为很多有需要的犯人正排队等着进来呢！"

原来，对于涉毒者来说，上课是可以减刑的。平白无故又多占用了美国政府的经费，心底里，我固然感到愧对美国的纳税人，但我上课其实比谁都更积极认真，于是，只含糊回答道："算了，我其实已经服刑期满，只等待遣返，说不定随时就走……"

不过，整整过了一个多月，我才被押往旧金山的移民法庭。

开庭前，公辩律师首先找我谈话。他对我说，因为我的案件政治性很强，我完全可以通过申请政治庇护留下来。当然，美国法律规定，外国移民并不享受公辩律师的免费服务，他今天只是由法庭临时指派的，但他可以向我推荐一名非常优秀的移民律师。

我坚决地摇头："不用了，我只要求立刻回国，尽快与家人团聚。"

他连忙提醒我："但你要知道，你一旦回去，那不管发生什么事情，美国政府将再不能保护你的安全……"

我连忙说道："我顾不得那么多了，只想立刻就见到我女儿……"

正式开庭了，法官首先询问我是不是中华人民共和国的公民，然后又问我是否因为违反了美国的军用品出口管制法而被判刑30个月，我连连回答是。

"你宁愿被遣返回国，还是争取留下来？"他继续问。

我清楚地回答："我选择立刻回国。"

法官连忙扭头望向公辩律师："你都跟她说清楚了吗?"

公辩律师连忙回答："尊敬的法官,我已经向她解释得非常清楚了,我还向她推荐了史丹力律师,可她还是坚持要回国。"

法官转向我："但你要知道,回去之后,你也许永远都回不来了,而假如你又非法潜进来的话,那属于刑事犯罪,又得重新回到监狱去!"

"我明白,但我还是选择立刻回国。"我回答。

法官沉下脸来："我再给你最后一次机会,你可以认真考虑清楚之后再回答我。你到底选择留下来,还是回中国去?"

我激动地说:"我已经和家人分开很久,我非常想念他们,我希望立刻回到他们身边……"

法官摇着头说:"那好吧,本庭依法下令将你遣返回国。"

我激动得声音发颤:"谢谢,非常感谢!而且,我正式放弃上诉的权利,请求立刻遣返!"

当然,我已经做好了心理准备:所谓"立刻遣返",其实是没有时间表的。

我也终于耐不住,又管起闲事来了。

美国只有座厕,犯人每次大小便,都得用上一大把卫生纸。监狱里每天分发三次卫生纸,每床区每次可以分到两卷。分发的时候,每个犯人都可以去抢,谁抢到手就归谁保管。原则上,卫生纸是公共财产,但实际上,一般人抢到之后,都会偷偷藏起来。所以,新来的犯人常常因为找不到卫生纸而捶胸顿足。

我还发现,楼下的床区全是双层铁床,每个床区有二十个床位;而楼上都是单人床,每个床区只有十个床位。卫生纸却是按床区平均分配的。于是,我向分派的犯人提议,给我们楼下的床区多一卷,给楼上的少一卷。

"每个床区平均分配,这是狱方的规定!"那名犯人理直气壮地说,她当然"住"在楼上。

"但楼下的人数分明比楼上多一倍,这怎么公平?"我不解地反问。

"反正,我们向来如此!"

向来如此,竟然没有人有异议?

当我终于又寻到机会走进警察工作站的时候,我礼貌地对值班的男警察说:"我们楼下的卫生纸经常不够用,因为我们的人数比楼上多一倍，每天分到的卫生纸却是一样的，这好像有点不公平。"

"确实有点不公平……"男警察喃喃说道。

"平均分配，非常公平，我们向来如此！"站在他身后一名女警察突然嘶声尖叫。

我愕然地望向她："楼下的犯人分明比楼上多一倍，这怎么算公平呢？"

"你妈的立刻给我闭嘴！立刻给我滚回去，否则，我首先把你关进黑房……"她发疯般狂吼。

违抗警察的命令当然是要进黑房的，不过，即使是犯人也可以合法地昂起头来，投给她一个轻蔑的目光。而当我们的视线相遇时，她震惊地张了张嘴巴，目光本能地怯了怯。

我潇洒地甩一下长发，转身走回关押区。

如果法律法规本身就不公平，那么，即使依法办事，又有什么意义！

我也终于明白，为什么从来没有人抗争。很简单，强者们总有能力抢到卫生纸，而且总会想方设法往楼上迁；而弱者们，顾名思义，都是无力抗争的。

我"住"在最靠外面的下铺床，每次派发卫生纸的时候，又总在床上读书，抢到的机会自然比别人多。我一般都把它放在显眼位置，随便别人过来拿。又因为我总在床上，别人也不好当着我的面整卷偷走。所以，很多时候我的床上都放着一卷卫生纸。后来，好几名犯人提议，干脆由我来保管所有卫生纸，大家以后就不要抢了。

开始的时候，个别犯人还继续"抢"，我当然无权指责她们，但大部分犯人都主动把卫生纸交给我。慢慢地，大家就发现，我的供应其实是源源不断的，因为六卷卫生纸供二十人一天使用，是完全足够的。而跟我抢的话，不仅会引起其他犯人不满，还得随时守候在床上，因为分发卫生纸的时间并不固定。当别人过来拿卫生纸时，我也不说话，不看一眼，免得给别人造成心理压力。后来，所有人便都自觉放弃，不再跟我抢了，当新犯人进来时，还会第一时间把我们的规矩告诉她们。无一例外地，新犯人都用讶异的目光久久盯着我，但她们很快就发现，即使是最爱闹事的犯人，都非常遵守这个规定，而且，谁也没有怨言。所以，新犯人很快也都心服口服了。

不过，加州监狱的经费越来越紧张，最近每个床区每天只派发四卷卫生纸了。我开始入不敷出，库存在一天天减少，眼看就撑不下去了。

我该怎么办呢？

我可以再次尝试为楼下的床区争取权益——反正，楼上的卫生纸始终还是用不完的，说不定，只要我不断争取，总有一次会遇到开明的警察……

又或者，我可以召开本床区全员大会，摆明事实，倡议大家勤俭节约，互相监督……

但假如有人继续浪费，我又能对她怎么样呢？

最可怕的是，所有卫生纸都给了我，但当有人要上厕所而我又拿不出东西来的时候，我会怎样成为众矢之的，被大家跳起来怒骂……

我荣幸地被大家选为卫生纸管理员，可我并没有拿过一分钱工资啊！对于我本人来说，卫生纸从来都不是个问题，因为我本人用纸不多，抢到的机会也大，就算抢不到，随便拿点东西就可以跟楼上的犯人换取，那我为什么要为这样的事情而伤透脑筋！为了犯人们的公平正义？但她们都是犯了罪的人啊，我要为她们争取权益？帮她们解决纷争？

直到这一刻，我才真正体会到政治家的伟大，因为，他们本身也是强者，本来就知道制度的不公和执法的漏洞在哪儿，但他们没有最大限度地利用那些不公和漏洞为自己谋取私利，而是尽自己的最大努力去堵塞法律的漏洞，完善社会的制度。而在这个过程中，他们一定会成为既得利益团体的众矢之的，却又不一定会得到普通大众的理解和支持，因为，又有多少人分得清以讹传讹背后的是是非非……

这个晚上，我一下子想得太多太远了，以致整个晚上，都无法入眠……

突然间，高音喇叭通知我立刻收拾好全部个人资料，准备离开。

嘿，管她们明天怎么抢怎么斗呢，我要回国了，我要回家了！

我首先被带到旧金山的移民总局，办齐离开监狱和离开美国的一切手续，然后，那名"探访"过我的移民局特工和另一名警察，将我押往机场。

没有经过正常的安检，我们从一条特殊通道直接进入机场的候机室。当他们把我的手铐拿掉时，我望望机场里的电话，试探着问："我可以打个电话吗？"

犹豫了片刻，移民局的特工终于点点头："但我们必须在旁边监视着你。"

拨通了李健平的电话之后，我激动地告诉他，我即将从旧金山起飞回国了。李健平兴奋地告诉我，他已经查过，早上从旧金山回国的航班，是飞到上海的，他会立刻通知张志强过去接机。

来到机舱口，移民局的特工将一个大信封交给机务人员，跟他嘀咕两句之后，那人便会意地连连点头。然后，移民局的特工转向我："你可以上飞机了。"

见他没有"护送"的意思，我这才意识到，我提前便获得了自由！

我最后望他一眼，他却慌忙别过脸去，本能地用手遮住面孔，同时嘟哝道："祝你回去之后好运……"

"会的，我一定会有好运的！"说着，我急忙转过身，飞快地朝机舱走去。

回国回家

　　刚步出机场，一眼便在人海中看到了张志强和菁菁，菁菁长高了很多，也长胖了不少。

　　全家人紧紧地拥抱在一起的那一刻，实在是千金难买！

　　晚上，菁菁从抽屉里拿出一个手机，甜蜜地对我说："妈妈，这是我和爸爸送给你的，是我们亲自为你挑选的！"

　　我微笑着亲亲女儿："谢谢你们！"

　　"妈妈，你会用吗?"女儿天真地问。

　　我笑了："妈妈确实有点落后于时代了，不一定会呢。"

　　"妈妈，我教你吧，我最会用，比爸爸还会，每次玩游戏我都赢他！妈妈，你敢接受我的挑战吗?"

　　我连忙笑着对她说："菁菁，手机是用来打电话的，不是用来玩游戏的，菁菁以后不要再玩那些游戏了，妈妈给你讲故事吧。"

　　"但妈妈，我最喜欢玩那些游戏，我还喜欢玩电脑和游戏机，爸爸和奶奶都玩不过我，我还真想见识一下你的厉害呢！"

　　"妈妈根本不会玩，你以后也不要玩了。妈妈教你读书写字，还要带你去学画画、学唱歌、学跳舞……"

　　"但妈妈，我不喜欢上那些课，我只喜欢玩，我现在就要玩！"

　　"菁菁，你知道吗，玩那些游戏，除了伤害眼睛和身体之外，更会浪费时间，让你变成植物人一般懒于运动……"

　　"我不管，反正我喜欢，我现在就要玩！"

　　"菁菁，妈妈说了不要玩就不能够再玩，你现在就把手机还给我。"

　　"不给不给就是不给！"

　　"菁菁，妈妈现在命令你把手机还给我。"

　　"妈妈，我现在命令你给我住嘴！"

　　我将手机一把抢过来："菁菁，这是我的手机，而且，以后不可以再这样跟妈妈说话！"

　　"我爱怎么样就怎么样，你管得着我吗?"

"我是你的妈妈，当然管得着你。"

"我就不让你管！谁也管不了我，只要我一哭，爸爸和奶奶都会来哄我，我要什么就给什么……"

"现在妈妈回来了，你以后再不许那般任性！"

"你又不是一家之主，爸爸才是一家之主，而且，奶奶是爸爸的妈妈，爸爸都要听她的，而奶奶，全都听我的。你现在就把手机给我！"

"我不给，我说了你不可以玩……"

"我要给爸爸打电话！"菁菁说着，一把抢回手机。

刚拨通电话，她就号啕大哭起来："爸爸啊，你错了，你完全错了！这个妈妈，其实一点儿都不爱我，她刚才还骂我了，骂得好凶啊！好爸爸，你赶快回来教训教训这个坏妈妈吧！"

然后，她把电话递给我，泪眼里闪动着俏皮的火花："爸爸有话要跟你说。"

我接过电话，马上就听到张志强紧张地说："林芳，你刚回来，最好注意一点，你要知道，你在菁菁的心目中已经没有了原来的威望，你最好先跟她把关系搞好，免得从一开始就把关系弄僵。当初，我也努力了好几个月，她才肯承认我是好爸爸……"

毕竟，这才是整个事件给我们全家造成的最最沉痛的损失！

不过，心底里，我依然坚信，凭着爱心，凭着耐心，只要我们全家齐心合力，只要我还有足够的勇气战胜自己，那么，我们一定还可以找回那个勤奋又好学、自信又懂事、活泼又可爱的菁菁……

于是，我平静地对张志强说："我会注意的，不过，我也知道，如果我从一开始就管不住她，那么以后谁也别指望可以管得住她，那才是真的把她给毁了。为了同一份爱，请你一定要配合我，请你现在就告诉她，你已经把管理家庭的大权，全部交给了我。你放心，我知道怎样去爱自己的女儿，我们之间的关系不会弄僵。"

不会的，我们之间的关系绝对不会弄僵，而且，我们还会成为最贴心、最知己的朋友。亲爱的女儿，在你成长的路上，不管遇到多少艰难险阻，妈妈始终都会是你最最坚强的后盾。

后　记

　　强烈的责任感，鞭策着我终于写完了这部小说。

　　当这本书终于与读者见面的时候，我将逐渐把过去的一切从记忆中抹去。不过，纵使往事会淡忘，细节会模糊，但曾经的那份感动，还是那般清晰，并将陪伴我一起迎接全新的生活。

　　谢谢你们，在我们困难的时刻无私地伸出援手的所有中国朋友和美国朋友们！

秀文

2016 年 1 月